Otto Ludwig

Zwischen Himmel und Erde

Erzählung

Nachwort von
Konrad Nussbächer

Philipp Reclam jun. Stuttgart

RECLAMS UNIVERSAL-BIBLIOTHEK Nr. 3494

Durchgesehene Ausgabe 1989
Gesamtherstellung: Reclam, Ditzingen. Printed in Germany 2009

ISBN 978-3-15-003494-1

www.reclam.de

Das Gärtchen liegt zwischen dem Wohnhause und dem Schieferschuppen; wer von dem einen zum andern geht, muß daran vorbei. Vom Wohnhaus zum Schuppen gehend hat man es zur linken Seite; zur rechten sieht man dann ein Stück Hofraum mit Holzremise und Stallung, vom Nachbarhause durch einen Lattenzaun getrennt. Das Wohnhaus öffnet jeden Morgen zweimal sechs grünangestrichene Fensterladen nach einer der lebhaftesten Straßen der Stadt, der Schuppen ein großes graues Tor nach einer Nebengasse; die Rosen an den baumartig hochgezogenen Büschen des Gärtchens können in das Gäßchen hinausschauen, das den Vermittler macht zwischen den beiden größern Schwestern. Jenseits des Gäßchens steht ein hohes Haus, das in vornehmer Abgeschlossenheit das enge keines Blickes würdigt. Es hat nur für das Treiben der Hauptstraße offene Augen; und sieht man die geschlossenen nach dem Gäßchen zu genauer an, so findet man bald die Ursache ihres ewigen Schlafes: sie sind nur Scheinwerk, nur auf die äußere Wand gemalt.

Das Wohnhaus, das zu dem Gärtchen gehört, sieht nicht nach allen Seiten so geschmückt aus als nach der Hauptstraße hin. Hier sticht eine blaß rosenfarbene Tünche nicht zu grell von den grünen Fensterladen und dem blauen Schieferdache ab; nach dem Gäßchen zu die Wetterseite des Hauses erscheint von Kopf zu Fuß mit Schiefer geharnischt; mit der andern Giebelwand schließt es sich unmittelbar an die Häuserreihe, deren Beginn oder Ende es bildet; nach hinten aber gibt es einen Beleg zu dem Sprüchwort, daß alles seine schwache Seite habe. Hier ist dem Hause eine Emporlaube angebaut, einer halben Dornenkrone nicht unähnlich. Von roh behauenen Holzstämmen gestützt, zieht sie sich längs des obern Stockes hin und erweitert sich nach links in ein kleines Zimmer. Dahin führt kein unmittelbarer Durchgang aus dem obern Stock des Hauses. Wer von da nach der »Gangkammer« will, muß aus der hintern Haustüre heraus und an der

Wand hin wohl sechs Schritt an der Hundehütte vorbei bis zu der hölzernen hühnersteigartigen Treppe, und wenn er diese hinaufgestiegen, die ganze Länge der Emporlaube nach links wandeln. Der letzte Teil der Reise wird freilich aufgeheitert durch den Blick in das Gärtchen hinab. Wenigstens im Sommer; und vorausgesetzt, die der Länge des Ganges nach doppelt aufgezogene Leine ist nicht durchaus mit Wäsche behängt. Denn im Winter schließen sich die Laden, die man im Frühjahre wieder abnimmt, mit der Barriere zu einer undurchdringlichen Bretterwand zusammen, deren Lichtöffnungen über dem Bereiche angebracht erscheinen, den eine gewöhnliche Menschenlänge beherrscht.

Ist die Zier der Baulichkeiten nicht überall die gleiche und stechen Emporlaube, Stall und Schuppen bedeutend gegen das Wohnhaus ab, so vermißt man doch nirgends, was noch mehr ziert als Schönheit der Gestalt und glänzender Putz. Die äußerste Sauberkeit lächelt dem Beschauer aus dem verstecktesten Winkel entgegen. Im Gärtchen ist sie fast zu ängstlich, um lächeln zu können. Das Gärtchen scheint nicht mit Hacke und Besen gereinigt, sondern gebürstet. Dazu haben die kleinen Beetchen, die so scharf von dem gelben Kies der Wege abstechen, das Ansehen, als wären sie nicht mit der Schnur, als wären sie mit Lineal und Zirkel auf den Boden hingezeichnet, die Buchsbaumeinfassung, als würde sie von Tag zu Tag von dem akkuratesten Barbier der Stadt mit Kamm und Schermesser bedient. Und doch ist der blaue Rock, den man täglich zweimal in das Gärtchen treten sehen kann, wenn man auf der Emporlaube steht, und zwar einen Tag wie den andern zu derselben Minute, noch sauberer gehalten als das Gärtchen. Der weiße Schurz darüber glänzt, verläßt der alte Herr nach mannigfacher Arbeit das Gärtchen wieder – und das geschieht täglich so pünktlich um dieselbe Zeit wie sein Kommen – in so untadelhafter Weiße, daß eigentlich nicht einzusehen ist, wozu der alte Herr ihn umgenommen hat. Geht er zwischen den hochstämmigen Rosen hin, die sich die Haltung des alten Herrn zum Muster genommen zu haben scheinen, so ist ein Schritt wie der andre, keiner greift weiter aus oder fällt aus der Gleichmäßigkeit des Taktes. Betrachtet man ihn genauer, wie er so inmitten seiner Schöpfung steht, so sieht man, daß er äußerlich nur das nachgetan, wozu die Natur in ihm selber das Muster geschaffen. Die Regelmäßigkeit der einzelnen Teile seiner hohen Gestalt scheint so ängstlich abgezirkelt worden zu sein wie die Beete des Gärtchens. Als die Natur ihn bildete, mußte ihr Antlitz denselben Ausdruck von Gewissenhaftigkeit getragen haben, den das Gesicht des alten Herrn zeigt und der in seiner Stärke als Eigensinn erscheinen mußte, war ihm nicht ein Zug von liebender Milde beigemischt, ja fast von Schwärmerei. Und noch jetzt scheint sie mit derselben Sorgfalt über ihm zu wachen, mit der sein Auge sein kleines Gärtchen übersieht. Sein hinten kurzgeschnittenes und über der Stirn zu einer sogenannten Schraube zierlich gedrehtes Haar ist von derselben untadelhaften Weiße, die Halstuch, Weste, Kragen und der Schurz vor dem zugeknöpften Rocke zeigen. Hier in seinem Gärtchen vollendet er das geschlossene Bild desselben; außerhalb seines Hauses muß sein Ansehen und Wesen etwas Fremdartiges haben. Pflastertreter hören unwillkürlich auf zu plaudern, die Kinder auf der Straße zu spielen, kommt der alte Herr Nettenmair dahergestiegen, das silberknöpfige Rohr in der rechten Hand. Sein Hut hat noch die spitze Höhe, sein blauer Überrock zeigt noch die schmalen Kragen und die bauschigen Schultern einer lang vorübergegangenen Mode. Das sind Haken genug, schlechte Witze daran zu hängen, dennoch geschieht dies nicht. Es ist, als ginge ein unsichtbares Etwas mit der stattlichen Gestalt, das leichtfertige Gedanken nicht aufkommen ließe.

Wenn die älteren Einwohner der Stadt, begegnet ihnen der Herr Nettenmair, eine Pause in ihrem Gespräche machen, um ihn respektvoll zu grüßen, so ist es jenes magische Etwas nicht allein, was diese Wirkung tut. Sie wissen, was sie in dem alten Herrn achten; ist er vorüber, folgen ihm die Augen der noch immer Schweigenden, bis er um eine Straßenecke verschwindet; dann hebt sich wohl eine Hand, und ein aufgereckter Zeigefinger erzählt beredter, als es der Mund vermöchte, von einem langen Leben, mit allen Bürgertugenden geschmückt und nicht durch einen einzigen Fehl geschändet. Eine Anerkennung, die noch an Gewicht gewinnt, weiß man, wieviel schärfer einem nach außen abgeschlossenen Dasein nachgerechnet wird. Und ein solches führt Herr Nettenmair. Man sieht ihn nie an einem öffentlichen Orte, es müßte denn sein, daß etwas Gemeinnütziges zu beraten oder in Gang zu bringen wäre. Die Erholung, die er sich gönnt, sucht er in seinem Gärtchen. Sonst sitzt er hinter seinen Geschäftsbüchern oder beaufsichtigt im Schuppen das Ab- und Aufladen des Schiefers, den er aus eigener Grube gewinnt und weit in das Land und über dessen Grenzen hinaus vertreibt. Eine verwitwete Schwägerin besorgt sein Hauswesen und ihre Söhne das Schieferdeckergeschäft, das mit dem Handel verbunden ist und an Umfang diesem wenig nachgibt. Es ist der Geist des Oheims, der Geist der Ordnung, der Gewissenhaftigkeit bis zum Eigensinn, der auf den Neffen ruht und ihnen das Zutrauen erwirbt und erhält, das sie von weit umher beruft, wo man zur Deckung eines neuen Gebäudes oder zu einer umfassenderen Reparatur an einem alten des Schieferdeckers bedarf.

Es ist ein eigenes Zusammenleben in dem Hause mit den grünen Fensterladen. Die Schwägerin, eine noch immer schöne Frau, wenig jünger als der Hausherr, behandelt diesen mit einer Art stiller Verehrung, ja Andacht. Ebenso die Söhne. Der alte Herr dagegen widmet der Schwägerin eine achtungsvolle Rücksicht, eine Art Ritterlichkeit, die in ihrer ernsten Zurückhaltung etwas Rührendes hat, den Neffen beweist er die Zuneigung eines Vaters. Doch steht auch hier etwas zwischen beiden Teilen, das dem ganzen Verkehr etwas rücksichtsvoll Förmliches beimischt. Das liegt wohl zum Teile in der schweigsamen Geschlossenheit des alten Herrn, die sich den übrigen Familiengliedern mitgeteilt hat, wie denn alle seine Eigentümlichkeiten bis auf die unbedeutendsten Einzelnheiten, so in körperlicher Haltung und Bewegung wie in Urteil und Liebhaberei, auf sie übergegangen erscheinen. Wird in dem Familienkreise weniger gesprochen, so scheint ein Aussprechen von Wünschen und Meinungen des einen überflüssig, wo der andere mit so sicherem Instinkte zu erraten weiß. Und wie soll das schwer sein, wo alle eigentlich ein und dasselbe Leben leben?

Es ist ein eigenes Zusammenleben in dem Hause mit den grünen Fensterladen.

Die Nachbarn wundern sich, daß der Herr Nettenmair die Schwägerin nicht geheiratet. Es ist nun dreißig Jahre her, daß ihr Mann, Herrn Nettenmairs älterer Bruder, bei einer Reparatur am Kirchendache zu Sankt Georg verunglückte. Damals glaubte man allgemein, er werde des Bruders Witwe heiraten. Sein damals noch lebender Vater wünschte das sogar, und der Sohn selbst schien nicht abgeneigt. Man weiß nicht, was ihn abhielt. Aber es geschah nicht, wennschon Herr Nettenmair sich des Familienwesens seines Bruders und dessen Kinder väterlich annahm, auch sich sonst nicht verheiratete, soviel gute Partien sich ihm auch anboten. Damals schon begann das eigene Zusammenleben.

Es ist natürlich, daß die guten Leute sich wundern; sie wissen nicht, was damals in vier Seelen vorging, und wüßten sie es, sie wunderten sich vielleicht nur noch mehr. Nicht immer wohnte die Sonntagsruhe hier, die jetzt selbst über die angestrengteste Geschäftigkeit der Bewohner des Hauses mit dem Gärtchen ihre Schwingen breitet. Es ging eine Zeit darüber hin, wo bitterer Schmerz über gestohlenes Glück, wilde Wünsche seine Bewohner entzweiten, wo selbst drohender Mord seinen Schatten vor sich her warf in das Haus, wo Verzweiflung über selbstgeschaffenes Elend händeringend in stiller Nacht an der Hintertür die Treppe herauf und über die Emporlaube und wieder hinunter den Gang zwischen Gärtchen und Stallraum bis zum Schuppen und ruhelos wieder vor und wieder hinter schlich. Damals schon war das Gärtchen der Lieblingsaufenthalt einer hohen Gestalt, aber den Eigensinn des greisen Gesichts dämpfte nicht Milde; wenn sie über die Straße schritt, hielten auch die Knaben im lustigen Spiele an; aber die Gestalt sah nicht so freundlich auf sie nieder. Vielleicht, weil ihr Augenlicht fast erloschen war. Wohl war auch jener ältere Herr Nettenmair ein geachteter Mann und verdiente die Achtung seiner Mitbürger nicht weniger als sein milderes Ebenbild nach ihm. Er war ein Mann von strenger Ehre. Er war es nur zu sehr!

Was dazumal die Herzen in dem Hause bis zum Zerspringen schwellen machte, was in den verdüsterten Seelen umging und zum Teile heraustrat in der Selbstvergessenheit der Angst oder zur Tat wurde, zur Verzweiflungstat: alles das mag durch das Gedächtnis des Mannes gehen, mit dem wir uns bis jetzt beschäftigt. Es ist Sonntag, und die Glocken von Sankt Georg, die den Beginn des vormittägigen Gottesdienstes verkündigen, rufen auch in das Gärtchen herein, wo Herr Nettenmair nach hergebrachter Weise zu dieser Stunde auf einer Bank in seiner Laube sitzt. Seine Augen ruhen auf dem schiefergedeckten Turmdach von Sankt Georg, das auch nach ihm zu schauen scheint. Heute sind es einunddreißig Jahre, seit er nach längerer Abwesenheit auf der Wanderschaft in die Vaterstadt heimkehrte. Ebenso riefen die Glocken, als er durch eine Schnei hindurch an der Straße den alten Turm zum ersten Male wiedersah. Damals knüpfte sich seine nächste Zukunft an das alte Schieferdach; jetzt liest er seine Vergangenheit davon ab. Denn – aber ich vergesse, der Leser weiß nicht, wovon ich spreche. Es ist ja eben das, was ich ihm erzählen will.

*

So blättern wir denn die einunddreißig Jahre zurück und finden einen jungen Mann statt des alten, den wir verlassen. Er ist hochgewachsen wie dieser, aber nicht so stark. Er trägt die braunen Haare wie der Alte, am Hinterkopfe kurzgeschoren, über der weißen hohen Stirn in eine sogenannte Schraube künstlich gedreht. Auf seinem Gesicht erscheint noch nicht die Strenge des Alten, dem gutmütigen Ausdrucke ist die Narbe erlittenen Seelenschmerzes noch nicht eingeprägt. Keineswegs aber hat er die leichtsinnige Unbekümmertheit, die sonst seinem Alter eigen, und auch nicht das bequeme nachlässige Wesen, das dem fahrenden Handwerksburschen so leicht zur Gewohnheit wird. Noch führt ihn die hohe Straße durch dichten Wald, aber die Klänge der Sankt-Georgenglocken aus der tief unten liegenden Stadt steigen herauf zur waldigen Höhe und dringen durch Baum und Busch unhemmbar wie eine Mutter, die dem kommenden Liebling entgegenfliegt. Heimat! Was liegt in diesen zwei kleinen Silben! Was alles steht auf im Menschenherzen, wenn die Stimme der Heimat, der Glockenton, dem aus der Fremde Kehrenden Willkommen ruft, der Ton, der das Kind in die Kirche, den Knaben zur Konfirmation und zum ersten Genusse des heiligen Mahles rief, der jede Viertelstunde zu ihm sprach! Im Gedanken Heimat umarmen sich all unsre guten Engel.

Unserm jungen Wanderer drangen Tränen aus den ernsten und doch so freundlichen Augen. Schämte er sich nicht vor sich selbst, er hätte laut geweint. Er kam sich vor, als hätte er seinen Aufenthalt in der Fremde nur geträumt und nun, da er erwacht, könne er sich auf den Traum kaum mehr besinnen. Als hätte er nur geträumt, er sei ein Mann geworden in der Fremde. Als sei es ihm immer schon im Traum gekommen, er träume nur in der Fremde, um, wenn er daheim erwacht sei, davon erzählen zu können. Es könnte auffallen, wie er bei alledem in diesem Augenblicke der Aufregung seines ganzen Innern den Spinnenfaden nicht übersah, den die grüßende Luft von der Heimat her gegen seinen Rockkragen wehte, und daß er die Tränen vorsichtig abtrocknete, damit sie nicht auf das Halstuch fallen möchten, und mit der eigensinnigsten Ausdauer erst die letzten, kleinsten Reste des Silberfadens entfernte, ehe er sich mit ganzer Seele seinem Heimatsgefühle überließ. Aber auch sein Hängen an der Heimat war ja zum Teile nur ein Ausfluß jenes eigensinnigen Sauberkeitsbedürfnisses, das alles Fremde, das ihm anfliegen wollte, als Verunreinigung ansah; und wiederum entsprang jenes Bedürfnis aus der Gemütswärme, mit der er alles umfaßte, was in näherem Bezuge zu seiner Persönlichkeit stand. Das Kleid auf seinem Leibe war ihm ein Stück Heimat, von dem er alles Fremde abhalten mußte.

Jetzt machte die Straße eine Wendung; der Bergrücken, der vorhin die Aussicht verengt hatte, blieb zur Seite liegen, und über jungem Wuchs stieg eine Turmspitze auf. Es war die Spitze des Sankt-Georgenturms. Der junge Wanderer hielt den Schritt an. So natürlich es war, daß das höchste Gebäude der Stadt ihm zuerst und vor den übrigen sichtbar werden mußte, seine Sinnigkeit vergaß es über der innigen Bedeutung, die sie in den Umstand legte. Das Schieferdach der Kirche und des Turmes bedurfte einer Reparatur. Diese war seinem Vater übertragen worden und war der Grund, wenigstens der Vorwand, warum der Vater ihn früher aus der Fremde zurückrief, als er bei des Sohnes Abreise gewillt gewesen. Vielleicht morgen schon begann er seinen Teil Arbeit. Dort, senkrecht über dem weiten Bogen, durch den er die Glocken sich bewegen sah, war die Aussteigetüre angebracht. Dort sollten die beiden Balken sich herausschieben, um die Leiter zu tragen, auf der er emporklimmte bis zur Helmstange, das Tau seines Fahrzeugs daran anzuknüpfen für die luftige Fahrt um das Dach. Und wie es seine Natur war, sich mit festen Herzensfäden an die Gegenstände anzuspinnen, mit denen er in Arbeitsberührung kommen sollte, so sah er in dem Auftauchen der Turmspitze einen Gruß und griff unwillkürlich in die Luft nach dem Grüßenden hin, als gält' es, eine freundlich dargebotene Hand zu drücken. Dann beschleunigte der Gedanke an die Arbeit seinen Schritt, bis ein Aushau im Walde und die Ankunft auf der höchsten Kante des Berges ihm die ganze Heimatstadt vor seinen Füßen liegend zeigte.

Wieder blieb er stehen. Dort stand das Vaterhaus, dahinter der Schieferschuppen; in derselben Vorstadt, nicht weit davon, das Haus, wo sie – gewohnt hatte damals, als er in die Fremde ging. Jetzt wohnte sie in seinem Vaterhaus, war seines Vaters Tochter, seines Bruders Weib, und er sollte von heute an in demselben Hause leben und sie täglich sehen als seine Schwägerin. Sein Herz schlug stärker bei dem Gedanken an sie. Aber keine von den Hoffnungen, die sich ihm sonst an ihr Andenken geknüpft, ließ es schwellen. Seine Neigung war die eines Bruders zur Schwester geworden, und was ihn jetzt bewegte, sah mehr einer Sorge gleich. Er wußte, sie dachte mit Widerwillen an ihn. Sie war die einzige im ganzen Vaterhause, die sein Kommen ungern sah. Wie war das alles geworden? War nicht eine Zeit gewesen, wo sie ihm gut zu sein schien? Wo sie ihm so gern zu begegnen schien als später beflissen, ihm auszuweichen? Da unten vor der Stadt in Gärten liegt das Schützenhaus. Wie sind die Bäume um das Haus größer geworden, seit er von dieser Höhe herab auch ihm den letzten Gruß zugewinkt hatte! Dort unter jener Akazie hatte er kurz vorher gestanden – es war an einem schönen Frühlingsabend gewesen, dem schönsten, meinte er, den er erlebt – am Pfingstschießen. Drin tanzte das übrige junge Volk; er ging selig um das Haus herum, in dem er sie tanzend wußte. Er fühlte sich jetzt noch im Umgang mit Mädchen und Frauen befangen und wußte nicht mit ihnen zu reden; das war er damals noch mehr gewesen als jetzt. Wie gern hätte er ihr gesagt – Wenn er allein war, wieviel hatte er ihr zu sagen, und wie gut wußte er es zu sagen, und führte es ein Zufall, daß er sie allein traf – und wunderbar, wie geschäftig der Zufall sich zeigte, ein solch Zusammentreffen zu vermitteln – da trieb ihm der Gedanke, jetzt sei der Augenblick da, alles Blut nach dem Herzen, die Worte von der Zunge in den Versteck der tiefsten Seele zurück. So war es gewesen, wie sie, die Wangen vom Tanze glühend, allein herausgetreten war aus dem Hause. Es schien ihr nur um Kühlung zu tun; sie wehte sich mit dem weißen Tuche zu; aber ihre Wangen wurden nur röter. Er fühlte, sie hatte ihn gesehen, sie erwartete, er sollte näher treten, und daß sie wußte, er verstand sie, das färbte ihr die Wangen röter. Das trieb, da er zögerte, sie wieder hinein in den Saal. Vielleicht auch, daß sie einen Dritten nahen hörte. Sein Bruder kam aus einer andern Türe des Saals. Er hatte die beiden noch schweigend einander gegenüberstehen, vielleicht auch des Mädchens Röterwerden gesehen. »Du suchst die Beate?« fragte unser Held, um seine Verlegenheit zu verbergen. »Nein«, entgegnete der Bruder. »Sie ist nicht zum Tanze, und das ist gut. Es kann doch nichts werden; ich muß mir eine andere anschaffen, und bis ich eine finde, ist böhmisch Bier mein Schatz.«

Es war etwas Wildes in des Bruders Rede. Unser Held sah ihn verwundert und zugleich bekümmert an. »Warum kann nichts werden?« fragte er. »Und wie bist du nur?«

»Ja, du meinst, ich soll sein wie du, fromm und geduldig, wenn nur kein Federchen etwa an deinem Rocke sitzt. Ich bin ein anderer Kerl, und wird mir ein Strich durch meine Rechnung gemacht, muß ich mich austoben. Warum nichts werden kann? Weil der Alte im blauen Rock es nicht will.«

»Der Vater rief dich gestern in das Gärtchen –«

»Ja, und zog seine weißen Augenbrauen, die wie mit dem Lineal gemacht sind, anderthalb Zoll in die Höh'. Ich hatte mir's wohl gedacht. ›Du gehst mit der Beate vom Einnehmer. Das hat aufgehört von heut an!‹«

»Ist's möglich? Und warum?«

»Ja, hast du je gehört, daß der im blauen Rock ein Warum vorgebracht hätte? Und hast du ihn je gefragt: ›Warum denn aber, Vater?‹ Ich möchte sein Gesicht sehen, fragte ihn einer von uns: ›Warum?‹ Er hat's nicht gesagt, aber ich weiß es, warum das aufgehört haben soll mit mir und der Beate. Ich hab's die ganze Woche her erwartet; wenn er die Hand aufhob, meint' ich, er deutet' nach dem Gärtchen, und war bereit, wie ein armer Sünder hinter ihm her zu gehen. Da ist ja der Ort, wo er seine Kabinettsbefehle austeilt. Mit dem Einnehmer soll's nicht gut stehn. Es geht die Rede, er braucht' mehr, als seine Besoldung hergeben will. Und – nun, du bist ja auch ein Federchensucher wie der im blauen Rock. Aber was kann das Mädchen dazu? Was ich? Nun, aufgehört muß die Geschichte haben, aber das Mädel dauert mich, und ich muß sehn, wie ich sie vergesse. Ich muß trinken oder mir eine andere anschaffen.«

Unser Held war des Bruders Art gewohnt; er wußte, daß seine Reden nicht so wild gemeint waren, als sie klangen, und der Bruder bewies ja seine Liebe und Achtung vor dem Vater durch die Tat seines Gehorsams; dennoch wäre es unserm Helden lieb gewesen, der Bruder hätte sie auch im Reden gezeigt wie im Tun. Der Bruder hatte mit seiner Neckerei nicht ganz unrecht gehabt. Apollonius war es, als läge etwas Unsauberes auf der Seele des Bruders, und er strich unwillkürlich mehrmal mit der Hand über den Rockkragen desselben hin, als wäre es äußerlich von ihm abzuwischen. Vom Tanze hatte sich Staub darauf gelagert; wie dieser entfernt war, kam ihm die Empfindung, als sei wirklich entfernt, was ihn gestört.

Das Gespräch tauschte seinen Stoff. Sie kamen auf das Mädchen zu sprechen, das vorhin sich Kühlung zugeweht; Apollonius wußte gewiß nicht, daß er die Anregung dazu gegeben hatte. Wie das Mädchen das Ziel war, nach dem alle Wege seines Denkens führten, so hielt es ihn, war er bei ihr angekommen, unentrinnbar fest. Er vergaß den Bruder so, daß er zuletzt eigentlich mit sich selbst sprach. Der Bruder schien all das Schöne und Gute an ihr, das der Held in unbewußter Beredsamkeit pries, erst wahrzunehmen. Er stimmte immer lebhafter bei, bis er in ein wildes Lachen ausbrach, das den Helden aus seiner Selbstvergessenheit weckte und seine Wangen so rot färbte, als die des Mädchens vorhin gewesen waren.

»Und da schleichst du um den Saal, wo sie mit andern tanzt, und zeigt sie sich, so hast du nicht das Herz, mit ihr anzubinden. Wart', ich will dein Gesandter sein. Von nun soll sie keinen Reihen tanzen als mit mir, damit kein anderer dir die Quere kommt. Ich weiß mit den Mädels umzugehen. Lass' mich machen für dich.«

Sie standen etwa zehn Schritt von der großen Saaltüre entfernt, Apollonius mit dem vollen, der Bruder mit dem halben Angesichte derselben zugewandt. Unser Held erschrak vor dem Gedanken, daß das Mädchen heute noch alles erfahren sollte, was er für sie fühlte. Dazu kam die Scham über sein eigenes befangenes ungeschicktes Wesen ihr gegenüber, und wie sie davon würde denken müssen, daß er eines Mittlers bedürfte. Er hatte schon die Hand erhoben, dem Bruder Einhalt zu tun, als die Erscheinung des Mädchens selbst ihm alles andere verdunkelte. Leise und allein wie vorhin kam sie aus der Türe geschritten. Unter dem Tuche, mit dem sie sich Kühlung zuwehte, schien sie verstohlen um sich zu sehen. Er sah wieder ihre Wangen röter werden. Hatte sie ihn gesehen? Aber sie wandte ihr Gesicht nach der entgegengesetzten Seite. Sie schien etwas zu suchen im Grase vor ihr. Er sah, wie sie eine kleine Blume pflückte, diese auf eine Bank legte und, nachdem sie eine Weile wie zweifelnd gestanden, ob sie die Blume wieder aufnehmen sollte, wie mit schnellem Entschluß sich wieder nach der Tür wandte. Eine halb unwillkürliche Armbewegung schien zu sagen: ›Mag er sie nehmen; sie ist für ihn gepflückt!‹ Wieder wogte es rot herauf bis an das dunkelbraune Haar, und die Hast, mit der sie in der Tür verschwand, schien einer Reue vorbeugen zu sollen, die die Sorge erzeugen konnte, wie ihr Tun verstanden werden würde.

Der Bruder, der von allem dem nichts zu gewahren schien, hatte noch in seiner lebendigen heftigen Weise fortgesprochen; seine Worte waren verloren; unser Held hätte zwei Leben haben müssen, sie zu hören, denn das eine, das er besaß, war in seinen Augen. Jetzt sah er den Bruder nach dem Saale stürmen. Zu spät kam ihm der Gedanke, ihn zurückzuhalten. Er eilte ihm vergeblich nach bis zur Türe. Dort nahm ihn wiederum die Blume gefangen, die das Mädchen für einen Finder hingelegt, für einen glücklichen, fand sie der, dem sie zugedacht war. Und unter den leisen, mechanisch fortgesetzten Zurufen seines Mundes an den Bruder, der sie nicht mehr hörte, er solle schweigen, fragte er sich innerlich: ›Bist du's auch, für den sie die Blume hierhergelegt? Hat sie die Blume für jemand hierhergelegt?‹ Sein Herz antwortete glücklich auf beides ein Ja, während ihn das Vorhaben des Bruders noch bedrängte.

War es ein Liebeszeichen von ihr und für ihn, so war es das letzte.

Zweimal sah er verstohlen in den Saal, wenn die Tür sich öffnete; er sah sie mit seinem Bruder tanzen, dann im Ausruhen vom Tanze den Bruder in seiner hastigen Weise auf sie hineinreden. ›Jetzt spricht er von mir‹, dachte er, über das ganze Gesicht erglühend. Er stürzte in den Schatten der nahen Büsche, als sie den Saal verließ. Der Bruder führte sie heim. Er folgte den beiden in so großer Entfernung, als er nötig hielt, um von ihr nicht gesehen zu werden. Als der Bruder von der Begleitung zurückkam, trat er von der Türe weg. Er war wie nackt vor Scham. Der Bruder hatte ihn doch bemerkt. Er sagte: »Noch will sie nichts von dir wissen; ich weiß nicht, ist es Ziererei oder ihr Ernst. Ich treffe sie schon wieder. Auf einen Schlag fällt kein Baum. Aber das muß ich dir zugestehen, Geschmack hast du. Ich weiß nicht, wo ich meine Augen gehabt habe seither. Die ist noch ganz anders als die Beate. Und das will viel sagen!«

Von da an hatte der Bruder unermüdlich mit Walthers Christianen getanzt und für den Bruder gesprochen und jedesmal, nachdem er sie heimgeführt, dem Helden Rechenschaft abgelegt von seinen Bemühungen für ihn. Lange noch war er ungewiß, ob sie sich nur ziere oder ob sie unserm Helden wirklich abgeneigt sei. Er erzählte gewissenhaft, was er zu des Helden Gunsten ihr gesagt, was sie auf seine Fragen und Versicherungen geantwortet. Er hatte noch Hoffnung, als unser Held sie schon aufgegeben hatte. Und dieser hätte es aus ihrem Benehmen gegen ihn erkennen müssen, hätte er auch ihre Antworten an den Bruder nicht erfahren, seine Neigung habe keine Erwiderung zu erwarten. Sie wich ihm aus, wo sie ihn sah, so angelegentlich, als sie ihn früher gesucht zu haben schien. Und war er es denn gewesen, den sie damals suchte, wenn sie überhaupt jemand gesucht hatte?

Der Bruder forderte ihn hundertmal auf, sie abzupassen und selbst seine Sache bei ihr zu führen. Er bot seine ganze Erfindungskraft auf, dem Helden Gelegenheit zu verschaffen, sie allein zu sprechen. Unser Held wies die Aufforderungen ab wie die Anerbieten. Es war doch unnütz. Alles, was er erreichen konnte, war, sie nur noch mehr zu erzürnen.

»Ich kann's nicht mehr mit ansehen, wie du abmagerst und immer bleicher wirst«, sagte der Bruder eines Abends zu unserm Helden, nachdem er ihm gemeldet, wie er heute wieder erfolglos für ihn gesprochen. »Du mußt fort eine Zeitlang von hier, das wird nach zwei Seiten gute Folgen für dich haben. Wenn ich ihr sage, du bist um ihretwillen in die Welt gegangen, wird sie sich vielleicht bekehren. Glaub' mir, ich kenne, was lange Haare trägt, und weiß damit umzugehen. Du schreibst ihr einen beweglichen Brief zum Abschied, den bekommt sie durch mich, und ich will ihr schon das Herz weich machen. Und ist's nicht zu erreichen, so wird dir's gut tun, wenn du ein oder mehre Jahre von hier weg bist, wo dich alles an sie erinnert. Und zuletzt wird die Fremde einen andern Kerl aus dir machen, der mit der Art, die Schürzen trägt, besser umzuspringen weiß. Du mußt tanzen lernen, das ist schon der halbe Weg dazu. Und der Alte im blauen Rock ist ohnehin vom Vetter in Köln angegangen worden, einen von uns zu ihm zu schicken; ich las neulich in einem Brief, der ihm aus der Tasche gefallen war. Sag' ihm nur, du hättest aus seinen Reden so was gemerkt und wenn er's haben wollte, so wollest du gehn. Oder laß mich das machen. Du bist zu ehrlich.«

Und er machte es wirklich. Es ist die Frage, ob sich unser Held freiwillig hätte entschließen können, die Heimat zu verlassen; er, der nicht begriff, wie jemand wo anders leben könne als in seiner Vaterstadt, dem es immer wie ein Märchen vorgekommen war, daß es noch andere Städte gäbe und Menschen drin wohnten, der sich das Leben und Tun und Treiben dieser Menschen nicht als ein wirkliches, wie die Bewohner seiner Heimat es führten, sondern als eine Art Schattenspiel vorgestellt hatte, das nur für den Betrachter existierte, nicht für die Schatten selbst. Der Bruder, der den alten Herrn zu behandeln wußte, brachte wie zufällig das Gespräch auf den Vetter in Köln, wußte die Andeutungen, die Herr Nettenmair in seiner diplomatischen Weise gab, als vorbereitende Winke aufzufassen, faßte andere, die unsern Helden betrafen, damit zusammen. Nach öfterem Gespräche schien er's für den ausgesprochenen Willen des alten Herrn zu nehmen, daß Apollonius nach Köln zu dem Vetter müsse. Dadurch

sein; keiner konnte sich gehen lassen. Apollonius hätte ein anderer werden müssen, und wenn er nicht wollte. Auch im Geschäfte ging es anders her als daheim. Der alte Herr im blauen Rock gab seine Befehle wie der Gott der Hebräer aus Wolken und mit der Stimme des Donners, er hätte seinem Ansehen etwas zu vergeben geglaubt durch Aussprechen seiner Gründe, er gab kein Warum, und seine Söhne wagten nicht, nach Warum zu fragen. Und selbst das Verkehrte mußte durchgeführt werden, war der Befehl einmal ausgesprochen. Über Dinge, die das Geschäft nicht betrafen, redete er mit den Söhnen gar nicht. Dagegen war es des Vetters Weise, ehe er selbst seine Ansicht über einen Punkt des Geschäftes aussprach, seine Gehülfen um ihre Meinung zu fragen. Es war dann nicht genug an der Meinung, er wollte auch die Gründe wissen. Dann machte er Einwürfe; war ihre Meinung die richtige, mußten sie dieselbe siegreich durchkämpfen; irrten sie, nötigte er sie, durch eigenes Denken auf das Rechte zu kommen. So erzog er sich Helfer, denen er manches überlassen konnte, die nicht um jede Kleinigkeit ihn fragen mußten. Und so hielt er es auch mit anderen Dingen. Es waren wenig Verhältnisse des bürgerlichen Lebens, die er nicht nach seiner Weise mit seiner Familie – und Apollonius gehörte dazu – durchsprach. Indem er zunächst nur darauf auszugehen schien, das Urteil der jungen Leute zu bilden, gab er ihnen einen Reichtum von Lebensregeln und Grundsätzen, die um so mehr Frucht versprachen, da die jungen Leute sie hatten selbst finden müssen. Woran der Vetter bei seinem Verwandten nicht tastete, das war dessen Gewissenhaftigkeit, Eigensinn in der Arbeit und Sauberkeit des Leibes und der Seele. Doch ließ er es nicht an Winken und Beispielen fehlen, wie auch diese Tugenden an Übermaß erkranken könnten.

Apollonius erkannte deutlich, daß sein Glück ihn zu dem Vetter geführt. Er verlor das träumerische Wesen immer mehr; bald konnte der Vetter die schwierigste Arbeitsaufgabe in des Jünglings Hände legen, und er vollendete jede ohne die Hülfe fremden Rates zu solcher Zufriedenheit des Vetters, daß dieser sich gestehen mußte, er selbst würde die Sache nicht umsichtiger begonnen, nicht energischer betrieben, nicht schneller und glücklicher beendet haben. Bald konnte der Jüngling sich ein Urteil bilden über die Art, wie sie daheim die Geschäfte geführt hatten. Mußte er sich sagen, daß sie nicht die zweckmäßigste gewesen, ja daß manches, was der alte Herr angeordnet hatte, verkehrt genannt werden mußte, dann warf er sich wohl seinen unkindlichen Sinn bitter vor, strengte sich an, das Tun des Vaters bei sich zu rechtfertigen, und zwang sich, war ihm das unmöglich gewesen, zu dem Gedanken, der alte Herr habe seine guten Gründe gehabt und er selbst sei nur zu beschränkt, um sie zu erraten.

Es kamen Briefe vom Bruder. Im ersten schrieb dieser, er sei nun so weit über das Mädchen klar, daß ihre Härte gegen Apollonius von einer andern Neigung des Mädchens herrühre, deren Gegenstand zu nennen sie nicht zu bewegen sei. Aus dem nächsten, der kaum von dem Mädchen sprach, las Apollonius ein Mitleid mit ihm heraus, dessen Grund er nicht zu finden wußte. Der dritte gab diesen Grund nur zu deutlich an. Der Bruder selbst war der Gegenstand der verschwiegenen Neigung des Mädchens gewesen. Sie hatte ihm mancherlei Zeichen davon gegeben, nachdem er nach des Vaters Willen seiner ersten Geliebten entsagt. Er hatte nichts davon geahnt, und als er nun als Werber für den Bruder aufgetreten, hatte Scham und Überzeugung, er selbst liebe sie nicht, ihren Mund verschlossen.

Nun begriff Apollonius unter Schmerzen, daß er sich geirrt, als er gemeint, jene stummen Zeichen gälten ihm. Er wunderte sich, daß er seinen Irrtum nicht damals schon eingesehen. War nicht sein Bruder ihr so nah als er, da sie die Blume hinlegte, die der Unrechte fand? Und wenn sie ihm so absichtlich-unabsichtlich allein begegnete – ja, wenn er sich die Augenblicke, die Eigentümer seiner Träume, vergegenwärtigte – sie hatte seinen Bruder gesucht; darum war sie erschrocken, ihm zu begegnen, darum floh sie jedesmal, wenn sie ihn erkannte, wenn sie den fand, den sie nicht suchte. Mit ihm sprach sie nicht; mit dem Bruder konnte sie viertelstundenlang scherzen.

Diese Gedanken bezeichneten Stunden, Tage, Wochen tiefinnersten Schmerzes; aber das Vertrauen des Vetters, das durch Bewährung vergolten werden mußte, die heilende Wirkung emsigen und bedachten Schaffens, die Männlichkeit, zu der sein Wesen durch beides schon gereift war, bewährten sich in dem Kampfe und gingen noch gekräftigter daraus hervor.

Ein späterer Brief, den er vom Bruder erhielt, meldete ihm, der alte Walther, der des Mädchens Neigung entdeckt, und der alte Herr im blauen Rocke waren übereingekommen, der Bruder solle das Mädchen heiraten. Des alten Herrn Soll war ein Muß, das wußte Apollonius so gut als der Bruder. Des Mädchens Neigung hatte den Bruder gerührt; sie war schön und brav; sollte er sich dem Willen des Vaters entgegensetzen um Apollonius' willen, um einer Liebe willen, die ohne Hoffnung war? Der Zustimmung Apollonius' im voraus gewiß, hatte er sich in die Schickung des Himmels ergeben.

Die ganze erste Hälfte des folgenden Briefes, in welchem er seine Heirat meldete, klang die fromme Stimmung nach. Nach vielen herzlichen Trostesworten kam die Entschuldigung oder vielmehr Rechtfertigung, warum der Bruder zwischen diesem und dem vorigen Briefe zwei Jahr lang nicht geschrieben. Darauf eine Beschreibung seines häuslichen Glückes; ein Mädchen und einen Knaben hatte ihm sein junges Weib geboren, das noch mit der ganzen Glut ihrer Mädchenliebe an ihm hing. Der Vater war unterdes von einem Augenübel befallen und immer unfähiger geworden, das Geschäft nach seiner souveränen Weise allein zu leiten. Das hatte ihn noch immer wunderlicher gemacht. Wenn er eine Zeitlang die Zügel ganz den Händen des Sohnes überlassen, dann hatte ihn das alte Bedürfnis zu herrschen, durch die Langeweile der gezwungenen Muße noch geschärft, sich wieder aufraffen lassen. Nun kannte er die Sache, um die es sich eben handelte (und an die er sich bisher nichts gekehrt), nur unzureichend; und wenn er sie kannte, so war ihm darum zu tun, seinen Willen als den herrschenden durchzusetzen. Und schon deshalb verwarf er den Plan, nach dem der Sohn bisher gehandelt. Was bereits geschehen, Arbeit und Auslage war verloren. Dabei mußte er doch wieder den Sohn zu Hülfe nehmen, und die beste Darstellung des Verhaltes ersetzte dem alten Herrn den Mangel der eigenen Anschauung nicht. Zuletzt mußte er einsehen, daß die Sache auf seinem Wege nicht ging. Geld, Zeit und Arbeitskraft war vergeudet, und was ihn noch tiefer traf, er hatte sich bloßgegeben. Nach einigen dergestalt mißlungenen Versuchen, die Zügel als blinder Fuhrmann wieder an sich zu reißen, hatte er sich ganz von den Geschäften zurückgezogen. Bloß als beratender Helfer sich einem andern unterzuordnen und gar dem eigenen Sohne, der bis vor kurzem noch der ungefragte und willenlose Vollzieher seiner Befehle gewesen, das war dem alten Herrn unmöglich. Im Gärtchen fand er Beschäftigung; er konnte sich neue machen, wenn ihm nicht genügte, was die Pflege des Gärtchens bis jetzt seinen Besorgern von selbst abgefordert. Er konnte das Alte entfernen, Neues ersinnen und wieder Neuerem Platz machen lassen, und er tat es. Unumschränkt herrschend in dem kleinen grünen Reiche, in dem von nun an kein Warum mehr laut werden durfte, wo neben dem Gesetze der Natur nur noch ein einziges waltete, sein Wille, vergaß oder schien er zu vergessen, daß er früher einen mächtigeren Zepter geführt.

Mehr aber als von dem Geschäfte und dem wunderlichen alten Herrn schrieb der Bruder in seinen folgenden Briefen von den Festlichkeiten der Schützengesellschaft der Vaterstadt und einem Bürgervereine, der zusammengetreten war, sein Ergötzen von dem der niedriger stehenden Schichten der Bevölkerung abzusondern. Aus allen den Beschreibungen von Vogel- und Scheibenschießen, Konzerten und Bällen, als deren Mittelpunkt er und seine junge Frau dastanden, lachte die höchste Befriedigung der Eitelkeit des Briefstellers. Nur in einer Nachschrift war in dem letzten Briefe des ernsteren Umstandes leicht Erwähnung getan, die Stadt wolle eine Reparatur des Turm- und Kirchendaches zu Sankt Georg vornehmen lassen und habe ihn mit der Ausführung derselben betraut. Der im blauen Rocke dringe in ihn, Apollonius aufzufordern, in die Vaterstadt und das Geschäft zurückzukehren. Der Bruder war der Meinung, Apollonius werde die ihm liebgewordenen Verhältnisse in Köln nicht um einer so geringfügigen Ursache willen verlassen mögen. Die Reparatur werde mit den vorhandenen Arbeitskräften in kurzer Zeit zu vollenden sein. Der schadhaften Stellen an Turm- und Kirchendach seien nur wenige. Überdies, sehe er auch ab von dem Widerwillen seiner Frau gegen Apollonius, den er seither so vergebens bekämpft, würde es diesem eine unnütze Quälerei sein, alles das sich wieder aufzufrischen, was er froh sein müsse, vergessen zu haben. Er werde leicht einen Vorwand finden, dem Gehorsam gegen einen Befehl, den nur Wunderlichkeit eingegeben, auszuweichen. Den Schluß des Briefes machte eine neckende Anspielung auf ein Verhältnis unseres Helden mit der jüngsten Tochter des Vetters, von dem die Vaterstadt voll sei. Der Bruder ließ sich ihr als seiner künftigen Schwägerin empfehlen.

Wenn auch ein solches Verhältnis nicht bestand, Apollonius konnte sich sagen, es lag nur an ihm, es in das Leben zu rufen. Der Vetter hatte schon manchen Wink fallen lassen, der dahin zielte, und das Mädchen, von dem die Rede war, hätte sich nicht gesträubt. Unser Apollonius war ein Bursche geworden, den so leicht keine ausgeschlagen hätte, deren Herz und Hand noch zu ihrer Verfügung stand. Die Gewohnheit, nach seinem eigenen Ermessen zu handeln und über die Tätigkeit einer Anzahl tüchtiger Arbeiter selbständig zu verfügen, hatte seinem Äußern Haltung, seinem Benehmen Sicherheit gegeben. Und was von seiner frühern Schüchternheit gegen Frauen und der Neigung, sich träumend in sich selbst zu versenken, noch übriggeblieben war, erhöhte noch die sichere Männlichkeit, deren Ausdruck es milderte.

Ja, er wußte, daß er des Vetters Schwiegersohn werden konnte, wenn er wollte. Das Mädchen war hübsch, brav und ihm zugetan wie eine Schwester. Aber nur als eine Schwester sah er sie an; es war ihm nie der Wunsch gekommen, sie möchte ihm mehr sein. Die Neigung zu Christianen meinte er besiegt zu haben; er wußte nicht, daß doch nur sie es war, die zwischen ihm und des Vetters Tochter stand und zwischen ihm und jeder andern gestanden hätte. Als er erfuhr, Christiane liebte seinen Bruder, hatte er die kleine Blechkapsel mit der Blume von der Brust genommen, wo er sie seit jenem Abende trug, da er sie irrend als für ihn hingelegt aufgehoben. Als Christiane seines Bruders Weib geworden war, packte er die Kapsel mit der Blume ein und schickte sie dem Bruder. Wegwerfen konnte er nicht, was ihm einmal teuer gewesen, aber besitzen durfte er die Blume nicht mehr. Besitzen durfte sie nur der, für den sie bestimmt gewesen, dem die Hand gehörte, die sie gegeben hatte.

Der Vater rief ihn zurück; er mußte gehorchen. Aber es war mehr als der bloße Gehorsam in ihm lebendig. Er ging nicht nur; er ging gern. Des Vaters Wort war ihm mehr Erlaubnis als Befehl. Wenn die Frühlingssonne in ein Gemach dringt, das den Winter über unbewohnt und verschlossen stand, dann sieht man, es war schlafendes Leben, was wie vertrocknete Leichen auf der Diele lag. Nun regt es sich und dehnt sich und wird zur summenden Wolke und braust jubelnd hinein in den goldenen Strahl. Nicht der Vater allein, jedes Haus der Vaterstadt, jeder Hügel, jeder Garten darum, jeder Baum darin rief ihn. Der Bruder, die Schwester – diesen Namen gab er Christianen – riefen ihn. Er fühlte sich sicher, daß es nur die Schwester war, die ihn zu ihr zog. Doch sie rief ihn ja nicht. Sie trug einen Widerwillen gegen ihn, hatte ihm der Bruder geschrieben, einen Widerwillen, so stark, daß sechs Jahre lang der Bruder vergeblich gegen ihn gekämpft. Es war ihm, als müsse er schon deswegen heim, damit er ihr zeigte, er verdiene ihren Widerwillen nicht, er sei wert, ihr Bruder zu sein. Das schrieb er dem Bruder in dem Briefe, der seinen Gehorsam meldete und den Tag angab, an dem der Bruder ihn erwarten sollte. Er konnte ihn versichern, daß die Erinnerungen an ehemals ihn nicht quälen würden, daß die Sorge des Bruders unbegründet sei.

So war es gekommen, daß der Gedanke an sie keine von den alten Hoffnungen erweckte. Als er von der Höhe herabsah, fragte er sich: »Wird mir's gelingen, ihr Bruder zu werden, die mir jetzt eine Schwester ist?«

Noch eine Weile stand er und sah hinab. Aber seine Haltung hatte sich verändert, und sein Blick war ein anderer geworden. In Gedanken hatte er die letzten sechs Jahre noch einmal durchlebt und war noch einmal aus einem blöden träumerischen Knaben zum Manne geworden. Als sein Blick wieder auf den Turm und die Kirche zu Sankt Georg fiel, hob sich die Hand nicht wie vorhin unwillkürlich, wie um eine unsichtbar ihm hingereichte zu drücken. Er schalt sich über sein kindisches Gaffen. Er mußte sobald als möglich die Dinge in der Nähe sehen, um sich ein Urteil zu bilden, was zu tun sei. Die Liebe zur Heimat war noch so stark in ihm als je, aber es war nicht mehr die des Knaben, dem die Heimat eine Mutter ist, die ihn hätschelnd in die Arme nimmt; es war die Liebe des Mannes. Die Heimat war ihm ein Weib, ein Kind, für das zu schaffen es ihn trieb.

*

Wer heute in das Haus hineinsehen konnte mit den grünen Fensterladen, etwa eine Stunde vor Mittag, der merkte wohl, daß die Gedanken seiner Bewohner nicht im gewöhnlichen alltäglichen Geleise gingen. Man konnte es sehen an der Art, wie die Leute aufstanden und wie sie sich setzten, wie sie die Türen öffneten und schlossen, wie sie Dinge anfaßten und wieder wegstellten, mit denen sie weiter nichts taten als sie nehmen und wieder hinstellen und offenbar auch weiter nichts tun wollten. Wer sich besinnt, in welcher Gemütslage er am öftesten die Uhr aus der Tasche zog, und noch ehe er sie wieder in die Tasche versenkt, schon vergessen hatte, welche Zeit es sei, und sie wieder hervorholte, und da er nicht wußte, warum er das getan, sie an das Ohr hielt, und ohne gehört zu haben, ob sie noch ging oder nicht, den Uhrschlüssel suchte und sie aufzog, vielleicht zum dritten Male in Zeit von einer

Stunde: der wird, falls er sich noch besinnen kann auf das, was er schon damals nicht wußte, als er es tat, erraten können, was die Leute zu aller der zwecklosen Tätigkeit verleitet. Auch der junge Herr, der eben zum sechsten Male seit einer Stunde seine Uhr aufziehen will, ist so wenig mit dem Bewußtsein bei diesem Geschäft, daß er es in der nächsten Viertelstunde zum siebenten Male versuchen wird. Dann setzt er seine wohlgenährte kurze Gestalt auf den Stuhl am Fenster, und es ist ungewiß, ob er hinaus auf die Straße sieht oder ob er bei den Gedanken ist, die in derselben zwecklosen Unruhe, die sein Äußeres zeigt, wie Wolkenschatten an seinem Bewußtsein vorbeiflattern. Er sitzt in schwarzer Sonntagskleidung einer jungen Frau gegenüber. Er hätte Zeit genug zu sehen, wie schön sie ist, wie anmutig ihr das zerstreute Wesen ansteht – und es kleidet sie weit besser als ihn. Zuweilen scheint er es auch zu sehen, aber dann ist es, als wär' es ihm keine Freude. Dann werden die Gedankenschatten auf seinem Gesichte tiefer und flattern nicht mehr so schnell darüber hin. Er betrachtet die schönen Züge der jungen Frau genauer, ja es ist, als ob er sie belauere, als ob er sich sorgenvoll frage, ob sie den Ausdruck von Widerwillen, der über ihnen hängt, behalten werde, bis – und klingt dann zufällig ein stärkerer Tritt von der Straße herein an sein Ohr, dann schrickt er auf, aber er vermeidet ihre schönen offenen Augen, die sie, vom Klange des Tritts geweckt, nach ihm hin aufschlagen kann.

Im Gärtchen kann der alte Valentin einem ebenso alten Herrn im blauen Rock nichts recht machen. Er ist zu aufgeregt und horcht und sieht zu viel durch den Zaun nach der Straße, darüber tut er bald zu wenig, bald zu viel. Und der alte Herr schilt manchmal, scheint es auch nur, um seine eigene Bewegung zu verbergen. Die Hände zittern merklich, mit denen er untersucht, ob die Buchsbaumeinfassung der kleinen Beete auch so eigensinnig gleichmäßig geschoren ist, wie er sie geschoren haben würde, besäße er noch das scharfe Auge von ehedem. Der alte Valentin müßte eine Träne von den hohlen Backen wischen, wie es so oft geschieht, über die

Hülflosigkeit des alten Herrn und tausend Vergleiche zwischen sonst und jetzt, die ihm der Anblick derselben herbeiruft; aber seine Augen und seine Gedanken sind auf der Straße vor dem Zaun.

Hinten am Ende des Ganges, neben der Tür des Schuppens, sitzt auf einem Haufen Schieferplatten ein ungemütlicher Gesell in Hemdärmeln. Der Ausdruck seines Gesichtes wechselt ohne sichtbaren äußeren Anlaß zwischen widerwärtiger Zutulichkeit und tückischem Trotz. Er kramt, scheint es, unter seinen Gesichtern wie ein Mädchen in ihrem Schmuck. Er hält beide bereit, um das rechte gleich bei der Hand zu haben. Er weiß noch nicht, welches er brauchen wird.

Vorn durch den Spalt der wenig geöffneten Haustüre lauscht das Dienstmädchen. Aber keine ihrer Bekannten geht vorbei. Bald wird sie auf einen Vorwand sinnen, die erste beste vorüberwandelnde Gestalt anzuhalten, nur um wie gelegentlich anzubringen, das Haus erwarte heute seinen jüngern Sohn aus der Fremde zurück. Einstweilen sagt sie es dem alten Hunde, der, bemüht, die verschiedenen Gruppen durch sein Ab- und Zugehen in Verbindung zu erhalten, eben bei ihr angekommen ist. Und sogleich wendet er sich nach dem Hofe zurück, wie um weiter zu sagen, was er vernommen. Der alte Hund ist von der Unruhe der Menschen angesteckt. Ist doch jetzt die Stunde, die er an andern Tagen vor seiner Hütte schlafend verbringt.

Die alte Gewohnheit scheint ihn zu mahnen, als er an seiner Hütte vorbeilaufen will. Er legt sich daneben, aber er schließt die Augen nicht; er scheint in tiefe Gedanken versunken. Denkt er sich die weite Erde mit ihren Bergen und Tälern und Flüssen, mit ihren Städten und Dörfern? Und von Ort zu Orte Straßen und auf jeder Straße Wanderer, fortziehende und heimkehrende?

Wer ein scharfes Auge hätte, die Herzensfäden alle zu sehen, die sich spinnen die Straßen entlang über Hügel und Tal, dunkle und helle, je nachdem Hoffnung oder Entsagung an der Spule saß, ein traumhaftes Gewebe! Manche reißen, helle dunkeln, dunkle werden hell; manche bleiben ausgespannt, solang die Herzen leben, aus denen sie gesponnen sind; manche ziehen mit unentrinnbarer Gewalt zurück. Dann eilt des Wanderers Seele vor ihm her und pocht schon an des Vaterhauses Tür und liegt an warmen Herzen, an Wangen, von Freudentränen feucht, in Armen, die ihn drücken und umfangen und ihn nicht lassen wollen, während sein Fuß noch weit davon auf fremdem Boden schreitet. Und steht er auf der Flur des Vaterhauses, wie anders dann, wie anders oft ist sein Empfang, als er geträumt! Wie anders sind die Menschen geworden! In einer Minute sagt er zweimal: »Sie sind's«, und zweimal: »Sie sind's nicht«. Dann sucht er die altbekannten lieben Stellen, die Häuser, den Fluß, die Berge, die das Heimatstal umgürten; die müssen doch die alten geblieben sein! Aber auch sie sind anders geworden. Oft sind es die Dinge, die Menschen, oft nur das Auge, das sie wiedersieht. Die Zeit malt anders als die Erinnerung. Die Erinnerung glättet die alten Falten, die Zeit malt neue dazu. Und die, mit denen er in der Erinnerung immer zusammen war, in der Wirklichkeit muß er sich erst wieder an sie gewöhnen.

Ob Apollonius das dachte, als er immer etwas vergebens erwartete und nicht wußte, daß es der Bruder war, der ihm entgegenkommen sollte? Ob der Bruder fühlte, Apollonius müsse nach ihm aussehen, als er so schnell von seinem Stuhle aufstand? Er hatte schon die Türklinke in der Hand. Er ließ sie fahren. Fiel ihm ein, er könne ihn verfehlen, und blieb, weil er Frau und Bruder die Peinlichkeit des Augenblickes ersparen wollte, in dem sie einander allein gegenüberstehen müßten? Sie mit dem Widerwillen und er mit dem Bewußtsein jenes Widerwillens! Jetzt stieg die alte Gestalt des Geschiedenen vor dem Bruder auf, und es war, als befreite sie ihn von schweren Sorgen. Es war die Wendung, mit der er sich sonst von dem Gegenwärtigen abwandte und dabei aussah, als sagte er zu sich: »Der Träumer!« und eine rasche Bewegung machte, wie um recht zu fühlen, welch ein anderer er sei, wie besser er sich auf das Leben verstehe und auf die Art, »die lange Haare hat und Schürzen trägt«. Er musterte mit einem beruhigten Blick in dem Spiegel seine gedrungene Gestalt, sein volles rotes Gesicht, das tiefer in den Schultern stak, als er meinte, wenigstens nicht tiefer, als er für schön hielt; er steckte die Hände in die Beinkleidertaschen und klapperte mit dem Gelde darin. Er besann sich, schon dem Gesellen am Schuppen gesagt zu haben: »Es bleibt beim alten in der Arbeit. Du nimmst von niemand Befehle als von mir. Ich bin Herr hier.« Und der hatte so eigen-zweideutig gelacht, als sagte er ein lautes Ja zu dem Redenden und zu sich: »Ich lass' dich so reden, weil ich es bin.« Fritz Nettenmair dachte: »Lange wird er nicht bleiben; dafür will ich schon tun.« Und über der Bewegung, die wiederum sagte: »Ich bin ein Kerl, der das Leben versteht«, fiel ihm der Ball ein, an dem er das heute abend noch viel genugtuender empfinden wird, weil er es in allen Augen lesen kann, was er ist und kein anderer so außer ihm.

Seine junge Frau scheint Ähnliches zu denken. Auch sie sieht in den Spiegel; ihre Blicke begegnen sich darin. Die Ehe soll die Gatten sich ähnlich machen. Hier traf die Bemerkung. Das Zusammenleben hatte hier zwei Gesichter sich ähnlich gemacht, die unter andern Umständen sich vielleicht ebenso unähnlich sehen würden. Und es hatte eigentlich nicht beide einander ähnlich gemacht, sondern nur eins davon dem andern. Die übereinstimmenden Züge – das konnte ein scharfes Auge sehen – waren nur ihm eigen; er hatte nur gegeben, aber nicht empfangen. Und doch wäre es umgekehrt besser gewesen für beide, wenn er es auch nicht eingestehen würde und sie es nicht fühlte, wenigstens in diesem Augenblicke nicht. Vielleicht auch morgen und übermorgen noch nicht. Wieviel Zeit mag nötig sein, wieviel Schmerzen wird sie zu Hülfe nehmen müssen, von einem ursprünglich so schönen Menschenbilde abzuwaschen, womit die Gewohnheit von Jahren es beschmutzt!

Die Tür flog auf, das hochgerötete Antlitz des Dienstmädchens erschien in ihr. »Er kommt!« Wer in der Straße zufällig am Fenster steht, schaut mit Wohlgefallen auf die frische, schlanke, männliche Gestalt herab, die daher kommt, den

Tornister auf dem Rücken, den Stock unter dem Arm. Denn er hat keine Hand frei. An der rechten führt er ein Mädchen, zwei kleinere Knaben halten sich zugleich an seiner linken fest: ein Umstand, der das Fortkommen nicht erleichtert. Die Nachbaren, die wußten, wer erwartet wurde, füllen Fenster und Türen. Er hat nun nicht bloß den unermüdlich auf ihn einredenden Kindern, er hat auch andern zu antworten. Den Alten muß er auf Grüße und Scherzreden erwidern, Schulkameraden zuwinken, vor errötenden Mädchengesichtern sich verneigen. Den Hut kann er nicht abziehen; die Kinder geben seine Hände nicht frei. Aber die Grüßenden verlangen es auch nicht; sie sehen, wie unmöglich es ihm ist. Und wo er vorübergegangen, da sagt ein Winken hinter ihm her: »Er ist noch der alte, hübsche, bescheidene Junge«, und ein gehobener Finger setzt hinzu: »Aber er ist kein Junge mehr; er ist ein Mann geworden, und was für einer!« Ist das Fenster geschlossen, wird alles zu seinem Lobe laut, nur die Mädchen nicht, die reif genug waren, sein Neigen mit unwillkürlichem Erröten zu erwidern; die sind stiller als sonst, und die Sonne, die heut so viel heller scheint als an andern Tagen, bringt die seltsamsten Wirkungen auf sie hervor. Zunächst einen eigenen Drang der Füße, in der Richtung nach den Fenstern sich zu bewegen; dann ein ebenso wunderbar-plötzliches Wiedererwachen längst entschlafener Freundschaften, deren Gegenstände in der Nähe des Nettenmairschen Hauses wohnen und die man besuchen muß; endlich merkwürdig oft wiederkehrenden Andrang des Blutes nach dem Kopfe, den man für ein Erröten angesehen hätte, war nur irgendein Grund dazu vorhanden.

Ob die Veränderung, die mit unserm Wanderer in der Fremde vorgegangen, seinen Bruder ebenso erfreuen wird als die Nachbaren?

Er ist an der Tür des Vaterhauses angekommen. Vergeblich hat er an den Fenstern nach einem bekannten Antlitz gesucht. Jetzt kommt ein untersetzter Herr im schwarzen Frack herausgestürzt. So hastig kommt er gestürzt, so wild umschlingt er ihn, so fest drückt er ihn an seine weiße Weste, so nahe drängt er Wange gegen Wange, so lange läßt er sie da ruhen, daß man die Wahl hat, zu glauben, er liebt den Bruder außerordentlich, oder – er will sich nicht gern in die Augen sehen lassen von ihm. Aber er muß ihn doch endlich einmal aus den Armen lassen; er nimmt ihn unter den rechten und zieht ihn in die Türe.

»Schön, daß du kommst! herrlich, daß du kommst! Es war eigentlich nicht nötig – ein Einfall von dem im blauen Rock, und der hat nichts mehr zu befehlen im Geschäft. Aber es ist wirklich schön von dir; es tut mir nur leid, daß du deiner Braut unnütz die Augen rot machst.« »Deiner Braut!« das sprach er so deutlich und mit so erhöhter Stimme, daß man es in der Wohnstube vernehmen und verstehen konnte.

Der Ankömmling suchte mit feuchten Augen in des Bruders Angesicht, wie um Zug für Zug durchzugehen, ob auch alles noch darin sei, was ihm so lieb und teuer gewesen. Der Bruder tat nichts dazu, ihm das Geschäft zu erleichtern. Was ihn auch hindern mochte, er sah nur, was sich zwischen Apollonius' Kinn und Fußspitzen befand. Er hatte vielleicht gedacht, sich mit der alten Wendung auf den Fersen an die Spitze des Zuges zu stellen. Aber nach dem Wenigen, das er gesehen, paßte »der Träumer« nicht mehr, und die Wendung unterblieb.

»Der Vater hat es haben wollen«, sagte der Ankömmling unbefangen. »Und was du da von einer Braut sagst –«

Der Bruder unterbrach ihn; er lachte laut in seiner alten Weise, so daß man, sprach Apollonius auch weiter, ihn nicht mehr verstanden hätte. »Schon gut, schon gut! Noch einmal: es ist prächtig, daß du uns besuchst, und vierzehn Tage wenigstens wirst du festgehalten, magst du wollen oder nicht. Kehr' dich nicht an die«, setzte er leiser hinzu und zeigte mit der Rechten durch die Türe, die er eben mit der Linken öffnete.

Die junge Frau stand mit dem Rücken gegen die Tür an einem Schrank, in welchem sie kramte. Verlegen und nicht eben freundlich wandte sie sich, und nur nach dem Manne. Noch sah der Schwager nichts als einen Teil ihrer rechten

Wange und eine brennende Röte darauf. Was man sonst an ihrem Benehmen auszusetzen fände, es zeigte sich darin eine unverkennbare Ehrlichkeit, ein Unvermögen, sich anders zu geben, als sie war. Sie stand da, als mache sie sich gefaßt, eine Beleidigung hören zu müssen. Der Ankömmling ging auf sie zu und ergriff ihre Hand, die sie ihm erst schien entziehen zu wollen und dann regungslos in der seinen liegen ließ. Er freute sich, seine werte Schwägerin zu begrüßen. Er bat ihr ab, daß er durch sein Kommen sie erzürne, und hoffte, durch redliches Bemühen den unverkennbaren Widerwillen zu besiegen, den sie gegen ihn trage.

In so schonende und artige Wendung er Bitte und Hoffnung kleidete, er sprach beide bloß in Gedanken aus. Daß alles so war, wie er es sich gedacht, und doch wieder so ganz anders, nahm ihm Unbefangenheit und Mut.

Der Bruder machte der peinlichen Pause – denn seine Frau antwortete mit keinem Laute – ein willkommenes Ende. Er zeigte auf die Kinder. Sie drängten sich noch immer, unbeirrt von allem, was die Erwachsenen bedrängte und sie nicht bemerkten und verstanden, um den neuen Onkel; und dieser war froh über den Anlaß, sich zu ihnen herabzubeugen und tausenderlei Fragen beantworten zu müssen.

»Die Brut ist aufdringlich«, sagte der Bruder. Er zeigte auf die Kinder, aber er sah verstohlen nach der Frau. »Bei alledem wundert's mich, wie ihr bekannt geworden seid. Und so schnell so vertraut«, fügte er hinzu. Er mochte in Gedanken seine letzte Bemerkung weiterspinnen: »Es scheint, du verstehst schnell vertraut zu werden und zu machen.« Ein Schatten wie von Besorgnis legte sich über sein rotes Gesicht. Aber den Kindern galt die Besorgnis nicht; er hätte sonst dabei nach den Kindern gesehen und nicht nach seiner Frau.

Der Ankömmling sprach immer eifriger mit den Kindern. Er hatte die Frage überhört, oder er wollte vor der zürnenden Frau nicht merken lassen, wessen Bild er so lebendig in sich trage. Die Ähnlichkeit mit der Mutter hatte ihn die Kleinen, die ihm zufällig begegnet, als seines Bruders Kinder erkennen lassen. Die Frage aber, wie sie so schnell mit ihm vertraut werden konnten, hätte man an den alten Valentin tun müssen. War er es doch gewesen, der ihnen immer von dem Onkel erzählt, der bald zu ihnen komme. Vielleicht nur, um mit jemand von dem sprechen zu können, von dem er so gern sprach. Der Bruder und die Schwägerin wichen solchen Gesprächen aus, und der alte Herr machte sich nicht so gemein mit dem alten Gesellen, über Dinge mit ihm zu sprechen, die ihm den Vorwand bieten konnten, in irgendeine Art Vertraulichkeit gegen ihn zu verfallen. Der alte Valentin hätte auch sagen können, die Kinder waren nicht zufällig dem Onkel begegnet. Sie waren gegangen, um ihn zu finden. Der alte Valentin hatte daran gedacht, wie tausend Heimkehrenden die harrende Liebe entgegeneilt; es hatte ihm weh getan, daß nur seinem Liebling kein Gruß entgegenkäme, ehe er pochte an des Vaters Tür.

Apollonius verstummte plötzlich. Er erschrak, daß die Verlegenheit ihn des Vaters vergessen gemacht. Der Bruder verstand seine Bewegung und sagte erleichtert: »Er ist im Gärtchen.« Apollonius sprang auf und eilte hinaus.

Da unter seinen Beeten kauerte die Gestalt des alten Herrn. Er folgte der Schere des alten Valentin, der auf den Knieen vor ihm herrutschte, noch immer mit den prüfenden Händen. Er fand manche Ungleichheit, die der Geselle sofort entfernen mußte. Ein Wunder war es nicht. Der alte Valentin dachte jede Minute zweimal: »Jetzt kommt er!« Und wenn er so dachte, fuhr die Schere quer in den Buchsbaum hinein. Und der alte Herr würde noch anders gebrummt haben, hätte nicht derselbe Gedanke die Hand unsicher gemacht, die nun sein Auge war.

Apollonius stand vor dem Vater und konnte vor Schmerz nicht sprechen. Er hatte lang gewußt, der Vater war blind, er hatte sich ihn oft in schmerzlichen Gedanken vorgemalt. Da war er gewesen wie sonst, nur mit einem Schirm vor den Augen. Er hatte sich ihn sitzend oder auf den alten Valentin sich lehnend gedacht, aber nie, wie er ihn jetzt sah, die hohe Gestalt hülflos wie ein Kind, die kauernde Stellung, die zitternd und ungewiß vor sich hingreifenden Hände. Nun wußte er erst, was blind sein heißt.

Valentin setzte die Schere ab und lachte oder weinte auf den Knieen; man konnte nicht sagen, was er tat. Der alte Herr neigte erst wie horchend den Kopf auf die Seite, dann nahm er sich zusammen. Apollonius sah, der Vater empfand seine Blindheit als etwas, des er sich schämen müsse. Er sah, wie der alte Herr sich anstrengte, jede Bewegung zu vermeiden, die daran erinnern könnte, er sei blind. Er wußte nun erst, was bei dem alten Mann, den er so liebte, blind sein hieß! Der alte Herr ahnte, daß der Ankömmling in seiner Nähe war. Aber wo? auf welcher Seite? Apollonius fühlte, der Vater empfand diese Ungewißheit mit Beschämung, und zwang die versagende Brust zu dem Rufe: »Vater! lieber Vater!« Er stürzte neben dem alten Herrn in die Kniee und wollte beide Arme um ihn schlagen. Der alte Herr machte eine Bewegung, die um Schonung zu bitten schien, obgleich sie nur den Jüngling von ihm abhalten sollte. Der schlug die zurückgewiesenen Arme um die eigene Brust, den Schmerz da festzuhalten, der, über die Lippen gestiegen, dem Vater verraten hätte, wie tief er dessen Elend empfand. Die gleiche Schonung ließ den alten Valentin die unwillkürliche Bewegung, dem alten Herrn sich aufrichten zu helfen, zu einem Griff nach der Schere machen, die zwischen ihm und diesem lag. Auch er wollte dem Ankömmling verbergen, was nicht zu verbergen war. So treu und tief hatte er sich in seinen alten Herrn hineingelebt.

Der alte Herr hatte sich erhoben und reichte dem Sohne die Hand, etwa als wäre dieser so viel Tage fortgewesen, als er Jahre fortgewesen war. »Du wirst müde sein und hungrig! Ich leide etwas an den Augen, aber es hat nichts zu sagen. Wegen des Geschäftes rede mit dem Fritz. Ich hab's aufgegeben. Ich will Ruhe haben. Aber das ist's eigentlich nicht; junge Leute müssen auch einmal selbständig werden. Das gibt mehr Lust zum Geschäft.«

Er trat dem Sohn um einen Schritt näher. Es war wie ein Kampf in ihm. Er wollte etwas sagen, das niemand hören sollte als der Sohn. Aber er schwieg. Ein Gedankenschatten von Mißtrauen und Furcht, sich etwas zu vergeben, flog über sein steinernes Gesicht. Er winkte dem Sohn zu gehen. Aber er selbst blieb regungslos stehen, bis sein scharfes Ohr die Tür der Wohnstube öffnen und schließen gehört. Dann ging er nach der Laube, immer voll Anstrengung und scheinbarer Sorglosigkeit. Drin stand er lang, mit dem Gesichte der grünen Hinterwand zugekehrt, und schien die Ranken von Teufelszwirn, die diese bildeten, angelegentlich zu mustern. Allerlei Gedanken zogen über seine Stirn. Es waren sorgenvolle, seltener von Hoffnung angeschimmert als von Argwohn überdunkelt, und alle galten dem Geschäft und der Ehre des Hauses, um das er vor allen, selbst vor den Gliedern dieses Hauses, sich nicht im entferntesten zu kümmern den Anschein gab.

Warum er unterdrückt, was er dem Ankömmling sagen wollte? War es vom Geschäft oder von der Ehre des Hauses? Und wußte oder ahnte er: der anstatt seiner nun um beides zu sorgen hatte, stand an die Tür des Gärtchens gelehnt und konnte hören, was er mit dem Ankömmling sprach, und wenn er heimlich mit ihm sprach, wenigstens sehen, daß er dies tat? War es der Grund, warum er Apollonius hatte zurückrufen lassen aus der Fremde? Und schien ihm noch jetzt jedes Aussprechen eines Warum mit seinem Ansehn unverträglich?

Es war ein wunderlich Beisammensein drin in der Wohnstube am Mittagstisch. Der alte Herr aß, wie immer, allein auf seinem Stübchen. Auch die Kinder waren entfernt worden und kamen erst nach dem Essen wieder herein. Die junge Frau hielt sich mehr in der Küche oder sonst wo draußen auf; und saß sie einmal wenige Minuten lang am Tisch, so war sie stumm wie bei der Begrüßung; die grollende Wolke wich nicht von ihrer Stirn. Der Bruder war des Vaters Zustand gewohnt, der Apollonius noch mit erster Schärfe in das Herz schnitt; er erzählte nur von den Wunderlichkeiten desselben; der im blauen Rock wisse selbst nicht, was er wolle, und mache sich und allen im Hause ohne Not das Leben sauer. Begann Apollonius von dem Geschäft, von der bevorstehenden Reparatur des Kirchendachs von Sankt Georg, dann sprach der Bruder von Vergnügungen, mit denen er sich freue, dem Bruder seinen Aufenthalt bei ihm angenehmer zu machen, und gedachte dieses Aufenthalts stets als eines vorübergehenden Besuches. Sagte der ihm, er sei nicht gekommen, sich zu vergnügen, sondern zu arbeiten, dann lachte er wie über einen unvergleichlichen Witz, daß Apollonius helfen wolle, nichts zu tun, und zeigte, er verstehe Spaß, und wäre er noch so trocken vorgetragen. Dann, war seine Frau hinausgegangen, forschte er nach dem Verhältnis Apollonius' zu der Tochter des Vetters und lachte dann wieder über den Bruder Spaßvogel, in dem man den alten Träumer gar nicht wiedererkenne.

Nach Tisch kamen die Kinder wieder herein und mit ihnen mehr Leben und Gemütlichkeit. Während Apollonius vor den alten Verhältnissen noch als vor neuen und fremden stand, hatte das neue zu den Kleinen schon die ganze Vertraulichkeit eines alten gewonnen. Den ganzen Nachmittag beschäftigte den Bruder und, wie es schien, auch die Schwägerin nur der Ball. Der Bruder vergaß immer mehr, was ihm unbehaglich sein mochte, über dem Eindruck, den er als Hauptperson bei dem Feste auf den Ankömmling machen würde, und benutzte die Zeit bis zum Beginne desselben, ihm durch Erzählungen und hingeworfene Winke von Ehre und Aufmerksamkeit, die ihm bei solchen Gelegenheiten von den angesehensten Bürgern erwiesen werde, einen Vorgeschmack zu geben. Er wurde zusehends heiterer und schritt immer stolzer in der Stube hin und her. Das Knarren seiner wohlgewichsten Stiefel sagte einstweilen, ehe es die Ballgäste taten: »Ei, da ist er ja! da ist er ja!« und wenn er dazwischen mit beiden Händen in den Hosentaschen mit Geld klapperte, klang es aus allen Saalecken: »Nun wird's famos! nun wird's famos!« Und dahin zwischen den Bewillkommnenden – aber schon ging er nicht mehr, er schwebte, er schwamm auf der Musik – jeder Tanz war eine Jubelouvertüre auf den Namen Nettenmair – er fühlte keinen Boden, keine Füße, keine Beine mehr unter sich, kaum noch die junge Frau Nettenmair, die neben ihm schwamm, an seiner rechten Floßfeder hangend, die Schönste unter den Schönen, wie er der Jovialste unter den Jovialen, der Daumen an der Hand des Balles war.

Und zwei Stunden darauf klang es wirklich von allen Seiten: »Da ist er!« rief es wirklich aus allen Ecken: »Nun wird's famos!« Wo sie vorbeikamen, wurden Stühle angeboten. Keine Hand wurde so oft und anhaltend geschüttelt als des jovialen Fritz Nettenmairs, keinem Gesellschaftsmitgliede so viel ungeheucheltes Lob in die Ohren gegossen als ihm. Aber wie liebenswürdig war er auch! Wie herablassend nahm er alle die verdienten Huldigungen auf! Wie witzig zeigte er sich; wie gefällig lachte er. Und nicht allein über seine eigenen Späße – denn das war keine Kunst; sie waren so geistreich, daß er lachen mußte, wenn er nicht wollte – auch über andere, so wenig die es, gegen die seinen gehalten, verdienten. Es gab freilich auch Leute, die sich wenig an ihn kehrten, aber er bemerkte sie nicht, und die es deutlicher zeigten, waren »Philister, Alltagskerle, unbedeutende Menschen«, wie er dem Bruder mit verächtlichem Bedauern in das Ohr sagte. Es war ganz eigen; man konnte an dem Grad ihrer Verehrung von Fritz Nettenmair ihre größere oder geringere Bedeutung als Menschen und Bürger ganz genau ermessen. Da stand er, den roten Kopf in den Schultern, die das ungeheuchelte Gefühl seiner Wichtigkeit – und seine eigene stille Meinung von sich war noch ungeheuchelter als die laut ausgesprochene der bedeutendsten Leute im Saale über ihn – noch mehr als gewöhnlich in die Höhe gezogen, die Arme bald in graziöser Eckigkeit an den Leib gedrückt, bald ausgestreckt, um mit dem Stocke irgendeinem der bedeutendsten Leute eine klatschende Liebkosung zu versetzen, die jederzeit mit einem dankbaren Lächeln erwidert wurde.

Als der Tanz begann, zog Fritz Nettenmair den Bruder in eine Nebenstube. »Du mußt tanzen«, sagte er. »Von meiner Frau würdest du einen Korb holen, und das wär' mir unangenehm. Ich will dir eine zuführen, die firm ist und dich im Takt erhalten kann. Nur herzhaft, Junge, wenn's auch nicht gleich gehen will.«

Fritz Nettenmair hatte in der Aufregung der Eitelkeit sechs Jahre vergessen. Der Bruder war ihm noch der alte Träumer, den er zuweilen zu seinem Vergnügen zu tanzen zwang. Als er nun, die Weigerung nicht achtend, Apollonius das Mädchen zuführte, ergab sich dieser, um nicht unhöflich zu erscheinen.

Herr Fritz Nettenmair war der gutmütigste Mensch von der Welt, solang er sich als alleinigen Gegenstand der allgemeinen Bewunderung wußte. In solcher Stimmung konnte er für diejenigen, die sein Glanz in den Schatten stellte, Taten der Aufopferung tun. So auch jetzt. Wie er unter den bedeutenden Leuten saß, die er mit Champagner traktierte, und in den Augen seiner Frau die Befriedigung las, mit der sie ihn mit Ehren überhäuft sah, kam die Empfindung über ihn, als habe er dem Bruder ein großes Unrecht verziehen und er sei ein außerordentlich edler Mensch, der alle die Ehrenbezeugungen verdiene und in wunderbarer Anspruchslosigkeit sich dennoch herablasse, sich durch sie rühren zu lassen. Eben tanzte Apollonius vorüber. Er sah, der war der alte Träumer nicht mehr, aber er vergab ihm auch das. Alle Augen waren auf den schönen Tänzer und seinen gewandten Anstand gerichtet. Fritz zog seine Frau auf, und in der Gewißheit, wie sehr er den Bruder überglänzen müsse, hatte er noch die Wollust, dem Bruder wer weiß wieviel Unrecht, das ihm dieser nie zugefügt, zu verzeihen.

Aber der Undankbare! Er ließ sich nicht überglänzen. Fritz Nettenmair tanzte jovial und wie einer, der die Welt kennt und mit der Art umzugehen weiß, die lange Haare hat und Schürzen trägt; der Bruder war ein steifes Bild dagegen. Der nickte den Takt nicht mit dem Kopfe, der warf nicht, trat der linke Fuß im Niedertakte auf, den Oberleib auf die rechte Seite und umgekehrt; der fuhr nicht mit kühner Genialität hin und wieder quer über den Tanzsaal und stach andere Paare aus; der tanzte durchaus weder jovial noch wie einer, der die Welt kennt und mit der Art umzugehen weiß, die lange Haare und Schürzen trägt; und dennoch blieben alle Blicke auf ihm haften, und Fritz Nettenmair übertraf vergeblich sich selbst.

Es war der ledernste Ball, den Fritz Nettenmair mitgemacht; er konnte nicht lederner sein, war Fritz Nettenmair daheim geblieben. Fritz Nettenmair versicherte es mit hohen Schwüren, und die bedeutenden Leute, die seinen Champagner tranken, stimmten, wie immer, unbedingt in seine Meinung ein.

Einige bedeutende Frauen sprachen gegen Frau Nettenmair ihre gerechte freundschaftliche Entrüstung über den Schwager aus. Daß dieser nicht die Schwägerin zuerst zum Tanze aufgezogen, bewies eine unverzeihliche Mißachtung derselben. Die Frau Nettenmair, die das allgemeine Unrecht an ihrem jovialen Gatten so tief fühlte, als wäre es ihr selber angetan, sagte, der Schwager habe wohl gewußt, daß er sich nur einen Korb bei ihr geholt hätte. Aber Apollonius wurde nur immer mehr bewundert und geehrt und der Ball demzufolge nur immer noch lederner. So ledern, daß Fritz Nettenmair mit seiner Frau zu einer Stunde aufbrach, wo er sonst erst recht jovial zu werden anfing. Dennoch sammelte er feurige Kohlen auf des undankbaren Bruders Haupt. Er bat in dessen Namen das Mädchen, dem Bruder zu erlauben, daß er sie heimbegleiten dürfe. Dann ging er aus dem Nebenstübchen wieder in den Saal zu seiner Frau und verließ mit dieser unter der ungeheucheltsten Verzweiflung der bedeutenden Leute, die noch Durst nach Champagner hatten, das Haus.

Apollonius fand, als er des aufgenötigten Ritterdienstes gegen seine Dame sich entledigt, die Tür des Vaterhauses offen und alle seine Bewohner schon im Schlafe. Wenigstens zeigte sich nirgends Licht, und alles war still. Der Bruder hatte ihm das Kämmerchen links an der Emporlaube zur Wohnung angewiesen. Zu Apollonius' Glück hatten die sechs Jahre das Haus nicht verändert wie seine Bewohner. Er ging leise durch die Hintertür, an dem freundlich knurrenden Moldau vorbei, dem er voll Dankbarkeit für das Zeichen seiner Beständigkeit den rauhen Hals streichelte, stieg die Treppe herauf, schritt die Emporlaube entlang und fand ein Bett in seinem Stübchen. Aber er saß noch lang, ehe er sich entkleidete, auf dem Stuhl am Fenster und verglich, was er gefunden, mit dem, was er verlassen.

Gedanken und Bilder des Vergleichs spielten noch in seine Träume hinein. Der Vater stand wieder vor ihm und kündigte ihm an, er müsse noch morgen nach Köln, und inmitten der Rede brach die rüstige Gestalt zusammen und tappte hülflos mit zitternden Händen an der Erde herum und schämte sich ihrer Blindheit. Der Bruder saß dabei und trank Champagner. Die Schwägerin kam aus dem Hause, das liebliche offene Gesicht voll Zutraulichkeit und Aufrichtigkeit von sonst; die Blume, die sie vor Apollonius hinlegen wollte, fiel aus ihrer Hand, als sie den Bruder erblickte, und der ihm neue fremde Zug von Leerheit, gedankenloser eitler Vergnügungssucht, von grollender Bitterkeit gegen Apollonius legte sich über sie wie ein schmutziges Spinnengewebe. Er wollte arbeitend sich vergessen, aber der Bruder rüttelte an dem Fahrstuhl, daß er fast hinunterstürzte aus der Schwindelhöhe auf das Pflaster, und sagte, ein Besuch für vierzehn Tage dürfe nicht arbeiten. Er wolle ja ohnehin wieder heim. Und sonderbar war es, daß ihm jetzt Köln als seine Heimat erschien und seine Vaterstadt so fremd, daß er sich die bittersten Vorwürfe machte in seiner Gewissenhaftigkeit. Dann fand er sich wieder auf dem Fahrstuhl hoch am Turmdach. Da war alles anders, als es sein sollte, die Schiefer in verkehrter Richtung gedeckt, und nun stak er in die Ausfahrtür eingeklemmt, ringsum in staubige Spinnengewebe eingewickelt; er hatte seine Festtagskleider an; sie waren voll Schmutz; er wischte und bürstete, daß er schwitzte, und sie wurden nicht rein.

Und sooft er von der vergeblichen Bemühung aufwachte, wiederholte er sich laut den Entschluß, den er vor dem Niederlegen gefaßt. Am nächsten Morgen mußte er wissen, was er hier sollte, mußte sein Verhältnis zum Vaterhause ein klares sein. War keine Arbeit für ihn, so sah ihn der Morgen noch auf seinem Rückwege nach Köln.

Mit der Sonne war er auf; aber er mußte lange warten, bis es dem Bruder gefiel, sich von seinem Lager zu erheben. Er benutzte die Zeit zu einem Gange nach Sankt Georg; er wollte sich selbst überzeugen, was dort zu tun sei. Als er wieder zurückkam, traf er auf seinen Bruder und einen Herrn mit ihm, die eben im Begriffe waren, die Wohnstube zu verlassen. Den Herrn kannte Apollonius noch von früher her als den Deputierten des Stadtrats für das Baufach. Sie begrüßten sich. Sie hatten schon gestern auf dem Balle sich gesprochen, wo der Herr sich eben nicht als ein bedeutender Mensch und Bürger ausgewiesen, vielmehr zu den Philistern, Alltagskerlen und Unbedeutenden gehalten hatte. Es schien ihm nicht unlieb, Apollonius eben jetzt zu begegnen. Nach einigen hergebrachten Wechselreden kam er auf den Zweck seines Hierseins. Es sollte diesen Morgen noch eine letzte Beratung von Sachverständigen stattfinden über das, was an Kirchen- und Turmdach zu tun sei, damit das Resultat derselben noch bei der am Nachmittag stattfindenden Ratssitzung vorgetragen und Beschluß gefaßt werden könne. Fritz Nettenmair und der Ratsbauherr waren eben auf dem Wege nach Sankt Georg, wo sie die übrigen Sachverständigen bereits versammelt wußten.

Der Bruder wollte seinen Besuch, wie er sagte, nicht mit der Teilnahme an fremden Geschäften beschweren; ebensowenig mochte er ihn – aber das sagte er nicht – allein daheim lassen. Er bestellte Apollonius nach dem Waldhause, von wo er ihn zu einem Spaziergange abholen würde. Apollonius versicherte ganz unbefangen, daß er lieber der Verhandlung beiwohnen möchte, und als der Ratsbauherr ihn sogar als einen Sachverständigen mehr zum Mitgehen aufforderte, war kein Vorwand zu finden, es zu verhindern. Vielleicht hatte Fritz Nettenmair eine Ahnung davon, bald werde er dem Ankömmling noch weit mehr zu verzeihen haben.

Sie fanden die übrige Versammlung, zwei fremde Schieferdeckermeister und die städtischen Ratsbauleute, den Rats-Zimmermann, -Maurer und -Klempner an der Turmtüre ihrer harrend. Man hatte bereits einige fliegende Rüstungen zum Behufe der Untersuchung an dem Dache angebracht; auf dem Kirchenboden, der größten davon zunächst, ging die Beratung vor sich. Apollonius stand bescheiden einige

Schritte entfernt, um zu hören und, wenn er gefragt würde, auch zu reden. Er hatte das Dach vorhin genau untersucht und sich eine Meinung von der Sache gebildet.

Die beiden fremden Schieferdecker sprachen sich für die Notwendigkeit einer umfassenderen Reparatur aus. Fritz Nettenmair dagegen war überzeugt, mit einigen kleinen Flikkereien, die er angab, sei wiederum für Jahre geholfen. Ihm stimmten die Ratsmeister, Zimmermann, Maurer und Blechschmied, eifrig bei; lauter joviale und bedeutende Männer vom gestrigen Balle, die gewissenhaft schlossen, wessen Champagner man trinke, dessen Meinung müsse man sein. Die fremden Schieferdecker wußten recht gut, der Rat fürchtete die Kosten einer umfassenderen Reparatur und verschob die höchst notwendige schon lange von Jahr zu Jahr. Da sie obendrein selbst keine Aussicht hatten, sich die Reparatur übertragen zu sehen, so gaben sie sich nicht unnütze Mühe, Herrn Fritz Nettenmair Arbeit und Gewinn aufdringen zu helfen, woran ihm selber nichts gelegen schien. Sie fanden daher im Laufe der Verhandlung immer mehr, daß, je nachdem man die Sache ansehe, auch Herr Fritz Nettenmair recht habe. Vielleicht begriff der Ratsbauherr, ein braver Mann, ihre wie der bedeutenden Leute Beweggründe. Er hatte mit unbefriedigtem Gesicht eine Weile geschwiegen, als ihm Apollonius einfiel. Er sah in dessen Zügen ein Etwas ausgedrückt, das seiner eigenen Meinung zu entsprechen schien. »Und was sagen Sie?« wandte er sich zu ihm.

Apollonius trat bescheiden einen Schritt näher. »Ich wünschte, Sie sähen sich die Sache so genau als möglich an«, sagte der Ratsherr.

Apollonius entgegnete, er habe das bereits getan.

»Ich brauche Sie nicht darauf aufmerksam zu machen«, fuhr der Ratsherr fort, »wie wichtig die Sache ist.«

Apollonius verbeugte sich. Der Bauherr hielt zurück, was er noch sagen wollte. Aus des jungen Mannes Angesicht sprach bei aller Weichheit und Milde so strenge Gewissenhaftigkeit und eigensinnige Redlichkeit, daß der Ratsherr sich der Ermahnung fast schämte, die er an ihn hatte richten wollen.

Apollonius begann nun mit den Ergebnissen seiner vorhin angestellten Untersuchung. Er stellte den Zustand der Stellen dar, die er hatte prüfen können, und was sich daraus auf die übrigen schließen ließ. Seit achtzig Jahren hatte, das war aus den Kirchenrechnungen bekannt, das Kirchendach keine umfassendere Reparatur erfahren. Wenn auch die Schieferdecke bei gutem Material noch weit länger den Elementen trotzt, ist das doch nicht mit den Nägeln der Fall, mit denen die Schieferplatten auf Belattung und Verschalung aufgenagelt sind. Und wo er geprüft, hatte er die Nägel zum Teile völlig zerstört, zum Teil der völligen Zerstörung nahe gefunden. Das Kirchendach war ein sehr steiles Pultdach; da die Nägel ihre Schuldigkeit nicht mehr taten, hatten sich viele Platten verschoben und der Nässe das Eindringen gestattet; dort zeigte sich, selbst wo sie von Eichenholz war, die Belattung und Verschalung gänzlich morsch, und solcher Stellen waren überall.

Es zeigte sich unumgänglich notwendig, die ganze Bedachung umzudecken und die Belattung und Verschalung der morschen Stellen durch neue zu ersetzen. Ein Winter noch mußte den Zustand um weit mehr verschlimmern, als durch Verzögerung der Reparatur an Zinsen erspart wurde; denn diese konnte man ohne größten Schaden doch nur höchstens bis auf das nächste Jahr hinausschieben. Er führte die Versammelten an Stellen, die zum Belege dienen konnten. Er zog nicht selbst den Schluß, sondern wußte mit der Kunst, die er von dem Vetter gelernt, die Gegner zu zwingen, das für ihn zu tun.

Das Vertrauen und die Achtung des Ratsbauherrn vor unserem Apollonius wuchs zusehends. Er wandte sich im weiteren Gespräch fast nur an ihn und schüttelte ihm herzlich die Hand, als er die Versammlung verließ. Er hoffte, Apollonius werde bei dem Werke, wenn es, wie er nun nicht mehr zweifelte, die Genehmigung des Rats erhielt, sich tätig beteiligen, und trug ihm auf, ein Gutachten abzufassen, auf welche

Weise es am zweckmäßigsten anzugreifen sei. Apollonius dankte bescheiden für das Vertrauen, dem er würdig zu entsprechen suchen wolle. Über seine Mittätigkeit bei der Arbeit selbst, entgegnete er, habe sein Vater als Meister zu entscheiden.

»Ich gehe gleich mit Ihnen«, sagte der Ratsbauherr, »und spreche mit ihm.«

Hatte gleich der Bruder das Geschäft bis jetzt geleitet und wurde er auch von den bedeutenden Leuten als Meister anerkannt und behandelt, er war es noch nicht. Der Alte hatte ihn so wenig Meister werden lassen, als ihm das Geschäft förmlich übergeben; er wollte sich, wo er es nötig fände, ein souveränes Einschreiten frei halten.

Der alte Herr hörte die Kommenden schon von weitem und tastete sich nach der Bank in seiner Laube. Da saß er, als sie eintraten. Nach geschehener Begrüßung fragte der Bauherr nach Herrn Nettenmairs Befinden.

»Ich danke Ihnen«, entgegnete der alte Herr; »ich leide etwas an den Augen, aber es hat nichts zu sagen.« Er lächelte dazu, und der Bauherr wechselte mit Apollonius einen Blick, der dem Manne Apollonius' ganze Seele gewann. Dann erzählte er dem alten Herrn die ganze Beratung und machte, daß Apollonius in seiner Bescheidenheit errötete und lange nicht seine gewöhnliche Farbe wiederfand. Der alte Herr rückte seinen Schirm tiefer in sein Gesicht, um niemand die Gedanken sehen zu lassen, die da wunderlich miteinander kämpften. Wer unter den Schirm sehen konnte, hätte gemeint, zuerst, der alte Herr freut sich; der Schatten von Argwohn, mit dem er gestern Apollonius empfing, schwindet. So braucht er doch nicht zu fürchten, der wird mit dem Bruder gemeine Sache gegen ihn machen! Ja, es erschien ein Etwas auf dem Antlitz, das sich zu schadenfreuen schien über die Demütigung des älteren. Vielleicht wäre er nach seiner Weise eingeschritten mit einem lakonischen: »Du versiehst meine Stelle von nun, Apollonius, hörst du?« hätte nicht der Bauherr dessen Lob gepriesen und wäre das nicht so verdient gewesen.

»Ja«, sagte er in seiner diplomatischen Art, seine Gedanken dadurch zu verbergen, daß er sie nur halb aussprach, »ja, die Jugend! Er ist jung.« – »Und doch schon so tüchtig!« ergänzte der Bauherr.

Der alte Herr neigte seinen Kopf. Wer ein Interesse daran fand wie der Bauherr, konnte glauben, er nickte dazu. Aber er meinte: »Die Jugend gilt heutzutag in der Welt!« Ja, er fühlte Stolz, daß sein Sohn so tüchtig, Scham, daß er selber blind, Freude, daß Fritz nun nicht mehr konnte, wie er wollte, daß die Ehre des Hauses einen Wächter mehr gewonnen, Furcht, die Tüchtigkeit, der er sich freute, mache ihn selbst überflüssig. Und er konnte nichts dagegen tun; er konnte nichts mehr, er war nichts mehr. Und als hätte Apollonius das ausgesprochen, erhob er sich straff, wie um zu zeigen, jener triumphiere zu früh.

Der Bauherr bat, der alte Herr möge den Sohn für die Dauer der Reparatur hier behalten und dabei tätig sein lassen. Der alte Herr schwieg eine Weile, als warte er darauf, Apollonius solle sich des Dableibens weigern. Dann schien er anzunehmen, Apollonius weigere sich, denn er befahl in seiner grimmigen Kürze: »Du bleibst! hörst du?«

Apollonius begab sich auf sein Stübchen, seine Sachen auszupacken. Er war noch darüber, als die Nachricht kam, der Stadtrat habe die Reparatur genehmigt.

So war es bestimmt: er blieb. Er durfte für die geliebte Heimat schaffen und anwenden, was er in der Fremde gelernt.

Wer den ganzen Apollonius Nettenmair mit einem Blicke überschauen wollte, mußte jetzt in sein Stübchen hereinsehen. Das Hauptziel aller seiner Wünsche war erreicht. Er war voll Freude. Aber er sprang nicht auf, rannte nicht in der Stube umher, er ließ nichts fallen, verlegte nichts, suchte nicht im Koffer oder auf dem Stuhle, was er in den Händen hielt. Die Freude verwirrte ihn nicht, sie machte ihn klarer, ja sie machte ihn eigensinniger. Kein Federchen, nicht ein Stäubchen auf den Kleidern, die er auspackte, übersah er; er strich nicht einmal weniger, als er gewohnt war, darüber hin;

nur an der Art, wie er es tat, sah man, was in ihm vorging. Es war zugleich ein Liebkosen der Dinge. Die Freude über ein neugewonnenes Gut verdunkelte ihm keinen Augenblick, was er schon besaß. Alles war ihm noch einmal geschenkt, und das Verhältnis zu jedem seiner Besitzstücke zeigte das Gepräge einer liebenden und doch rücksichtsvollen Achtung. Wenn er an das Lob des Bauherrn dachte, war seine Freude darüber im einsamen Stübchen mit demselben bescheiden abweisenden Erröten gepaart, womit er es in Gegenwart von andern aufgenommen. Für ihn gab es kein Allein und kein Vor-den-Leuten.

Als er sich eingerichtet sah, ging er sogleich an das verlangte Gutachten. Die Reparatur war auf seinen Rat beschlossen worden, er war nicht allein als seines Vaters Geselle, als bloßer Arbeiter dabei beteiligt; er fühlte, er hatte noch eine besondere moralische Verpflichtung gegen seine Vaterstadt eingegangen; er mußte tun, was in seinen Kräften stand, ihr zu genügen. Er hätte keiner solchen Erweckung bedurft; er hätte ohnedies getan, was er vermochte; er kannte sich zu wenig, um das zu wissen.

In dieser erhöhten Stimmung schien ihm leicht, was sein Dableiben von seiten des Bruders und der Schwägerin unbehaglich zu machen drohte, zu überwinden. Der Bruder wünschte sein Gehen ja nur um des Widerwillens der Schwägerin willen, und der war durch Ausdauer redlichen Mühens zu besiegen. Seinen Bruder hatte er nie beleidigt; er wollte sich ihm im Geschäfte willig unterordnen. Er dachte nicht, daß man beleidigen kann, ohne zu wissen und zu wollen, ja daß die Pflicht gebieten könne, zu beleidigen. Er dachte nicht, daß sein Bruder ihn beleidigt haben könnte. Er wußte nicht, man könne auch den hassen, den man beleidigt, nicht bloß den Beleidiger.

Unten am Schuppen stand der ungemütliche Geselle grinsend vor Fritz Nettenmair und sagte: »Mit dem ersten Blick hab' ich einen weg. Ja, der Herr Apollonius! Aber 's hat nichts zu sagen. Wird nicht lang dauern das!«

Fritz Nettenmair kaute an den Nägeln und übersah die Gebärde, die ihn reizen sollte zu fragen, wie der Gesell das meine mit dem Nicht-lang-dauern. Er ging nach der Wohnstube und fuhr im Gehen leise gegen einen Jemand auf, der nicht da war: »Rechtschaffenheit? Geschäftskenntnis, wie der Alltagsratsbaukerl sagt? Ich weiß, warum du dich aufdringst und einnistest, du Federchensucher! du Staubwischer! Tu' unschuldig, wie du willst, ich –« Er machte die Gebärde, die hieß: »Ich bin einer, der das Leben kennt und die Art, die lange Haare und Schürzen trägt!« Damit wandte er sich nach der Tür, aber die Wendung war nicht jovial wie sonst.

Wie mancher meint die Welt zu kennen und kennt nur sich!

Der Geist des Hauses mit den grünen Fensterladen wußte mehr als Apollonius Nettenmair, wußte mehr als alle. Er schaute nachts durch das Fenster, wo Apollonius bei der Lampe noch immer an seinem Gutachten schrieb. Auf das Papier vor dem jungen Manne fiel sein bleicher Schatten, und der Schreibende atmete schwer auf, er wußte nicht warum. Dann schritt er mit ängstlicher Gebärde den Gang zum Schuppen hin, und der alte Hund an seiner Kette heulte im Schlafe und wußte nicht warum. Die junge Frau sah seine Hand über des Gatten Stirne fahren; sie erschrak, der Gatte erschrak mit und wußte nicht warum. Dem alten Herrn träumte, man trüge einen Toten mit Schande in das Haus, und das alte Haus knackte in allen seinen Balken und wußte nicht warum. Und der Geist wandelte noch lange, als alles schon zu Bette war, durch seine Zimmer, herauf und herab, her und hin, auf der Emporlaube, im Gärtchen, im Schuppen und im Gang und rang die bleichen Hände; er wußte warum.

*

Zwischen Himmel und Erde ist des Schieferdeckers Reich. Tief unten das lärmende Gewühl der Wanderer der Erde, hoch oben die Wanderer des Himmels, die stillen Wolken in ihrem großen Gang. Monden, Jahre, Jahrzehnte lang hat es keine Bewohner als der krächzenden Dohlen unruhig flatternd Volk. Aber eines Tages öffnet sich in der Mitte der Turmdachhöhe die enge Ausfahrtür; unsichtbare Hände schieben zwei Rüststangen heraus. Dem Zuschauer von unten gemahnt es, sie wollen eine Brücke von Strohhalmen in den Himmel bauen. Die Dohlen haben sich auf Turmknopf und Wetterfahne geflüchtet und sehen herab und sträuben ihr Gefieder vor Angst. Die Rüststangen stehen wenige Fuß heraus, und die unsichtbaren Hände lassen vom Schieben ab. Dafür beginnt ein Hämmern im Herzen des Dachstuhls. Die schlafenden Eulen schrecken auf und taumeln aus ihren Lukken zackig in das offene Auge des Tages hinein. Die Dohlen hören es mit Entsetzen; das Menschenkind unten auf der festen Erde vernimmt es nicht, die Wolken oben am Himmel ziehen gleichmütig darüber hin. Lang währt das Pochen, dann verstummt es. Und den Rüststangen nach und quer auf ihnen liegend, schieben sich zwei, drei kurze Bretter. Hinter ihnen erscheint ein Menschenhaupt und ein Paar rüstige Arme. Eine Hand hält den Nagel, die andere trifft ihn mit geschwungenem Hammer, bis die Bretter fest aufgenagelt sind. Die fliegende Rüstung ist fertig. So nennt sie ihr Baumeister, dem sie eine Brücke zum Himmel werden kann, ohne daß er es begehrt. Auf die Rüstung baut sich nun die Leiter und, ist das Turmdach sehr hoch, Leiter auf Leiter. Nichts hält sie zusammen als der eiserne Längehaken, nichts hält sie fest als auf der Rüstung vier Männerhände und oben die Helmstange, an der sie lehnt. Ist sie einmal über der Ausfahrtür und an der Helmstange mit starken Tauen angebunden, dann sieht der kühne Schieferdecker keine Gefahr mehr in ihrem Besteigen, so weh dem schwindelnden Menschenkinde tief unten auf der sicheren Erde wird, wenn es heraufschaut und meint, die Leiter sei aus leichten Spänen zusammengeleimt wie ein Weihnachtsspielwerk für Kinder. Aber ehe er die Leiter angebunden hat – und um das zu tun, muß er erst einmal hinaufgestiegen sein –, mag er seine arme Seele Gott befehlen. Dann ist er erst recht zwischen Himmel und Erde. Er weiß, die leichteste Verschiebung der Leiter – und ein einziger falscher Tritt kann sie verschieben – stürzt ihn rettungslos hinab in den sichern Tod. Haltet den Schlag der Glocken unter ihm zurück, er kann ihn erschrecken!

Die Zuschauer unten tief auf der Erde falten atemlos unwillkürlich die Hände, die Dohlen, die der Steiger von ihrem letzten Zufluchtsorte verscheucht, krächzen wildflatternd um sein Haupt; nur die Wolken am Himmel gehen unberührt ihren Pfad über ihn hin. Nur die Wolken? Nein. Der kühne Mann auf der Leiter geht so unberührt wie sie. Er ist kein eitler Wagling, der frevelnd von sich reden machen will; er geht seinen gefährlichen Pfad in seinem Berufe. Er weiß, die Leiter ist fest; er selbst hat das fliegende Gerüst gebaut, er weiß, es ist fest; er weiß, sein Herz ist stark und sein Tritt ist sicher. Er sieht nicht hinab, wo die Erde mit grünen Armen lockt, er sieht nicht hinauf, wo vom Zug der Wolken am Himmel der tödliche Schwindel herabtaumeln kann auf sein festes Auge. Die Mitte der Sprossen ist die Bahn seines Blickes, und oben steht er. Es gibt keinen Himmel und keine Erde für ihn als die Helmstange und die Leiter, die er mit seinem Tau zusammenknüpft. Der Knoten ist geschlungen; die Zuschauer atmen auf und rühmen auf allen Straßen den kühnen Mann und sein Tun hoch oben zwischen Himmel und Erde. Schieferdecker spielen die Kinder der Stadt eine ganze Woche lang.

Aber der kühne Mann beginnt nun erst sein Werk. Er holt ein anderes Tau herauf und legt es als drehbaren Ring unter dem Turmknopf um die Stange. Daran befestigt er den Flaschenzug mit drei Kolben, an den Flaschenzug die Ringe seines Fahrzeugs. Ein Sitzbrett mit zwei Ausschnitten für die herabhängenden Beine, hinten eine niedrige gekrümmte Lehne, hüben und drüben Schiefer-, Nagel- und Werkzeugkasten; zwischen den Ausschnitten vorn das Haueisen, ein kleiner Amboß, darauf er mit dem Deckhammer die Schiefer zurichtet, wie er sie eben braucht; dies Gerät, von vier starken Tauen gehalten, die sich oberhalb in zwei Ringe für den Haken des Flaschenzugs vereinigen, das ist der Hängestuhl, wie er es nennt, das leichte Schiff, mit dem er hoch in der Luft das Turmdach umsegelt. Mittelst des Flaschenzugs zieht er sich mit leichter Mühe hinauf und läßt sich herab, so hoch und tief er mag; der Ring oben dreht sich mit Flaschenzug und Hängestuhl, nach welcher Seite er will, um den Turm. Ein leichter Fußstoß gegen die Dachfläche setzt das Ganze in Schwung, den er einhalten kann, wo es ihm gefällt. Bald bleibt kein Menschenkind mehr unten stehen und sieht herauf; der Schieferdecker und sein Fahrzeug sind nichts Neues mehr. Die Kinder greifen wieder zu ihren alten Spielen. Die Dohlen gewöhnen sich an ihn; sie sehen ihn für einen Vogel an, wie sie sind, nur größer, aber friedlich wie sie; und die Wolken hoch am Himmel haben sich nie um ihn gekümmert. Die Damen neiden ihm die Aussicht. Wer konnte so frei über die grüne Ebene hinsehen und wie Berge hinter Bergen hervorwachsen, erst grün, dann immer blauer, bis wo der Himmel, noch blauer, sich auf die letzten stützt! Aber er kümmert sich so wenig um die Berge wie die Wolken sich um ihn. Tag für Tag hantiert er mit Flickeisen und Klaue, Tag für Tag hämmert er Schiefer zurecht und Nägel ein, bis er fertig ist mit Hämmern und Nageln. Eines Tages sind Mann, Fahrzeug, Leiter und Rüstung verschwunden. Das Entfernen der Leiter ist so gefährlich als ihre Befestigung, aber es faltet niemand unten die Hände, kein Mund rühmt des Mannes Tat zwischen Himmel und Erde. Die Krähen wundern sich eine ganze Woche lang, dann ist es, als hätten sie vor Jahren von einem seltsamen Vogel geträumt. Tief unten lärmt noch das Gewühl der Wanderer der Erde, hoch oben gehen noch die Wanderer des Himmels, die stillen Wolken, ihren großen Gang, aber niemand mehr umfliegt das steile Dach als der Dohlen krächzender Schwarm.

Apollonius hatte zum Behufe seines Gutachtens noch manche Untersuchungen angestellt. Das Turmdach war mit Metall gedeckt; diese Decke lag schon nah an zweihundert Jahre. Als er sie auf seinem Fahrzeuge umfuhr, fand er die Metallplatten der völligen Auflösung nah. Das hatte man gefürchtet. Bleideckung auf hohen Gebäuden kommt ungleich teurer als Deckung mit Schiefer, wenn man diesen in der Nähe hat. Den Schieferbedarf nimmt der Decker in seinem Fahrzeug mit hinauf, das kann er mit den ungleich schwereren Bleiplatten nicht. Die ganze Deckung mit Schiefer besorgt der Arbeiter von seinem Fahrzeuge aus; Bleidekkung macht feste Gerüste nötig. Apollonius tat den Vorschlag, auch das Turmdach mit Schiefer einzudecken. Der Blechschmied, ein Bedeutender, wandte zwar ein, die Alten hätten die Sache so gut verstanden als die Leute in Köln – das sollte ein Stich auf Apollonius sein. Und der Bruder war damit einverstanden: hätten die Alten gemeint, Schiefer tue es so gut als Blei, sie hätten gleich Schiefer genommen. Damals waren eben noch keine Schiefergruben in nächster Nähe vorhanden; der Schiefer hätte weit hergeholt und so die Schieferdeckung teurer kommen müssen als die mit Blei. Das Kirchendach war damals mit Ziegeln und erst später, da die Schiefergruben in der Nähe schon im Gang, mit Schiefer gedeckt worden. Das wußten der Blechschmied und Fritz Nettenmair nicht oder wollten es nicht wissen. Den letztern drückte das wachsende Ansehen des Bruders. Aber Apollonius wußte es und konnte damit den Einwurf entkräften.

Sein Vorschlag war angenommen worden. Man wollte die ganze Leitung der Reparatur in Apollonius' Hände legen. Um seinen Bruder nicht zu kränken, bat er, davon abzusehen. So wenig wollte er den Bruder kränken, daß er nicht einmal aussprach, warum er so bitte. Er war von Köln her gewohnt, selbständig zu handeln; wie er seinen Bruder wiedergefunden hatte, sah er manche Hemmung durch ihn voraus. Er wußte, er lud sich eine schwere Last auf, als er dem Bauherrn versprach, die Sache solle unter dem zweiköpfigen Regiment nicht leiden. Der wackere Bauherr, der Apollonius erriet und ihn darum nur mehr achtete, schaffte ihm die Genehmigung des Rats und nahm sich im stillen vor, wo es nötig sein sollte, seinen Liebling und dessen Anordnungen gegen den Bruder zu vertreten.

Es war eine schwere Aufgabe, die Apollonius sich gesetzt; sie war noch viel schwerer, als er wußte. Sein Hiersein hatte den Bruder von Anfang nicht gefreut; Apollonius schob das auf den Einfluß der Schwägerin; er war ihm seitdem noch fremder geworden – kein Wunder! Apollonius hatte ja bereits des Bruders Eitelkeit und Ehrsucht kennen gelernt; dieser fühlte sich durch das, was seither geschehen, gegen Apollonius zurückgesetzt. Den Widerwillen der Schwägerin meinte Apollonius durch Zeit und redliches Mühen, die gekränkte Ehrsucht des Bruders durch äußere Unterordnung zu versöhnen. War kein weiteres Hindernis vorhanden, durfte er hoffen, die Aufgabe, so schwer sie schien, zu lösen. Aber was zwischen ihm und dem Bruder stand, war ein anderes, ein ganz anderes, als er meinte. Und daß er es nicht kannte, machte es nur gefährlicher. Es war ein Argwohn, aus dem Bewußtsein einer Schuld geboren. Was er tat, die vermeinten Hindernisse aus dem Weg zu räumen, mußte das wirkliche nur wachsen machen.

Wäre er nicht zurückgekommen! hätte er dem Vater nicht gehorcht! wäre er draußen geblieben in der Fremde!

An der Turmspitze hängt das Fahrzeug; nun wird es auch auf dem Kirchendach lebendig. Rüstige Hände hämmern den Seilhaken in die Verschalung und schleifen mit starkem Tau den Dachstuhl daran. Er besteht in zwei Dreiecken, aus festen Bohlen zusammengezimmert. Der Neigungswinkel des Daches hat das Verhältnis seiner Seiten bestimmt. Denn unten liegt er strohumwunden in ganzer Breite auf der Dachfläche auf, während er oben die quer übergelegten Bretter wagrecht emporhält. Darauf steht oder kniet der hämmernde Schieferdecker; neben ihm handrecht hängt der Kasten für Nägel und Schieferplatten, mit seiner Hakenspitze in die Verschalung eingetrieben.

Apollonius überließ dem Bruder die Überweisung der Arbeit. Fritz Nettenmair tat erst wunderlich, indem er zu verstehen gab, er meine, Apollonius sei gekommen, hier den Herrn zu spielen und nicht den Diener. Es lag in der argwöhnischen Richtung, die sein Denken einmal angenommen, allem, was der Bruder tun mochte, eine Absicht, eine planmäßige Berechnung unterzulegen. Er vermutete deshalb, Apollonius wünsche die Arbeit auf dem Kirchendach zu übernehmen. Wer hier schaffte, konnte zu jeder Zeit sehen, ob das Fahrzeug am Turmdach besetzt war oder ledig an der fliegenden Rüstung hing. Er tat arglos, er nehme an, Apollonius sei lieber bei der Umdeckung des Turmdaches beschäftigt, die er ja selber vorgeschlagen. Apollonius weigerte sich nicht. Fritz meinte, er willige ein, obgleich es ihm unangenehm sei, was er aber nicht merken lasse; Fritz hatte die Empfindung eines Menschen, dem es gelungen, einen Widersacher zu überlisten. Eine Empfindung, die sich erneute, sooft er von seiner Arbeit auf dem Dachstuhle hinaufsah nach dem Fahrzeug und der fliegenden Rüstung am Turm, mit der Gewißheit, der Bruder könne das Fahrzeug nicht verlassen und heimgehen, ohne daß er es sehe und ihm zuvorkommen könne. Dann war ihm Apollonius der Träumer, und er selbst war der, der die Welt kannte. Im andern Augenblick vielleicht sah er wieder den Arglistigen im Bruder und fand es wohltuend, sich dagegen als den Arglosen zu bemitleiden, dem jener Schlingen lege, um nur den Bruder hassen zu dürfen, der ihn hasse. Ihm fehlte das Klarheitsbedürfnis Apollonius', das diesem den Widerspruch gezeigt und den erkannten zu tilgen gezwungen hätte. Vielleicht hatte er ein Gefühl von dem Widerspruch und unterdrückte es absichtlich. So setzte sein Schuldbewußtsein den Haß als wirklich voraus, den es verdient zu haben sich vorwerfen mußte.

Bald merkte Apollonius, hier war nicht die Ordnung, das rasche und genau berechnete Ineinandergreifen, an das er in Köln sich gewöhnt, ja nur, wie es der Vater früher hier gehandhabt. Der Decker mußte viertelstundenlang und länger auf die Schieferplatten warten; die Handlanger leierten und hatten in der Unordnung und Trägheit der Behauer und Sortierer eine gute Entschuldigung. Der Bruder lachte halb mitleidig über Apollonius' Klage. Eine solche Ordnung, wie der sie verlangte, existierte nirgends und war auch nicht möglich. Bei sich verspottete er wieder den Träumer, der so unpraktisch war. Und wäre die Ordnung möglich gewesen, die Arbeit war im Taglohn verdungen. Die verlorene Zeit wurde bezahlt wie die angewandte. Und als Apollonius selbst dazu tat, den Schlendrian abzustellen, da war er dem Bruder wiederum der Wohldiener des Bauherrn und des Rates, er selber sich der schlichte Mann, der solche Kunstgriffe verschmäht. Da wollte ihn jener nur vollends aus dem Sattel heben und hatte noch Schlimmeres im Sinn, was ihm aber nicht gelingen sollte mit aller seiner Arglist; da war Apollonius eigens darum heimgekommen. Und doch meinte er, der Träumer werde sich die Hörner ablaufen, wenn er ins Werk setzen wollte, was ihm selbst, der die Welt kannte, nicht gelang. Ihm, der schärfer auf dem Zeuge war, als selbst der im blauen Rock zu seiner Zeit gewesen.

Fritz Nettenmair meinte den alten Herrn noch zu übertreffen, wenn er noch schriller auf dem Finger pfiff, noch grimmiger hustete und noch entschiedener ausspuckte. Was an dem alten Herrn das wirklich Respektgebietende war, die Folgerichtigkeit, die auch, wo sie in Eigensinn ausartet, Achtung wirkt, die ruhige, in sich gefaßte Würde einer tüchtigen Persönlichkeit, das übersah er. Wie er es selbst nicht besaß, fehlte ihm auch der Sinn, es an andern wahrzunehmen. Stand seine Gestalt überhaupt im Widerspruch mit der Haltung des alten Herrn, die er ihr aufkünstelte, so widersprach ihr seine Unruhe und innere Haltlosigkeit jeden Augenblick. Die diplomatische Art zu reden schien er dem alten Herrn nur abgeborgt zu haben, um seine eigene Oberflächlichkeit und Gehaltlosigkeit zu verspotten. Aus dem steifen Wesen des blauen Rockes fiel er dann zu Zeiten plötzlich in seine eigene herablassende Jovialität und in eine Region derselben, wo der Spaß den Abstand von Vorgesetzten und Untergebenen mit schmutzigen Fingern auslöschte, als wäre er nie gewesen. Rückte er sich dann ebenso plötzlich in der Autorität gewaltsam wieder zurecht, so brachte das die verlorene Achtung nicht wieder, es beleidigte nur. Zu alledem kam noch, daß er sich von manchen seiner Arbeiter übersehen und in schwierigen Fällen sie machen lassen mußte, was sie wollten.

Apollonius dagegen hatte von Natur und aus der Schule beim Vetter, was dem Bruder fehlte; er besaß die Würde der Persönlichkeit, die Folgerichtigkeit bis zum Eigensinn. Seine innere Sicherheit galt; sie mußte sich nicht geltend machen – er war des sichtbaren Mühens um Achtung überhoben, welches so selten seinen Zweck erreicht, ja gemeiniglich ihn verfehlt. Und so gelang ihm, was er wollte. Bald war die musterhafteste Ordnung beim Bau, und alle schienen sich wohl dabei zu befinden; nur Fritz Nettenmair nicht. Das rasche Ineinandergreifen, das wie im Geleise einer unsichtbaren Notwendigkeit ging, machte das Wesen im blauen Rocke, in welchem er sich so groß fühlte, überflüssig. Noch ein Grund zum Unbehagen daran war, daß die neue Ordnung von dem Bruder ausging; von demselben, dem er schon so viel zu verzeihen hatte und dem er immer weniger verzeihen mochte. Er wußte nicht oder wollte nicht wissen, welchen Zauber eine geschlossene Persönlichkeit ausübt, obgleich er selbst widerwillig sie anerkennen mußte, und noch weniger, daß diese ihm fehlte und der Bruder sie besaß. Er war bei sich einig, der Bruder hatte Mittel angewandt, die zu brauchen er selbst mit Genugtuung sich zu edel fühlte. Dadurch hatte jener die Leute ihm abspenstig gemacht. Apollonius hatte keine Ahnung von dem, was in dem Bruder vorging; der war gegen ihn, wie man gegen Arglistige sein muß, auf der Hut; denn solche Feinde kann man nur mit ihren eigenen Waffen besiegen. Die brüderliche Freundlichkeit und Achtung, mit der ihn Apollonius behandelte, war eine Maske, unter der dieser seine schlimmen Pläne sicherer zu bergen meinte; er vergalt ihm und machte ihn leichter unschädlich, wenn er unter derselben Maske seine Wachsamkeit barg. Die gutmütige Willigkeit Apollonius', sich ihm äußerlich unterzuordnen, erschien dem Bruder wie eine Verhöhnung, an der die Arbeiter, von dem Arglistigen gewonnen, wissend teilnahmen. In seiner Empfindlichkeit griff er selbst nach den Mitteln, die er bei diesem voraussetzte. Offen ihm entgegenzutreten, verhinderte ihn der Umstand, daß Apollonius ihm selbst imponierte, wenn er auch diesen Grund nicht hätte gelten lassen. Er legte den blauen Donnerrock beiseite und stieg bis auf die unterste Sprosse seiner Jovialität herab. Er begann, durch Winke, dann allmählich durch Worte sein Mitleid mit den

Arbeitern zu zeigen, die unter der Tyrannei eines wohldienerischen Eindringlings seufzten, wie er ihnen bewies; da er nicht den Mut hatte, sie zu offener Widersetzlichkeit zu reizen, suchte er sie zu einzelnen kleinen Ausgriffen zu verleiten. Er begann, sie täglich zu traktieren. Sie aßen und tranken, blieben aber wie zuvor in dem Geleise, das Apollonius vorgezeichnet.

Der gemeine Mann hat den scharfen Blick des Kindes für die Stärken und Schwächen seiner Vorgesetzten. Durch dies Bemühen, das sie durchschauten, verlor Fritz Nettenmair noch den letzten Rest seiner Achtung; sie lernten daraus, wenn sie es noch nicht wußten, mit wem sie es verderben durften, mit wem nicht. Und wären sie ungewiß gewesen, so hätte sie das ungleiche Benehmen des Bauherrn gegen die beiden Brüder bestimmen können. Und da sie nicht so fein waren und auch nicht die Gründe dazu hatten wie Fritz Nettenmair, gab sich ihre Meinung unverhohlen kund. Sie nahmen sich Dinge gegen ihn heraus, die ihm zeigten, daß der Erfolg seiner Herablassung ein ganz anderer war, als den er beabsichtigte. Nun zog er zürnend die Wolke des blauen Rockes wieder um sich zusammen, pfiff schrillender als je, so daß es drüben in der großen Glocke widertönte, ging auf doppelten Stelzen, zog die Schultern noch einmal so hoch am schwarzhaarigen Kopfe herauf; der Grimm und die Entschiedenheit seines früheren Hustens und Ausspuckens war ein Kinderspiel gegen sein jetziges. Aber die Arbeiter wußten bald, dergleichen geschah nur in Apollonius' Abwesenheit, und dessen zufälliges Kommen brachte, wie der aufgehende Vollmond, die schwersten Gewitter aus der Fassung.

Fritz Nettenmair mußte an der Wiederherstellung seiner verlorenen Bedeutung auf dem Schauplatz der Reparatur verzweifeln. Natürlich schrieb er auch das Ergebnis seiner falschen Maßregeln auf Apollonius' immer wachsende Rechnung. Das Gefühl, überflüssig zu sein, packte ihn wie den alten Herrn, brachte aber nicht ganz dieselben Wirkungen hervor. Was dem alten Herrn das Gärtchen, das wurde nun dem älteren Sohne der Schieferschuppen. Wenigstens solange er Apollonius auf seinem Fahrzeug oder auf dem Kirchendache sah. Aber er brachte den blauen Rock nun auch mit in die Wohnstube. Seine Kinder – das war leicht, da er selbst sich nicht um sie bekümmerte – hatte der Bruder ja auch – und natürlich mit schlechten Mitteln – gewonnen. Diese schlechten Mittel waren eben die, die er selbst nie anwendete: unabsichtliche Güte und weise Strenge der Liebe. Aber auch in seiner Frau sah er immer mehr etwas wie einen natürlichen Bundesgenossen des Bruders gegen ihn. Das sah er lange vorher, ehe er noch den geringsten wirklichen Anlaß dazu hatte, und das war der Schatten, den seine Schuld in die Zukunft seiner Phantasie warf. Ihr altes Gesetz wird ihn zwingen, durch die Verkehrtheit seiner Abwehrmittel den Schatten selber zur wirklichen lebendigen Gestalt zu machen und vergeltend in sein Leben hereinzustellen.

Ahnungsvolle Furcht schien ihm, in lichten Zwischenblikken vorüberflatternd, von diesem Kommen zu sagen, das veränderte Benehmen gegen seine Frau müsse es beschleunigen. Dann war er plötzlich doppelt freundlich und jovial gegen sie, aber auch diese Jovialität trug ein Etwas von der Natur des schwülen Bodens an sich, aus dem sie erwuchs.

Man preist ein Heilmittel gegen solche Krankheit; es heißt Zerstreuung, Vergessen seiner selbst. Als ob der Steuermann beim Erblicken des drohenden Riffes, als ob man da sich vergessen müsse, wo es doppelt Vorsehen gilt. Fritz Nettenmair nahm es.

Von nun fehlte er bei keinem Balle, bei keinem öffentlichen Vergnügen; er empfand sich für immer der Gefahr entflohen, war er nur eine Stunde lang fern von dem Orte, wo er sie drohen sah. Er war mehr außer als in seinem Haus. Und nicht er allein. Seiner Frau hielt er das Heilmittel noch nötiger als ihm. Das rächende Schuldbewußtsein nahm, was nur als möglich in der Zukunft war, als schon wirklich in die Gegenwart voraus. Und seine Frau stand noch so sehr auf seiner Seite, daß sie dem Bruder nun zürnte, dessen Einfluß sie in dem veränderten Benehmen des Gatten erkannte – nur nicht in dem Sinne, in dem er es wirklich war. Sie hatte ja nur

Beleidigendes von dem Bruder erwartet. Diese Erwartung hatte schon dem Kommenden nur die eine Wange zugewandt und die Wange so mit Rot gefärbt, als wäre sie schon erfüllt. Wußte sie denn nicht, er war nur gekommen, um sie zu beleidigen?

Apollonius, auf den dies alles wie eine schwere Wolke drückte, wie eine unverstandene Ahnung, begriff nur das eine: der Bruder und die Schwägerin wichen ihm aus. Er vermied die Orte, die sie aufsuchten. Er hätte sie schon vermieden aus dem innersten Bedürfnis seiner Natur, das auf Zusammenfassen, nicht auf Zerstreuen ging. Die Einsamkeit wurde ihm ein besser Heilmittel als den beiden die Zerstreuung. Er sah, wie anders die Schwägerin war, als sie ihm vordem geschienen. Er mußte sich Glück wünschen, daß seine süßesten Hoffnungen sich nicht erfüllt. Die Arbeit gab ihm genug Empfinden seiner selbst; was sie frei ließ, füllten die Kinder aus. In dem natürlichen Bedürfnis ihres Alters, sich an einem fertigen Menschenbilde aufzuranken, das, Liebe gebend und nehmend, ihr Muster wird und ihr Maß der Personen und Dinge, drängten sie sich um den Onkel, der ihrer so freundlich pflegte, als fremd die Eltern sie vernachlässigten. Wie konnte er wissen, daß er damit die Schuld wachsen machte in seiner Rechnung beim Bruder?

Und der alte Herr im blauen Rock? Hatte er von den Wolken, die sich rings aufballten um sein Haus, in seiner Blindheit keine Ahnung? Oder war sie es, was ihn zuweilen anfaßte, wenn er, Apollonius begegnend, gleichgültige Worte mit ihm wechselte. Dann kämpften zwei Mächte auf seiner Stirn, die der Sohn vor dem Augenschirm nicht sah. Er will etwas fragen, aber er fragt nicht. Der alte Herr hat sich so tief in die Wolke eingesponnen, daß kein Weg mehr von ihm herausführt in die Welt um ihn und keiner mehr hinein. Er gibt sich das Ansehen, als wisse er um alles. Tut er anders, so zeigt er der Welt seine Hülflosigkeit und fordert die Welt selber auf, sie zu mißbrauchen. Und wenn er fragt, wird man ihm die Wahrheit sagen? Nein! Er hält die Welt so verstockt gegen ihn, als er gegen sie ist. Er fragt nicht. Er lauscht, wo er weiß, man sieht ihn nicht lauschen, fieberisch gespannt auf jeden Laut. Aus jedem hört er etwas heraus, was nicht drin ist; seine gespannte Phantasie baut Felsen daraus, die ihm die Brust zerdrücken, aber er fragt nicht. Er träumt von nichts als von Dingen, die Schande bringen über ihn und sein Haus; er leert die ganze Rüstkammer der Entehrung und fühlt jede Schmach durch, die die Welt kennt. Was keine Schande ist, steigert sich seinem krankhaft geschärften Ehrgefühl dazu, das keine Ruhe wohltätig abstumpft, aber er trägt lieber, was die tiefste Schande ist, als daß er fragt. Er tut das Ungeheure in Gedanken, die drohende abzuwenden, aber er fragt nicht. Wie manches Tun zeigt ungeboren schon der Mutter Seele sein Bild vorher! Wird eine Zeit kommen, wo des alten Herrn Gedanke Wirklichkeit wird?

Die Natur der Schuld ist, daß sie nicht allein ihren Urheber in neue Schuld verstrickt. Sie hat eine Zaubergewalt, alle, die um ihn stehen, in ihren gärenden Kreis zu ziehen und zu reifen in ihm, was schlimm ist, zu neuer Schuld. Wohl dem, der sich dieser Zauberkraft im unbefleckten Innern erwehrt! Wird er den Schuldigen selbst nicht retten, so kann er den übrigen ein Engel sein. Diese vier Menschen, in all ihrer Verschiedenheit in einen Lebensknoten geknüpft, den eine Schuld versehrt! Welch Schicksal werden sie vereint sich spinnen, die Leute in dem Haus mit den grünen Laden?

*

Nun waren schon Wochen vergangen seit Apollonius' Zurückkunft, und noch hatte er die Furcht der Schwägerin nicht wahr gemacht. In den ersten Tagen las Fritz Nettenmair ein krampfhaftes Zusammennehmen, ein verzweifeltes Gefaßtmachen in ihrem Wesen; nun machte dies einem Etwas Platz, das wie Verwunderung erschien. Er sah, und nur er, wie sie immer mutiger den Bruder zu beobachten begann, wo der nicht ahnte, ihr Blick sei auf ihn gerichtet. Sie schien sein Wesen, sein Tun mit ihrer Erwartung zu vergleichen. Fritz Nettenmair fühlte in ihrer Seele, wie wenig beide sich glichen.

Er mühte sich, den Widerwillen der jungen Frau zu seiner alten Stärke aufzustacheln. Er tat es, während er fühlte, wie vergeblich es war; denn ein einziger Blick auf das milde rechtschaffene Antlitz des Bruders mußte niederreißen, was er mühsam in Zeit von Tagen aufgebaut. Er fühlte, wie fein er zu Werke gehen mußte und wie plump er doch zu Werke ging; denn dieselbe Macht, die sein Gefühl für das Maß schärfte, riß ihn im Handeln darüber hinaus. Er wußte, was er begonnen, mußte seinen Gang vollenden zu seinem Verderben. Er suchte Vergessen und riß seine Frau immer tiefer mit hinein in den Wirbel der Zerstreuung.

Arzneimittel sollen, in übergroßer Gabe angewandt, das Gegenteil wirken. So geschah es mit dem Mittel Fritz Nettenmairs; wenigstens bei der jungen Frau. Aus dem Alltag der häuslichen Arbeit hatte sie sich sonst nach dem Feste des Vergnügens gesehnt; nun dies der Alltag geworden, zog sie die Sehnsucht nach dem stillen Leben daheim. Übersättigt von den Ehrenbezeugungen der bedeutenden Leute, bemerkte sie nun erst, es gab auch andere: Leute, die ihren Gatten nach anderem Maßstabe maßen. Sie begann zu vergleichen, und die Bedeutenden verloren immer mehr gegen die Alltagsmenschen. Sie dachte an den ledernen Ball den Abend von Apollonius' Ankunft. Damals war sie Apollonius ausgewichen; sie hatte Beleidigung von ihm erwartet. Jetzt suchte sie mit den Augen durch den Saal; niemand sah es als Fritz Nettenmair, der es am wenigsten zu sehen schien. Denn er lachte und trank wilder und jovialer als je. Sie hatte nur das Gefühl der Langeweile, das nach Abwechselung aussieht; sie wußte nicht, daß sie jemand suchte. Fritz Nettenmair wußte es und wollte vor Lachen ersticken. Er wußte mehr als sie; er wußte, wen sie suchte. Gegen alle andere Welt jovial, tat er gegen sie den blauen Rock an.

Er wird sie bald dahin bringen, den sonst Gefürchteten mit ihm zu vergleichen.

Sie saß im Garten, während der alte Herr seine schweren Mittagsträume träumte. Fritz Nettenmair lag in der Stube auf dem Sofa und trug die Nachwehen einer durchschwärmten

Nacht; vorher hatte er nach dem Turmdache gesehen. Sie fühlte sich so eigen wohl daheim. Und sollte sie nicht? Spielten nicht ihre Kinder um sie? Sie dachte nicht daran, wie oft sie sich von den Kindern fortgesehnt in den Wirbel, der sie nicht mehr lockte. Sie nähte. Die Knaben spielten zu ihren Füßen, so still, als wäre der alte Herr zugegen. Doch nicht so; war der alte Herr im Gärtchen, sie hätten sich gar nicht hinein getraut. Das Mädchen hatte die Mutter umschlungen, die selber, in der Unberührtheit ihres Wesens, noch ein Mädchen schien. Wenig mehr von der Ähnlichkeit mit ihrem Gatten lag in ihren Zügen. Sie war nur eine äußerliche gewesen, nur Äußerliches schien die heitern Linien berührt zu haben; kein tiefinneres Erlebnis hatte seine Marke ihnen aufgeprägt.

Das kleine Mädchen hatte dem erwachsenen, seiner Mutter, von Puppen, Blumen, Kindern, und in seiner Weise manches zweimal, manches nur halb erzählt. Jetzt hob sie mit altkluger Ernsthaftigkeit das Köpfchen, sah die Mutter bedenklich an und sagte: »Was das nur ist?«

»Was?« fragte die Mutter.

»Wenn du dagewesen bist und fortgehst, sieht er dir so traurig nach.«

»Wer?« fragte die Mutter.

»Nun, der Onkel Apollonius. Wer sonst? Hast du ihn gescholten? oder geschlagen, wie mich, wenn ich Zucker nehme und nicht frage? Du hast ihm doch gewiß etwas getan; sonst wär' er nicht so betrübt.«

Das Mädchen plauderte weiter und vergaß den Onkel bald über einen Schmetterling. Die Mutter nicht. Die Mutter hörte nicht mehr, was das Mädchen plauderte. Was war das doch für ein eigenes Gefühl, wohl und weh zugleich! Sie hatte die Nadel fallen lassen und merkte es nicht. War sie erschrocken? Es war ihr, als wäre sie erschrocken, etwa so, wie man erschrickt, hat man mit einem Menschen geredet und wird plötzlich inne, es ist ein anderer, als mit dem man zu reden meinte. Sie hatte gemeint, Apollonius wolle sie beleidigen, und nun sagt das Kind: du hast ihn beleidigt. Sie blickte auf und sah Apollonius vom Schuppen her nach dem Hause kommen. In demselben Augenblick stand ein anderer Mann zwischen ihr und dem Vorübergehenden, als wäre er aus der Erde gewachsen. Es war Fritz Nettenmair. Sie hatte ihn nicht nahen gehört.

Er kam in seltsamer Hast von einer gleichgültigen Frage auf den ledernen Ball. Er erzählte, was die Leute darüber meinten, wie jedermann sich beleidigt fühle von der Beschimpfung, daß Apollonius sie damals nicht aufgezogen, nicht einmal zum ersten Tanze. Eigen war es, wie sie jetzt daran erinnert wurde, empfand sie es stärker als je; aber nicht zürnend, nur wie mit wehmütigem Schmerze. Sie sagte das nicht. Es war nicht nötig. Fritz Nettenmair war wie ein Mensch im magnetischen Schlaf. Er brauchte sie nicht anzusehen; mit geschlossenen Augen, von einem Baumblatt, einer Zaunlatte, von einer weißen Wand las er ab, was sein Weib fühlte.

»Wir werden ihn bald loswerden, denk' ich«, fuhr er fort, als hätte er nicht an der Stallwand gelesen. »Es ist kein Platz für zwei Haushälte hier. Und die Anne ist weiten Raum gewöhnt.«

So hieß das Mädchen, mit der Apollonius am »Ledernen« tanzen, die er heimbegleiten mußte. Sie war seither öfter hier gewesen, unter Vorwänden, die ihre hochrote Wange Lügen strafte. Auch ihr Vater, ein angesehener Bürger, hatte sich um Apollonius' Bekanntschaft gemüht, und Fritz Nettenmair hatte die Sache gefördert, wie er konnte.

»Die Anne?« rief die junge Frau wie erschreckend.

»Gut, daß sie nicht lügen kann«, dachte Fritz Nettenmair erleichtert. Aber es fiel ihm ein, ihr Unvermögen, sich zu verstellen, kam ja auch dem argen Plan des Bruders zugut. Er hatte die Eifersucht als letztes Mittel angewandt. Das war wieder eine Torheit, und er bereute sie schon. »Sie kann sich nicht verstellen, und wäre er noch ganz der alte Träumer, ihre Aufregung muß ihm verraten, was in ihr vorgeht. Noch weiß sie es selbst ja nicht. Und dann« – er stand wieder an dem Punkte, zu dem jeder Ausgang ihn führt: er sah sie sich verstehen – »und dann«, zwängte er zwischen den Zähnen hervor, daß jede Silbe daran sich blutig riß, »und dann – wird sie's schon lernen!«

Der Bruder erwartete ihn in der Wohnstube. »Er muß doch einen Vorwand machen, warum er da vorbeikam, wo er sie allein dachte, da er weiß, ich hab' ihn gesehn.« So dachte er und folgte dem Bruder.

Apollonius wartete wirklich in der Wohnstube auf ihn. Der Bruder gab sich durch seine Wendung auf den Fersen recht, als er ihn sah. Apollonius suchte den Bruder auf, ihn vor dem ungemütlichen Gesellen zu warnen. Er hatte manches Bedenkliche über ihn gehört und wußte, der Bruder vertraute ihm unbedingt. »Und da befiehlst du, ich soll ihn fortschicken?« fragte Fritz und konnte nicht verhindern, daß sein Groll einmal durchschimmerte durch seine Verstellung. Apollonius mußte aus dem Tone, mit dem er sprach, seine wahre Meinung herauslesen. Sie hieß: »Du möchtest auch in den Schuppen dich eindrängen und mich von da vertreiben. Versuch's, wenn du's wagst!«

Apollonius sah dem Bruder mit unverhehltem Schmerz in das Auge. Er fuhr mit der Hand über des Bruders Rockklappe, als wollte er wegwischen, was sein Verhältnis zu dem Bruder trübte, und sagte: »Hab' ich dir was zuleid getan?«

»Mir?« lachte der Bruder. Das Lachen sollte klingen wie: »Ich wüßte nicht was!« aber es klang: »Tust du was anders, willst du was anders tun, als wovon du weißt, daß es mir leid ist?«

»Ich wollte schon lange dir etwas sagen«, fuhr Apollonius fort, »ich will's morgen; du bist heute nicht gelaunt. Das mit dem Gesellen mußtest du erfahren, und es war nicht so gemeint, wie du's aufnahmst.«

»Freilich! Freilich!« lachte Fritz. »Ich bin überzeugt. Es war nicht so gemeint.«

Apollonius ging, und Fritz ergänzte seine Rede: »Es war nicht so gemeint, wie du, Federchensucher, mich glauben machen willst. Und anders gemeint, als ich's aufnahm? Du meinst, ich hab' – Der Geselle ist ein schlechter Kerl; aber du hättest mich nicht gewarnt, hättest du keinen Vorwand gebraucht.« Er machte seine überlegene Wendung auf den Fersen; in seinen verwüsteten Zustand hinein hatte ihn die glückliche Anwendung von des alten Herrn diplomatischer Kunst, durch Halbsagen zu verschweigen, gefreut.

Die Freude war schnell vorübergehend; die alte Sorge schraubte ihn wieder auf ihre Marterbank. Und noch eine jüngere hatte sich ihr zugesellt. Er hatte das Geschäft vernachlässigt; der Geselle, in seiner Abwesenheit Herr im Schuppen, hatte Gelegenheit genug gehabt, ihn zu bestehlen, und sie gewiß benutzt. Bei der Reparatur war er schon lange nicht mehr tätig; Apollonius mußte einen Gesellen mehr annehmen und für den Bruder einstellen. Er verdiente schon lange nichts mehr und versäumte doch dabei kein öffentlich Vergnügen. Die Achtung der bedeutenden Leute zeigte eine wachsende Neigung zum Sinken und war nur durch wachsende Massen von Champagner aufrecht zu erhalten. Er hatte sich in Schulden gesteckt und vergrößerte sie noch täglich. Und doch mußte einmal der Augenblick kommen, wo der mühsam erhaltene Schein von Wohlhabenheit verging. Er wußte, daß er nur so lange der Geachtete war, als der Jovialste der Jovialen galt. Er war klug genug, den Unwert solcher Achtung und solchen Bemühens um ihn zu erkennen, aber nicht stark genug, es entbehren zu können. Es war kein kleiner Zuwachs zu der alten Marter, und jene wie diese kam ihm von dem Bruder, nur von ihm!

Wohligs Anne war öfter dagewesen seit Apollonius' Ankunft, und die junge Frau hatte in dem Glauben, der in naiven Gemütern die natürliche Folge der eigenen Wahrhaftigkeit ist, an ihren gesuchtesten Vorwänden nicht gemäkelt. Heute war das anders. Sie war plötzlich so scharfsichtig geworden, daß der erkannte Vorwand ihr in der Größe eines unverzeihlichen Verbrechens erschien. Das Mädchen war ihr zuwider, das so falsch sein konnte, und sie selbst zu ehrlich, das zu verbergen. Anne suchte den Grund dieses Benehmens in dem Widerwillen der jungen Frau gegen den Schwager. Es war ja bekannt, die junge Frau gönnte dem armen Menschen die Liebe des Bruders nicht. Sie hatte selbst geäußert, sie würde ihm einen Korb geben, wenn er es wagen würde, sie zum Tanze aufzufordern. Und dem guten Apollonius war es anzusehen, sie ließ ihn des Aufenthalts in seinem Vaterhause nicht froh werden. Die Gereiztheit machte auch die Anne ehrlich; sie sprach von ihren Gedanken aus, was ausgesprochen werden konnte, ohne den zarten Punkt ihrer Neigung bloßzugeben. Christiane mußte den Vorwurf nun auch aus fremdem Munde vernehmen, den schon das eigene Kind ihr gemacht.

Das Mädchen ging. Apollonius kam, vom Bruder zurück, wieder vorüber. Er konnte das Mädchen noch gehen sehen. Aber nichts zeigte sich in seinem Gesichte, was ihrer nur halb verstandenen Furcht recht gegeben hätte. Und so sah auch Fritz Nettenmair, der dem Bruder aus dem Versteck der Hintertür nachblickte, auf ihrem Antlitz nicht so viel, als er gefürchtet zu sehen.

Das Kind sagt: du hast ihm was getan; die Anne sagt: du hassest ihn, du läßt ihn nicht froh werden. Und sein traurig Nachblicken – bald ertappt sie ihn selbst unbemerkt dabei – sagt dasselbe. Wie ein Blitz und mit freudigem Lichte zuckte es dazwischen, er sah der Anne nicht traurig nach, und auch nicht freudig, nein! gleichgültig, wie jedem andern sonst. Ihr wird gesagt: du hassest ihn; du hast ihn beleidigt und du willst ihn kränken, und sie hat geglaubt, er hasse sie, er will sie kränken. Und hat er sie nicht gekränkt? Sie blickt in lang vergangene Zeit zurück, wo er sie beleidigte. Sie hat ihm schon lang nicht mehr darum gezürnt, sie hat nur neue Beleidigung gefürchtet. Kann sie jetzt noch darum zürnen, wo er ein so anderer ist? wo sie selbst weiß, er beleidigt sie nicht? wo die Leute sagen und sein trauriger Blick: sie beleidige ihn? Und wie sie zurücksinnt, eifrig, so eifrig, daß die Musik wieder um sie klingt und sie wieder unter den Gespielinnen sitzt, im weißen Kleid mit den Rosaschleifen, im Schießhaus auf der Bank den Fenstern entlang, und wieder aufsteht, von dem dunklen Drang getrieben, und durch die Tanzenden hindurch träumend nach der Türe geht – da draußen; ist das nicht dasselbe Gesicht, das ihr jetzt nachsieht, wenn sie geht, so ehrlich, so mild in seiner Wehmut? ist es nicht dasselbe eigene Mitleid, das jetzt auf Tritt und Schritt mit ihr geht und sie nicht läßt, wie damals? Dann wich sie ihm aus und sah ihn nicht mehr an, denn er war falsch. Falsch! Ist er es wieder? Ist er es noch?

Eine Nachtigall schlug in dem alten Birnbaume über ihr, so wunderbar und wie gewalttätig innig und tief. Vom Georgenturm bliesen viel Posaunen den Abendchoral. Über ihnen und wie von ihren schwellenden Tönen getragen, fuhr Apollonius auf seinem leichten Schiff. Das Abendrot vergoldete die Fäden, in denen es hing. Wohin sie sah, glänzten die treuen trauernden Augen, die ihm gehörten, mit denen er ihr nachsah, wenn sie ging. Das kleine Mädchen sah mit ihnen auf zu ihr und erzählte vom Onkel, wie lieb und gut er sei. Oder erzählte sie von damals? Es war keine Zeit mehr, sonst und jetzt war eins. Die letzte Ähnlichkeit mit Fritz Nettenmair war aus ihrem Antlitz verschwunden. Ihre Seele schauerte hoch oben zwischen Himmel und Erde. Was sie ansah, war ein Rätsel mit süßer Deutung, aber sie kannte sie nicht. Sie selbst war sich ein Rätsel. Ihrem Gatten war sie es nicht.

*

Fritz Nettenmair dachte den ganzen Tag, was das sein möge, was Apollonius ihm morgen sagen wolle. »Morgen; weil ich heute nicht gelaunt bin? Gelaunt? Ich habe den Federchensucher in meine Karten sehen lassen. Hätt' ich's nicht, wär' er plump herausgegangen; nun hab' ich ihn gewarnt und vorsichtig gemacht. Ich bin zu ehrlich mit solch einem falschen Spieler; ich muß verlieren. Gut; ich will morgen ›gelaunt‹ sein, ich will tun, als wär' ich blind und taub, als säh' ich nicht, was er will, und wär's noch deutlicher. Eine Spinnenwebe auf meine Rockklappen, damit er was zu bürsten hat. Ich kann's nicht leiden, wenn mir so einer ins Gesicht sieht, solch ein Heuchler!«

So vorbereitet und entschlossen, den Lister zu überlisten, gält' es auch die schwerste Probe von Selbstbeherrschung, fand Apollonius den Bruder am folgenden Tage seiner harrend. Auch Apollonius hatte seinen Entschluß gefaßt. Er wollte sich von keiner Laune seines Bruders mehr irren lassen; es kam ja eben darauf an, allen diesen Launen ihre Quelle abzuschneiden. Fritz bot ihm den unbefangensten jovialsten Guten-Morgen, der ihm zu Gebote stand.

»Wenn du mich ruhig und brüderlich anhören willst«, sagte Apollonius, »so hoff' ich, dieser Morgen soll der beste sein für dich und mich und uns alle.«

»Und uns alle«, wiederholte Fritz und legte von seiner Erklärung der drei Worte nichts in seinen Ton. »Ich weiß, daß du immer an uns alle denkst; darum rede nur jovial vom Herzen weg, ich mach's auch so.«

Apollonius ließ die beabsichtigte Einleitung weg. Er hatte klug und vorsichtig sein gelernt, aber klug und vorsichtig gegen einen Bruder sein, hätte ihm Falschheit geschienen. Selbst, hätte er die Falschheit des Bruders gekannt, er wäre nicht auf dessen Gedanken von den gleichen Waffen gekommen. Er hätte sich seine Erfahrung als Täuschung ausgeredet.

»Ich glaube, Fritz«, begann er herzlich, »wir hätten anders gegeneinander sein sollen, als wir seither gewesen sind.« Er nahm aus Gutmütigkeit die halbe Schuld auf sich. Der Bruder schob ihm in Gedanken die ganze zu und wollte jovial das Gegenteil versichern, als Apollonius fortfuhr. »Es war nicht zwischen uns wie sonst, und wie es sein sollte. Die Ursache davon ist, soviel ich weiß, nur der Widerwille deiner Frau gegen mich. Oder weißt du noch eine andere?«

»Ich weiß keine«, sagte der Bruder mit bedauerndem Achselzucken; aber er dachte an Apollonius' Heimkunft gegen seinen Rat, an den Ball, an die Beratung auf dem Kirchenboden, an seine Verdrängung von der Reparatur, an den ganzen Plan des Bruders, an das, was davon ausgeführt, an das, was noch auszuführen war. Er dachte daran, daß Apollonius eben an dem letzteren arbeite, und wie viel darauf ankomme, seine nächste Absicht zu erraten und zu vereiteln.

Apollonius sprach indes fort und hatte keine Ahnung von dem, was in dem Bruder vorging. »Ich weiß nicht, woher der Widerwille deiner Frau gegen mich kommt. Ich weiß nur, daß er von nichts kommen kann, was ich mit Absicht getan hätte, mir ihn zu verdienen. Kannst du mir den Grund sagen? Ich will sie nicht anklagen; es ist möglich, daß ich etwas an mir habe, das ihr mißfällt. Und dann ist's gewiß nichts, was zu loben oder nur zu schonen wäre. Und ich will dann ebenso gewiß der letzte sein, es zu schonen, weiß ich nur, was es ist. Weißt du's, so bitte, sag' es mir. Etwas Schlimmes darfst auch du nicht an mir schonen, und täte dir's auch noch so weh. Weißt du's und sagst mir's nicht, so ist's nur darum. Aber du kränkst mich nicht damit, gewiß nicht, Fritz.«

Fritz Nettenmair tat, was Apollonius eben getan: er maß den Bruder in seinen Gedanken nach sich. Das Ergebnis mußte zu Apollonius' Nachteil ausfallen. Apollonius nahm sein gedankenvolles Schweigen für eine Antwort.

»Weißt du's nicht«, fuhr er fort, »so laß uns zusammen zu ihr gehen und sie fragen. Ich muß wissen, was ich tun soll. Das Leben seither darf nicht so fortgehen. Was würde der Vater sagen, wenn er's wüßte! Mir ist's Tag und Nacht ein Vorwurf, daß er es nicht weiß. Es ist für uns alle besser, Fritz. Komm, laß es uns nicht verschieben.«

Fritz Nettenmair hörte nur die Zumutung des Bruders. Er sollte ihn zu ihr führen! Er sollte ihn *jetzt* zu ihr führen! Wußte Apollonius schon von ihrem Zustand und wollte ihn benutzen? Es bedurfte der Frage nicht; wenn sie sich jetzt nur sahen, mußten sie sich verstehen. Dann war es da, wovon er wußte, es mußte kommen, und doch Verzweiflungsanstrengungen machte, ihm das Kommen zu wehren. Sie durften jetzt nicht einander gegenüberstehen; sie durften sich jetzt nicht sehen, bis er eine neue Scheidemauer zwischen sie gebaut. Woraus? Darauf zu sinnen war jetzt nicht Muße. Einen Vorwand mußte er haben, den Gang zu ihr zu verhindern, Zeit, den Vorwand zu finden. Und nur um die Zeit zu gewinnen, lachte er:

»Freilich! jovial fragen. Wer fragt, wird berichtet. Aber wie fällt dir das eben jetzt ein? Eben jetzt?« Ein Gedanke, der ihn überwältigend traf wie ein Blitz, wurde ohne seine Wahl zu dieser Frage.

Apollonius war schon an der Tür. Er wandte sich zurück zum Bruder und antwortete mit einer Freude, die diesem eine teuflische schien, weil er ihm nicht in das ehrliche Gesicht sah. Dafür würde Apollonius in des Bruders Antlitz ein Etwas von Teufelsangst ertappt haben, hätte dieser es ihm zugewandt. Und vielleicht dennoch nicht. Er würde den Bruder vielleicht für krank gehalten haben, so ohne die mindeste Ahnung von dem, was den Bruder dabei ängsten könne, als er war. Ja, was ihn freute, mußte ja auch den Bruder freuen.

»Früher«, entgegnete Apollonius, »mußt' ich fürchten, sie noch mehr zu erzürnen. Und das würde dir noch weniger lieb gewesen sein als mir.«

Der Bruder lachte und bejahte in seiner jovialen Weise mit Kopf und Schultern, um nur etwas zu tun. Und sein: »Und jetzt?« schien nun vom Lachen halb erstickt, nicht von etwas anderem.

»Deine Frau ist anders seit einiger Zeit«, fuhr Apollonius vertraulich fort.

»Sie ist –« antwortete Fritz Nettenmairs Zusammenzucken wider seinen Willen und wollte sagen, wofür er sie hielt. Es war ein arges Wort. Aber würde er selbst, der sie dazu gemacht, es ihm sagen? Nein, es ist noch nicht da, was er fürchtet. Und wenn es kommen muß, er kann es noch verzögern. Er hält mit Gewalt seiner Erregung den Mund zu. Er fragte gern: »Und woher weißt du, daß sie – anders ist?« wüßte er nicht, seine Stimme wird zittern und ihn verraten. Er muß ja wissen, wer es dem Bruder verraten hat. Hat er sie schon gesprochen? Hat er es ihr von fern aus den Augen gelesen? Oder ist ein Drittes im Spiel? ein Feind, den er schon haßt, ehe er weiß, ob er vorhanden ist?

Apollonius scheint ein Etwas von des Bruders unglückseliger Lesegabe angeflogen. Der Bruder fragt nicht; sein Gesicht ist abgewandt; er kramt tief im Schranke und sucht wie ein Verzweifelnder und kann nicht finden; und doch antwortet ihm Apollonius.

»Dein Ännchen hat mir's gesagt«, entgegnet er und lacht, indem er an das Kind denkt. »›Onkel‹, sagte das närrische Kind, ›die Mutter ist nicht mehr so bös auf dich; geh nur zu ihr und sprich: ich will's nicht mehr tun; dann ist sie gut und gibt dir Zucker.‹ So hat sie mich auf den Gedanken gebracht. Es ist wunderbar, wie's manchmal ist, als redete ein Engel aus den Kindern. Dein Ännchen kann uns allen ein Engel gewesen sein.«

Fritz Nettenmair lachte so ungeheuer über das Kind, daß sich Apollonius' Lachen wieder an dem seinen anzündete. Aber er wußte, es war ein Teufel, der aus dem Kinde geredet; ihm war das Kind ein Teufel gewesen und konnte es noch mehr werden. Und doch mußte er noch über das Kind lachen, über das joviale Kind mit seinem »verfluchten« Einfall. So sehr mußte er lachen, daß es gar nicht auffiel, wie zerstückt und krampfhaft klang, was er entgegnete. »Morgen meinetwegen oder heut nachmittag noch; jetzt hab' ich unmöglich Zeit. Jetzt begleit' ich dich nach Sankt Georg. Ich hab' einen nötigen Gang. Morgen! Über das verwünschte Kind!«

Apollonius hatte keine Ahnung, wie ernst das lachende »verwünscht« gemeint war. Er sagte, selbst noch über das Kind lachend: »Gut! So fragen wir morgen. Und dann wird alles anders werden. Ich freue mich wie das Kind, und du dich gewiß auch, Fritz. Es soll ein ganz ander Leben werden als seither.« Der gute Apollonius freute sich so herzlich über des Bruders Freude! Noch als er bereits wieder auf seinem Fahrzeuge um das Kirchendach flog.

Ebenso rastlos umschwankte seines Bruders Furcht das dunkle Etwas, das über ihm schwankte und ihn zu begraben drohte; noch emsiger hämmerte sein Herz an den brechenden Planen, den Sturz zu hindern; aber sein Gedankenschiff hing nicht zwischen Himmel und Erde, von des Himmels Licht bewahrt; es taumelte tiefer und immer tiefer, zwischen Erd' und Hölle, und die Hölle zeichnete ihn immer dunkler mit ihrer Glut.

*

Ännchen hatte die Mutter wieder umschlungen, die in der Laube saß. Sie sah wieder mit Apollonius' Augen zu ihr auf und erzählte ihr von ihm. Und kam sie nach Kinderweise von ihm ab, so leitete die Mutter mit unbewußter Kunst sie wieder zu ihm zurück. Dann rauschte es einen Augenblick in den Blättern der Laube hinter ihr. Sie dachte, es sei der Wind, oder hörte es gar nicht; vielleicht, weil es nicht von Apollonius sprach. Hätte sie hingesehen, sie wäre entsetzt aufgesprungen von der Bank. Was die Blätter rauschen machte, war das stürmische Erzittern einer geballten Faust. Darüber stand ein rotes Gesicht, verzerrt von der Anstrengung, die die gehobene Faust zurückhielt, sonst hätte sie das lächelnde Gesicht des Kindes getroffen, das, so jung, schon eine Kupplerin war. Das lächelnde, vatermörderische Gesicht! Das Kind hat ein blaues Kleidchen an; blau ist die Lieblingsfarbe Apollonius'. Sein Kind trägt seines Todfeindes Livree. Und die Mutter – oh, Fritz Nettenmair kann sich noch auf die Zeit besinnen, wo sie täglich so gekleidet ging wie heute. Und fürchtet sie das nicht? Glaubt sie, was damals vorgegangen, gibt ihr ein Recht, ihn nicht zu fürchten? Ein Recht, in Schande zu leben, weil es seine Schande ist? Das alles reißt an der gehobenen Faust.

Jetzt sagt die Mutter vor sich hin und hat das Mädchen vergessen: »Der arme Apollonius!« – Was hält die Faust zurück? – »Ich muß Fritz sagen, wie er mich dauert. Er ist so gut. Nicht, Ännchen?« Ännchen singt und hört die Frage nicht. Sie bedarf auch keiner Antwort. »Fritz ist zornig auf ihn, weil er mich einmal gekränkt hat. Ich hab's lang vergessen. Er ist anders, und Fritz tut ihm unrecht, wenn er meint, er ist noch immer so. Und vielleicht ist er nie so gewesen, und die Menschen haben Fritz belogen. Wir wollen gut sein gegen ihn, damit er froh wird. Ich kann's nicht mehr ertragen, wie er traurig ist. Ich will's ihm sagen, dem Fritz.« So schließt die junge Frau ihr Selbstgespräch; ihr ganzes süß-vertrauliches Mädchenwesen ist wieder aufgewacht, und Fritz Nettenmair begreift, das Tun, zu dem der Zorn ihn hinreißen will, muß erschaffen, was noch nicht ist, muß beschleunigen, was kommen wird. Er ist arm geworden, entsetzlich arm. Die Zukunft ist nicht mehr sein; er darf nicht auf Tage hinaus rechnen; er lebt nur noch von Augenblick zu Augenblick; er muß festhalten, was zwischen dem gegenwärtigen ist und dem nächstkommenden. Und dazwischen ist nichts als Qual und Kampf.

Er hat die Frau bis jetzt geliebt, wie er alles tat, wie er selbst war, oberflächlich – und jovial. Das Gewissen hat seine Seele ausgetieft. Die Furcht vor dem Verlust hat ihn ein ander Lieben gelehrt. Das Lieben lehrte ihn wiederum ein ander Fürchten. Hätte er sie früher so geliebt wie jetzt, ihre tiefste Seele hätte sich ihm vielleicht geöffnet, sie hätte auch ihn geliebt. Sie haben Jahre zusammengelebt, sind nebeneinander gegangen, ihre Seelen wußten nichts voneinander. Dem Leibe nach Gattin und Mutter ist ihre Seele ein Mädchen geblieben. Er hat die tieferen Bedürfnisse ihres Herzens nicht geweckt, er kannte sie nicht; er hätte sie nicht befriedigen können. Er erkennt sie erst, wie sie sich einem Fremden zuwenden. Er fühlt erst, was er besaß, ohne es zu haben, nun es einem andern gehört. Mit welcher Empfindung sieht er die Knospe ihres Angesichts sich entfalten, die er schon für die Blume hielt! Welch niegeahnter Himmel öffnet sich da, wo er sonst Genüge hatte, sein eigen Spiegelbild zu finden. Und wieviel er sah: all den Reichtum an hingebendem Vertrauen, an Opferfähigkeit, an verehrendem Aufstaunen und dienendem Ergeben zu fassen, der in der Morgenröte dieses reinen Angesichtes aufging, war sein Auge, auch krankhaft weit geöffnet, noch zu eng. Sein Schmerz übermannte einen Augenblick seinen Haß. Er mußte sich fortschleichen, um das Geständnis seiner Schuld vor dem Antlitz zu flüchten, dessen Blick er jetzt wie ein Verbrecher fürchtete, so sanft es war.

Gegen Abend wurde die junge Frau plötzlich von zwei Männerstimmen aus ihren Träumen geweckt. Sie saß unfern der verschlossenen Schuppentür im Grase. Fritz war eben mit dem Bruder von der Hintergasse in den Schuppen getreten. Sie hörte, er zog den Bruder mit Wohligs Anne auf. Anne sei die beste Partie in der ganzen Stadt und der Bruder ein Spitzbube, der die Welt kenne und die Art, die lange Haare und

Schürzen trägt. Die Anne nähe schon an ihrer Aussteuer, und ihre Basen trügen die Heirat mit Apollonius von Haus zu Hause. Die junge Frau hörte ihn fragen, wann die Hochzeit sei? Sie hatte sich entfernen wollen; sie vergaß es; sie vergaß das Atmen. Und drauf hätte sie fast laut aufgejubelt: Apollonius sagte, er heirate gar nicht, die Anne nicht, noch sonst eine.

Der Bruder lachte. »Drum hast du den Abend deiner Heimkehr nur mit der Anne getanzt und sie heimgeleitet?«

»Mit deiner Frau hätt' ich getanzt«, entgegnete Apollonius. »Du warntest mich, deine Frau würde mir einen Korb geben, weil sie so unwillig auf mich war. Ich wollte nun gar nicht tanzen. Du brachtest mir die Anne, und wie du gingst, fragtest du sie, ob ich sie heimbegleiten dürfte. Da konnt' ich nicht anders. Ich habe nie daran gedacht, die Anne –«

»Zu heiraten?« lachte der Bruder. »Nun, sie ist auch zum – Spaße hübsch genug und der Mühe wert, sie vernarrt in dich zu machen.«

»Fritz!« rief Apollonius unwillig. »Aber es ist nicht dein Ernst«, besänftigte er sich selbst. »Ich weiß, du kennst mich besser; aber auch im Scherz soll man einem braven Mädchen nicht zu nahe treten.«

»Pah«, sagte der Bruder, »wenn sie es selbst tut. Was kommt sie uns ins Haus und wirft sich dir an den Kopf?«

»Das hat sie nicht«, entgegnete Apollonius warm. »Sie ist brav und hat sich nichts Unrechtes dabei gedacht.«

»Ja, sonst hättest du sie zurechtgewiesen«, lachte Fritz, und es lag Hohn in seiner Stimme.

»Wußt' ich«, sagte Apollonius, »was sie dachte? Du hast sie mit mir aufgezogen und mich mit ihr. Ich habe nichts getan, was solche Gedanken in ihr erwecken konnte. Ich hätt's für eine Sünde gehalten.«

Die Männer gingen ihren Weg wieder zurück. Christianen fiel es nicht ein, sie hätten auch auf den Gang kommen können, wo sie stand. Was von Offenheit und Wahrheit in ihr lag, war gegen ihren Gatten empört. Nicht die Leute hatten ihn belogen; er war selber falsch. Er hatte sie belogen und Apollonius belogen, und sie hatte irrend Apollonius gekränkt. Apollonius, der so brav war, daß er nicht über die Anne spotten hören konnte, hatte auch ihrer nie gespottet. Alles war Lüge gewesen von Anfang an. Ihr Gatte verfolgte Apollonius, weil er falsch war und Apollonius brav. Ihr innerstes Herz wandte sich von dem Verfolger ab und dem Verfolgten zu. Aus dem Aufruhr all ihrer Gefühle stieg ein neues heiliges siegend auf, und sie gab sich ihm in der vollen Unbefangenheit der Unschuld hin. Sie kannte es nicht. Daß sie es nie kennen lernte! Sobald sie es kennen lernt, wird es Sünde. – Und schon rauschen die Füße durch das Gras, auf denen die unselige Erkenntnis naht.

Fritz Nettenmair mußte seine neue Scheidemauer aufbauen, ehe er den Bruder zu seinem Weibe führte. Deshalb kam er. Sein Gang war ungleich; er wählte noch und konnte sich nicht entscheiden. Er wurde noch ungewisser, als er vor ihr stand. Er las, was sie fühlte, von ihrem Antlitz; es war zu ehrlich, um etwas zu verschweigen; es kannte zu wenig, wovon es sprach, um zu denken, es müßte dies verbergen. Er fühlte, mit den alten Verleumdungen werde er nichts mehr bei ihr vermögen. Er konnte sie über ihre Gefühle aufklären, sie dann bei ihrer Ehre, bei ihrem weiblichen Stolze fassen. Er konnte sie zwingen – wozu? Zur Verstellung? Zum Leugnen? Zur Verheimlichung, wenn sie einmal wußte, was sie wollte? Würde sie nicht zu sich sagen: den Betrüger betrügen, das Gestohlene heimlich wieder nehmen, ist kein Betrug, kein Diebstahl. Das war es! Das Bewußtsein seiner Schuld verfälschte ihm die Dinge, die Menschen. Er kannte das starke Ehrgefühl seiner Frau wie die bis zum Eigensinn feste Rechtlichkeit des Bruders, und er hätte beiden in allem getraut; nur in dem einen traute er ihnen nicht, wo er das Gefühl hatte, er habe es verdient, von ihnen betrogen zu sein.

So zog er doch den Weg vor, den er bis jetzt gegangen. Er machte einen kleinen Umweg über des »Federchensuchers Narrheiten«. Er wußte, kleine Lächerlichkeiten sind geschickter, eine werdende Neigung zu vernüchtern, als große Fehler. Er agierte Apollonius, wie er den Weg, den er mit einem Lichte gemacht, noch einmal zurückging, aus Sorge, er könnte einen Funken verloren haben. Wie es ihn bei Nacht nicht ruhen ließ, wenn ihm einfiel, er hatte bei einer Arbeit seinen gewöhnlichen Eigensinn vergessen oder ein Arbeiter hatte das strenge Wort nicht verdient, das er, vom Drang der Geschäfte erhitzt, gegeben. Wie er aus dem Bette aufgesprungen, um ein Lineal, das er im schiefen Winkel mit der Tischkante liegen lassen, in den rechten zu rücken. Dabei strich und blies Fritz Nettenmair sich eingebildete Federchen von den Ärmeln. Er sah wohl, seine Mühe hatte den verkehrten Erfolg. Gereizt dadurch griff er zu stärkeren Mitteln. Er bedauerte die arme Anne, die Apollonius durch Scheinheiligkeit in sich vernarrt gemacht; und erzählte, auf wie gemeine Weise er sie öffentlich verspotte.

Auf den Wangen der jungen Frau war ein dunkles Rot aufgestiegen. Offene naive Naturen haben einen tiefen Haß gegen alle Falschheit, vielleicht weil sie instinktmäßig fühlen, wie waffenlos sie vor diesem Feinde stehen. Sie zitterte vor Erregung, als sie aufstand und sagte: »Du könntest das tun, du; er nicht.«

Fritz Nettenmair schrak zusammen. In dem Anblick der Gestalt, die voll Verachtung vor ihm stand, war etwas, das ihn entwaffnete. Es war die Gewalt der Wahrheit, die Hoheit der Unschuld dem Sünder gegenüber. Er raffte sich mit Anstrengung zusammen. »Hat er dir das gesagt? Seid ihr schon so weit?« preßte er hervor. Sie wollte nach dem Hause gehen; er hielt sie auf. Sie wollte sich losreißen.

»Alles hast du gelogen«, sagte sie, »ihn hast du belogen, mich hast du belogen. Ich habe gehört, was du vorhin im Schuppen mit ihm sprachst.«

Fritz Nettenmair atmete auf. So wußte sie nicht alles. »Mußt' ich's nicht?« sagte er, indem sein Auge sich der Reinheit des ihren gegenüber kaum aufrecht hielt. »Mußt' ich nicht, um deine Schande zu verhindern? Soll der Federchensucher dich verachten?« Noch drückte ihr Blick den seinen nieder. »Weißt du, was du bist? Frag' ihn doch, was eine Frau ist, die Ehre und Pflicht vergißt? An wen denkst du mit

Gedanken, wie du nur an deinen Mann denken solltest? Wenn du wie eine verliebte Dirne umherschleichst, wo du meinst, ihn zu sehen. Und meinst, die Menschen sind blind. Frag' ihn doch, wie er so eine nennt? Oh, die Leute haben schöne Namen für so eine.«

Er sah, wie sie erschrak. Ihr Arm bebte in seiner Hand. Er sah, sie begann ihn zu verstehen, sie begann sich selbst zu verstehen. Er hatte ihren Trotz gefürchtet und sah, sie brach zusammen, das Zornesrot erblich auf ihrer Wange, und Schamröte schlug wild über die bleiche hin. Er sah, wie ihr Auge den Boden suchte, als fühlte es die Blicke aller Menschen auf sich gerichtet, als hätte der Schuppen, der Zaun, die Bäume Augen und alle bohrten sich in das ihre. Er sah, wie sie in der Jähheit der Erkenntnis sich selbst so eine nannte, für die die Leute die schönen Namen haben.

Der Schmerz strömte seinen Regen über die schamblutende brennende Wange, und die Tränen waren wie Öl; das Feuer wuchs, als eine Stimme vom Schuppen klang und sein Tritt. Sie wollte sich gewaltsam losreißen und sah mit halb wildem, halb flehendem Blicke auf, der sterbend vor den tausend Augen wieder zu Boden sank. Er sah, sein Auge, das Auge des, der durch den Schuppen kam, war ihr das schrecklichste. Er hatte seinen ganzen Mut wieder.

»Sag's ihm«, preßte er leise hervor, »was du von ihm willst. Wenn er ist, wie du meinst, muß er dich verachten.«

Fritz Nettenmair hielt die Kämpfende mit der Kraft des Siegers fest, bis er Apollonius, der fragend aus dem Schuppen sah, gewinkt herbeizukommen. Er ließ sie, und sie floh nach dem Hause. Apollonius blieb erschrocken auf dem halben Wege stehen.

»Da siehst du, wie sie ist«, sagte Fritz zu ihm. »Ich hab' ihr gesagt, du wolltest sie fragen. Willst du, so gehen wir ihr nach, und sie muß uns beichten. Ich will sehen, ob meine Frau meinen Bruder beleidigen darf, der so brav ist.«

Apollonius mußte ihn zurückhalten. Fritz gab sich nicht gleich zufrieden. Endlich sagte er: »Du siehst aber nun, es liegt nicht an mir. Oh, es tut mir leid!«

Es war ein unwillkürlicher Schmerz in den letzten Worten, den Apollonius auf die mißlungene Aussöhnung bezog. Fritz Nettenmair wiederholte sie leiser, und diesmal klangen sie wie ein Hohn auf Apollonius, wie höhnisches Bedauern über eine verfehlte List.

Christiane war nach der Wohnstube gestürzt und hatte die Tür hinter sich verriegelt. An Fritz dachte sie nicht; aber Apollonius konnte hereintreten. Sie wälzte den fieberischen Gedanken, hinaus in die Welt zu fliehen; aber wohin sie sich dachte, im steilsten Gebirg, im tiefsten Walde, begegnete er ihr und sah, was sie wollte, und er mußte sie verachten. Und was wollte sie denn? Wollte sie etwas von ihm? Wenn sie in Gedanken vor ihm floh und angstvoll eine Zuflucht suchte, war er es nicht wieder, zu dem sie floh? Wenn sie in Gedanken eine Brust umschlang, daran sich auszuweinen, war es nicht seine? Der Augenblick, der sie lehrte, sie wollte etwas Böses, hatte sie ja erst gelehrt, was sie wollte. Ännchen war im Zimmer; sie hatte das Kind nicht bemerkt. Alles Leben der Mutter war bei ihrem innern Kampfe; Ännchen sah der Mutter nicht an, was in ihr vorging. Sie zog die Mutter auf einen Stuhl und umschlang sie nach ihrer Weise und sah zu ihrem Antlitz auf. Die Mutter traf ihr Blick, als käme er aus Apollonius' Augen. Ännchen sagte:

»Weißt du, Mutter? der Onkel Lonius –« Die Mutter sprang auf und stieß das Kind von sich, als wäre er es selbst. »Sag' mir nichts mehr von – sag' mir nichts mehr von ihm!« sagte sie mit zorniger Angst, daß das Mädchen weinend verstummte. Ännchen sah nicht die Angst, nur den Zorn in der Mutter Auffahren. Es war Zorn über sich selbst. Das Mädchen log, als sie dem Onkel von der Mutter Zorn über ihn erzählte. Es bedurfte der Erzählung nicht. Hatte er nicht selbst die rote Wange gesehen, mit der sie seiner und des Bruders Frage auswich? dasselbe Rot der zornigen Abneigung, mit dem sie den Heimkehrenden empfangen?

Ach, es war ein wunderlich schwüles Leben von da in dem Hause mit den grünen Fensterladen, Tage, Wochen lang! Die junge Frau kam fast nicht zum Vorschein, und mußte sie, so lag brennende Röte auf ihren Wangen. Apollonius saß vom ersten Morgenschein auf seinem Fahrzeug und hämmerte, bis die Nacht einbrach. Dann schlich er sich leise von der Hintergasse durch Schuppen und Gang auf sein Stübchen. Er wollte ihr nicht begegnen, die ihn floh. Fritz Nettenmair war wenig mehr daheim. Er saß von früh bis in die Nacht in einer Trinkstube, von wo man nach der Aussteigetür und dem Fahrzeug am Turmdache sehen konnte. Er war jovialer als je, traktierte alle Welt, um sich in ihrer lügenhaften Verehrung zu zerstreuen. Und doch, ob er lachte, ob er würfelte, ob er trank, sein Auge flog unablässig mit den Dohlen um das steile Turmdach. Und wie durch einen Zauber fügte es sich, nie schlich Apollonius durch den Schuppen, ohne daß fünf Minuten früher Fritz Nettenmair in die Haustür getreten war.

Im Schuppen und in der Schiefergrube schaltete der Geselle an seiner Statt. Er brachte Fritz Nettenmair den Rapport vom Geschäfte; im Anfang schrieb der joviale Herr davon in dicke Bücher, dann nicht mehr. Die Zerstreuung wurde ihm immer unentbehrlicher; er hatte keine Zeit mehr zum Schreiben. Bis er tief in der Nacht wieder heimkam, wandelte der Geselle in dem Gange vom Wohnzimmer bis zum Schuppen hin und her. Es waren in der Nähe Diebstähle vorgekommen; der Geselle stand Wache: Fritz Nettenmair war daheim ein ängstlicher Mann geworden. Die übrigen Leute wunderten sich über das Vertrauen Fritz Nettenmairs zu dem Gesellen. Apollonius warnte ihn wiederholt. Freilich! Er hatte Gründe, die Wache nicht zu wünschen, am allerwenigsten von dem Gesellen, der ihm nicht gewogen war. Und das eben war Fritz Nettenmairs Grund, dem Gesellen zu vertrauen und auf die Warnungen nicht zu hören. Als Fritz Nettenmair zu dem Bruder gesagt: »Es tut mir leid«, war er des Gesellen gewahr geworden. In seinem Grinsen hatte er gelesen, der Geselle durchschaute ihn und wußte, was Fritz Nettenmair fürchtete. Da biß er die Zähne aufeinander; eine halbe Stunde später übertrug er ihm die Wache und die Stellvertretung in Schuppen und Grube. Es kostete wenig Worte. Der Geselle verstand, was Fritz ihm sagte, daß er sollte; er verstand auch, was Fritz nicht sagte und er dennoch sollte. Fritz Nettenmair traute seiner Redlichkeit im Geschäfte so wenig als Apollonius. Er erkannte, der Geselle würde dort mißbrauchen, daß er etwas wußte, wovon außer ihm und Fritz Nettenmair niemand Kunde hatte und niemand Kunde haben durfte. Die Unredlichkeit des Gesellen dort haftete ihm für seine Redlichkeit, wo er sie nötiger brauchte. Es war die Sorglosigkeit fieberhafter Angst um alles andere, was sich nicht auf ihren Gegenstand bezieht.

Der alte Herr im blauen Rock hatte schlimmere Träume als je; er horchte gespannter als je auf jeden flüchtigen Laut, hörte mehr heraus und baute immer größere Lasten über seine Brust. Aber er fragte nicht.

*

Es war eines Abends spät. Fritz Nettenmair hatte vom Fenster der Weinstube Apollonius sein Fahrzeug verlassen und an das fliegende Gerüst binden sehen; er eilte nach seiner Gewohnheit aus dem Wirtshause, um noch vor Apollonius heimzukommen. Er traf seine Frau in der Wohnstube bei einer häuslichen Arbeit. Der Geselle trat herein und machte seine gewöhnliche Meldung. Dann sagte er seinem Herrn etwas in das Ohr und ging.

Fritz Nettenmair setzte sich zur Frau an den Tisch. Hier saß er gewöhnlich, bis ein schlürfender Tritt des Gesellen im Vorhaus ihm sagte, Apollonius sei zu Bett gegangen. Dann suchte er sein Weinhaus wieder auf; er wußte, das Haus war vor Dieben sicher, der Gesell war bei der Wache.

Das Gefühl, wie er sein Weib in seiner Hand hatte und sie sich leidend darein ergab, hatte bisher dem Weine geholfen, einen schwachen Widerschein der jovialen Herablassung über ihn zu werfen, die ehedem sonnenhaft von jedem Knopfe Fritz Nettenmairs geglänzt. Heute war der Widerschein sehr schwach. Vielleicht, weil ihr Auge nicht den Boden gesucht, als es sein Blick berührte. Er tat einige gleichgültige Fragen und sagte dann:

»Du bist heute lustig gewesen.« Sie sollte fühlen, er wisse alles, was im Haus geschehe, sei er auch selbst nicht drin. »Du hast gesungen.«

Sie sah ihn ruhig an und sagte: »Ja. Und morgen sing' ich wieder; ich weiß nicht, warum ich nicht soll.«

Er stand geräuschvoll vom Stuhle auf und ging mit lauten Tritten hin und her. Er wollte sie einschüchtern. Sie erhob sich ruhig und stand da, als erwarte sie einen Angriff, den sie nicht fürchtete. Er trat ihr nah, lachte heiser und machte eine Handbewegung, vor der sie erschreckend zurückweichen sollte. Sie tat es nicht. Aber das Rot des beleidigten Gefühles trat auf ihre Wangen. Sie war scharfsinnig geworden, argwöhnisch dem Gatten gegenüber. Sie wußte, daß er sie und Apollonius bewachen ließ.

»Und hat er dir weiter nichts gesagt?« fragte sie.

»Wer?« fuhr Fritz Nettenmair auf. Er zog die Schultern empor und meinte, er sähe aus wie der im blauen Rock. Die junge Frau antwortete nicht. Sie zeigte nach der Kammertür, in der das kleine Ännchen stand. »Der Spion! Der Zwischenträger!« preßte der Mann hervor. Das Kind kam ängstlich mit zögernden Schritten. Es war im Hemdchen.

Fritz Nettenmair sah nicht das Flehen in des Kindes Blick, er sollte der Mutter gut sein, die Mutter sei auch gut. Er sah nicht, wie das häusliche Zerwürfnis auf dem Kinde lastete und es bleich gemacht, wie es den Zustand mit durchlitt, ohne ihn zu verstehen. Er bemerkte nur, wie gespannt es horchte, um dem erzählen zu können, der es zum Horchen abgerichtet. Es wollte seine Kniee umschlingen, sein Blick, seine gehobene Faust drängte es zurück. Die Mutter nahm das Kind in stillem Schmerz auf die Arme und trug es in die Kammer und in sein Bett zurück. Sie fürchtete, was der Mann ihm tun konnte. Was er ihr tun konnte, das fürchtete sie nicht. Sie sagte es dem Manne, als sie wieder hereinkam und die Türe verschlossen, wie um das Kind vor ihm zu retten.

»Ich bin eins geworden mit mir«, sagte sie, und in ihren Augen stand das mit so glänzender Schrift, daß der Mann wieder hin- und herschritt, um nicht hineinsehen zu müssen.

»Ich bin eins geworden mit mir. Die Gedanken sind gekommen, daran bin ich nicht schuld, und ich habe sie nicht kommen heißen. Ich habe nicht gewußt, sie waren bös. Dann hab' ich mit den Gedanken gekämpft, und ich will nicht müd werden, solang ich lebe. Ich bin mit meiner Seele an dem Bett meiner seligen Mutter gewesen, wo sie gestorben ist, und habe sie liegen sehn, und habe die drei Finger auf ihr Herz gelegt. Ich habe ihr versprochen, ich will nichts Unehrliches tun und leiden, und habe sie mit Tränen gebeten, sie soll mir helfen, nichts Unehrliches tun und leiden. Ich habe so lang versprochen und so lang gebeten, bis alle Angst fortgewesen ist, und ich habe gewußt, ich bin ein ehrlich Weib, und ich will ein ehrlich Weib bleiben. Und niemand darf mich verachten. Was du mir tun willst, davor fürchte ich mich nicht und wehre mich nicht. Du tust's auf dein Gewissen. Aber dem Kinde sollst du nichts tun. Du weißt nicht, wie stark ich bin und was ich tun kann. Ich leid' es nicht; das sag' ich dir!«

Sein Blick flog scheu an der schlanken Gestalt vorüber; er berührte nicht das bleiche schöne Antlitz; er wußte, ein Engel stand darauf und drohte ihm. Oh, er wußte, er fühlte, wie stark sie war; er empfand, wie mächtig der Entschluß eines ehrlichen Herzens schirmt. Aber nur gegen ihn! er empfand es an seiner Schwäche. Er fühlte, ihr mußte glauben, wer glauben durfte. Dies Recht hatte er im unehrlichen Spiele verspielt. Er hätte ihr glauben müssen, wußte er nicht, es mußte kommen, was kommen mußte. Sie nicht, niemand konnte es verhindern. Einen Rettungsweg zeigte ihm sein Engel, ehe er ihn verließ. Wenn er redlich, unablässig sich mühte, gutzumachen, was er an ihr verschuldet. Wenn er ihr die Liebe tätig zeigte, die die Angst vor dem Verluste ihn gelehrt. Hatte er nicht Helfer? Mußten die Kinder nicht seine Helfer sein? Und ihr Pflichtgefühl, das so stark war? Die tote Mutter, an deren Bett sie in Gedanken getreten, auf deren Herz sie ihre Schwurfinger gelegt? Aber eben das, worauf er hofft, ihre Reinheit, scheucht ihn zurück, wie er sich ihr nahen will. Er ist dem Gespenste seiner Schuld verfallen, dem Gedanken der Vergeltung, der ihn unwiderstehbar treibt, das zu schaffen, was er verhindern will. Zu tief hat ihn die lange stete Gewohnheit, ihn zu denken, eingegraben. Hoffnung und Vertrauen sind dem Gedanken fremd; der Haß ist ihm verwandter. Ihn ruft er zu Hülfe. – Draußen schlürft der Fuß des Gesellen auf dem Sande des Vorhauses. Das Haus ist sicher vor Dieben. Er kann wieder gehen.

Fritz Nettenmair ist heute im Weinhaus so jovial, als er sein kann. Seine Schmeichler haben Durst und lassen sich seine Herablassung gefallen. Er trinkt, schlägt seinen Gästen die Hüte über die Ohren in das Gesicht und übt mit Stock und Hand manche andere zarte Liebkosungen und belacht sie als geistreiche Scherze mit bewunderndem Lachen. Er tut alles, sich zu vergessen; es gelingt ihm nicht.

Könnte er mit seiner jungen Frau tauschen, die unterdes einsam daheim sitzt! Wonach er sich sehnt: sich zu vergessen, dagegen muß sie sich wehren. Was er muß, was er mit aller Mühe nicht abwenden kann, danach ringt sie, und es will ihr nicht gelingen – sich auf sich selbst zu besinnen. Was hilft es, daß sie es dem Kinde verbot? Alle ihre Gedanken reden ihr von Apollonius. Sie meinte, sie wich' ihm aus, und sie sieht, er flieht sie. Sie sollte sich freuen, und es tut ihr weh. Ihre Wangen brennen wieder. Eigen ist es, daß sie selbst ihren Zustand strenger oder milder ansieht, je nachdem sie in Gedanken Apollonius strenger oder milder darüber urteilend glaubt. So ist er ihr das unwillkürliche Maß der Dinge geworden. Weiß er, wie sie ist, und verachtet sie? Er ist so mild und nachsichtig; er hat die Anne nicht verspottet, nicht verachtet; er hat ihr das Wort geredet gegen fremde Verachtung und Spott. Hat sie schon, ehe er kam, Gedanken gehabt, die sie nicht haben sollte, und er hat sie erraten? Ist sie sich doch, als wäre sie mit allem, was sie weiß und wünscht, nur ein Gedanke in ihm, den er weiß wie seine andern. Und sie hat ihn gedauert; und darum sah er ihr mit traurigem Blicke nach, wenn sie ging? Ja! Gewiß! Und nun floh er sie aus Schonung; sein Anblick sollte nicht Gedanken in ihr wecken, die besser geschlafen hätten, bis sie selber schlief im Sarg. Er vielleicht selbst hatte es ihrem Manne gesagt oder geschrieben, und dieser hatte das Mittel gewählt, sie durch Widerwillen zu heilen.

War es Zufall, daß sie in diesem Augenblicke nach ihres Mannes Schreibpult blickte? Sie sah, er hatte den Schlüssel abzuziehen vergessen. Sie erinnerte sich, er war nie so nachlässig gewesen. Sonst hatte sie keine Acht darauf gehabt; jetzt erst fiel ihr auf, er war, wußte er sie zugegen, nicht auf Augenblicke aus dem Zimmer gegangen, ohne zu schließen und den Schlüssel abzuziehen. Im obersten Fache rechts lagen Apollonius' Briefe; ihr Blick war sonst der Stelle ausgewichen. Jetzt öffnete sie das Pult und zog das Fach heraus. Ihre Hände zitterten, ihre ganze Gestalt bebte. Nicht aus Furcht, ihr Mann könnte sie dabei überraschen. Sie mußte wissen, wie es stand zwischen ihr, Apollonius und ihrem Mann; sie hätte diesen gefragt, sie hätte sich nicht selbst geholfen, konnte sie ihrem Manne trauen. Sie bebte vor Erwartung, was sie finden wird. Ob sie etwas davon ahnt, was sie finden wird?

Es waren viele Briefe in dem Fach; alle lagen offen und entfaltet darin, und alle schienen nur Abdrücke eines einzigen zu sein, so sehr glichen sie sich. Nur daß die Züge in den ersten weicher erschienen. Wie abgezirkelt stand die Anrede in jedem genau auf derselben Stelle, genau um ebensoviel Zoll und Linien darunter der Beginn des Briefes. Der Abstand der schnurgeraden Zeilen voneinander und vom Rande des Bogens war in allen der gleiche; nichts war ausgestrichen; keine kleinste Unregelmäßigkeit verriet die Stimmung des Schreibers oder eine Veränderung derselben; ein Buchstabe genau wie der andere.

Sie berührte die Briefe alle, einen um den andern, ehe sie las. Mit jedem schlug neue glühende Röte über ihre Wangen, als berührte sie Apollonius selbst, und sie zog die Hand unwillkürlich zurück. Jetzt fiel mit einem Briefe eine kleine metallene Kapsel in den Kasten zurück; die Kapsel fuhr auf, und heraus fiel eine kleine dürre Blume. Ein kleines blaues Glöckchen. Solch eines, wie sie einst auf die Bank gelegt, damit er es finden sollte. Sie erschrak. Jene hatte Apollonius ja noch denselben Abend mit Spott und Hohn unter seinen Kameraden ausgeboten und gefragt, was sie gäben, und dann unter dem Lachen aller dem Bruder feierlich zugeschlagen. Dieser brachte sie ihr und erzählte ihr es während des Tanzens, und Apollonius sah zum Saalfenster herein, höhnend, wie der Bruder sagte. Jene hatte sie zerpflückt; das junge Volk war über die Trümmer hingetanzt. Die Blume in der Kapsel war eine andere. Es mußte in dem Briefe stehen, von wem sie war oder wem Apollonius sie schickte.

Und doch war es dieselbe Blume. Sie las es. Wie ward ihr, als sie las, es war dieselbe! Träne um Träne stürzte auf das Papier, und aus ihnen quoll ein rosiger Duft und verhüllte die engen Wände des Stübchens. In dem Duft regte sich ein Wehen wie von leisem Morgenwind im Lenz, wenn er die leichten Nebel flatternd ballt und durch die Risse blauer Himmel lacht und goldene Höhen. Und immer weiter wird der Blick, und wie der Schleier wogend tief und tiefer sinkt, steigen rauschende Wälder auf, grüne Wiesen mit ihrem Blumenschmelz, trauliche Gärten mit laubigen Schatten, Häuser mit glücklichen Menschen. Oh, es war eine Welt von Glück, von Lachen und Weinen vor Glück, die aus den Tränen stieg, jede färbte sie regenbogenglänzender, jede rief: sie war dein! und die letzte jammerte: und sie ist dir gestohlen! Die Blume war von ihr; er trug sie auf seiner Brust in Sehnsucht, Hoffen und Fürchten, bis die des Bruders war, deren er dabei gedachte. Dann warf er sie, die Botin des Glückes, dem geschiedenen nach. Er war so brav, daß er für Sünde hielt, die arme Blume dem vorzuenthalten, der ihm die Geberin gestohlen. Und an solchem Manne hätte sie hängen dürfen, mit allen Pulsen sich in ihn drängen, ihn mit tausend Armen der Sehnsucht umschlingen zum Nimmerwiederfahrenlassen! Sie hätte es gekonnt, gedurft, gesollt! es wäre nicht Sünde gewesen, wenn sie es tat; es wäre Sünde gewesen, tat sie es nicht. Und nun wäre es Sünde, weil der sie und ihn betrogen, der sie nun quälte um das, was er zur Sünde gemacht? Der sie zur Sünde zwang; denn er zwang sie, ihn zu hassen; und auch das war Sünde, und durch seine Schuld. Der sie zwang – er zwang sie zu mehr, zu Gedanken, die mit Gott im Himmel hadern wollten, zu Gedanken, die aus der Liebe und dem Hasse, die Gott verbot, ein Recht machen wollten, zu schrecklich klugen, verführerisch flüsternden, wilden, heißen, verbrecherischen Gedanken. Und wies sie diese schaudernd von sich, dann sah sie unabsichtliche Sünde unabwendbar drohen. Mit entsetzlich süßem Bangen wußte sie den Mann so nahe, der ihr fremd sein sollte, der ihr nicht fremd war, vor dem sie in der Angst ihrer Schwäche keine Rettung sah. Sie floh vor ihm, vor sich selbst, in die Kammer, wo ihre Kinder schliefen, wo ihre Mutter gestorben war. Dorthin, wo ihr so heilig wurde, hörte sie das leise Regen der unschuldig schlummernden Leben, zu deren Hüterin sie Gott gesetzt, die ruhigen Hauche hinflüstern durch die stille dunkle Nacht. Jeder Hauch ein sorglos-süß aufgelöstes Sichbefehlen an die unbekannte Macht, die das All in ihren Mutterarmen trägt. Sie ging von Bett zu Bett und lag knieend regungslos davor und legte die Stirn an die scharfen Bettkanten.

Vom Sankt-Georgenturme her klangen die Glocken, wie sie der Schritt der Zeit berührte, und er hielt nicht an im Wandern. Es schlug Viertel, Halb, Dreiviertel, Ganz, und wieder Viertel, und wieder Halb. Das leise Wehen der schlummernden Kinderseelen zitterte um sie. Sie lag, die heißen Hände gefalten, lange, lang. Da stieg es empor aus dem leisen Weben, silbern wie ein Ostermorgenglockenklang: »Was fürchtest du dich vor ihm?« Und sie sah all ihre Engel um sich knieen, und er war einer von ihren Engeln, der schönste und der stärkste und der mildeste. Und sie durfte zu ihm aufsehen, wie man zu seinen Engeln aufsieht. Sie stand auf und ging in die Stube zurück. Die Briefe breitete sie auf dem Tische aus, dann ging sie zur Ruhe. Ihr Besitzer sollte wissen, wenn er heimkehrte und die Briefe fand, sie hatte sie gelesen. Nicht um ihn zu erschrecken, nicht als Anklage, wie sie auch von ihm denken mochte. Er las davon ab, was das Bewußtsein seiner Schuld darauf schrieb; er las aus seiner Beleidigung ihr Rachedrohen und ihre Pläne, es in das Werk zu setzen. Er kannte ihre Wahrhaftigkeit; wäre er so rein gewesen als sie, er hätte gewußt, sie hatte nur dem Triebe ihrer ehrlichen Natur genügt. Sie schied schwer von den Briefen; aber sie gehörten nicht ihr. Nur die Kapsel mit der dürren Blume nahm sie weg und wollte ihm am Morgen sagen, daß sie es getan.

Fritz Nettenmair saß noch ganz allein im Weinhaus. Das Haupt hing ihm müde auf die Brust herab. Er rechtfertigte vor sich seinen Haß und sein Tun. Der Bruder und sie waren falsch; der Bruder und sie waren schuld, nicht er, daß er hier vergeudete, was seinen Kindern gehörte. Wer ihm ihr Herz gestohlen, konnte für sie sorgen. Eben war es ihm gelungen, sich zu überzeugen, als daheim die Kammertüre ging. Die Frau war wieder vom Bette aufgestanden und legte auch die Kapsel mit der Blume wieder zu den Briefen. Apollonius hatte sie nicht behalten, sie durfte es auch nicht. Der Gatte dachte noch nicht an das Heimgehen, als sie die Decke wieder über ihre reinen Glieder breitete. Über dem Gedanken, so fort sollte Apollonius ihr Leitstern sein, und wenn sie handelte wie er, blieb' sie rein und bewahrt, schlief sie ein und lächelte im Schlummer wie ein sorglos Kind.

*

Das Leben in dem Hause mit den grünen Laden wurde immer schwüler. Die gegenseitige Entfremdung der Gatten nahm mit jedem Tage zu. Fritz Nettenmair behandelte die Frau immer rücksichtsloser, wie seine Überzeugung wuchs, durch Schonung sei nichts mehr zu gewinnen. Diese Überzeugung floß aus der immer kälteren Ruhe der Verachtung, die sie ihm entgegensetzte; er dachte nicht, daß er selbst sie zu dieser Verachtung zwang. Es war eine unglückliche, immer steigende Wechselwirkung. So wenig Apollonius mit dem Bruder und der Schwägerin zusammentraf, ihr Zerwürfnis mußte er bemerken. Es machte ihn unglücklich, daß er die Schuld davon trug. In welcher Weise er sie trug, das ahnte er nicht. Während die Schwägerin mit liebender Verehrung an ihm hing und sich und ihrem ganzen Hauswesen seine Physiognomie aufprägte, grübelte er über den Grund ihres unbesiegbaren Widerwillens. Der Bruder tat nichts, diesen Irrtum zu berichtigen; er bestätigte ihn vielmehr: zuweilen, indem er ihn überlegen bei sich verlachte, wenn Weinlaune und geschmeichelte Eitelkeit ihre Wirkung taten. Der Stunden der Erschlaffung, der Unzufriedenheit mit sich selbst waren freilich mehr. Dann zwang er sich, Verstellung darin zu sehen, um an dem Mitleid mit sich selber den Haß gegen die andern, in dem ihm wohl war, zu schärfen.

Apollonius wußte wenig von der Lebensweise des Bruders. Fritz Nettenmair verbarg sie ihm aus dem unwillkürlichen Zwang, den Apollonius' tüchtiges Wesen ihm abnötigte, den er aber niemand, am wenigsten sich selber, eingestanden haben würde. Und die Arbeiter wußten, daß sie Apollonius mit nichts kommen durften, was nach Zuträgerei aussah, am wenigsten, wenn es seinen Bruder betraf, den er gern von allen geachtet gesehen hätte, mehr als sich selbst. Aber er hatte bemerkt, Fritz sah ihn als einen Eindringling in seine Rechte an, der ihm Geschäft und Tätigkeit verleidete. Apollonius fühlte sich von dem Tage seiner Rückkehr nicht wohl daheim; er war seinen Liebsten hier eine Last; er dachte oft an Köln, wo er sich willkommen wußte. Bis jetzt hielt ihn die moralische Verpflichtung, die er in Rücksicht der Reparatur auf sich genommen. Diese ging mit raschen Schritten ihrer Vollendung entgegen. So durfte der Gedanke seine Verwirklichung fordern, und er teilte ihn dem Bruder mit.

Es wurde Apollonius anfangs schwer, den Bruder zu überzeugen, es sei ihm Ernst mit der Rückkehr nach Köln. Fritz hielt es erst für einen listigen Vorwand, ihn sicher zu machen. Der Mensch gibt ebenso schwer eine Furcht auf als eine Hoffnung. Und er hätte sich eingestehen müssen, er habe den zwei Menschen unrecht getan, die des Unrechtes an ihm anzuklagen ihm eine Gewohnheit geworden war, in der er eine Art Behagen fand. Er hätte dem Bruder ein zweites Unrecht verzeihen müssen, das dieser von ihm gelitten. Er fand sich erst darein, als es ihm gelungen war, in dem Bruder wieder den alten Träumer zu sehen und in dessen Vorhaben eine Albernheit; als er ein unwillkürliches Eingeständnis darin sah, der Bruder begreife in ihm den überlegenen Gegner und gehe aus Verzweiflung am Gelingen seines schlimmen Planes. In dem Augenblick erwachte die ganze, alte, joviale Herablassung wie aus einem Winterschlaf. Seine Stiefel knarrten wieder: Da ist er ja! und: Nun wird's famos! läuteten seine Petschafte den alten Triumph. Die Stiefel übertönten, was ihm sein Verstand von den notwendigen Folgen seiner Verschwendung, von seinem Rückgange in der allgemeinen Achtung vorhielt. Es war ihm, als sei alles wieder so gut als je, war nur der Bruder fort. Er glaubte sogar vorgreifend an seine außerordentliche Großmut, dem Bruder zu verzeihen, daß er dagewesen. Er richtete sich vor dem Bruder schon in der ganzen alten Größe wieder auf, in der er als alleiniger Chef des Geschäfts dem Ankömmling gegenübergestanden, und winkte ihm mit seinem herablassendsten Lachen zu, daß er es schon bei dem im blauen Rock durchsetzen wolle. Der selber müsse Apollonius fortschicken.

Die junge Frau fühlte anders. Fritz Nettenmair war zu klug, ihr vorläufig davon zu sagen. Aber der alte Valentin war nicht so klug und wußte nicht, warum er so klug sein sollte. Der alte Valentin war ein närrischer Geselle. Dem alten Herrn sagte er nichts. Es war wunderlich, wie gewissenhaft er seine Pflicht an das Haus verteilte, der ehrlichste Achselträger, den es je gegeben. Er verriet den jungen Leuten nie etwas, was er dem alten Herrn abgemerkt; aus Treue gegen den blauen Rock verbarg er es den Jungen so angestrengt als der alte Herr selbst. Aber er war auch den Jungen so treu ergeben, daß der alte Herr von ihnen nichts durch ihn erfuhr, als was sie selber wollten, und hätte der alte Herr getan, was er nie tat, nämlich ihn danach gefragt.

Der jungen Frau war es, als sollte ihr Engel von ihr scheiden. Sie empfand, daß sie in seiner Nähe sicherer vor ihm war als von ihm entfernt; denn all der Zauber, der ihren Wünschen wehrte, sündhaft zu werden, floß ja aus seinen ehrlichen Augen auf sie nieder, von der Stirn, die so rein war, daß ein sündhafter Blick verzweifelte, sie befleckend in sein

Begehren mitzureißen, und selbst gereinigt und reinigend in die Seele zurückkam, die ihn geschickt.

Apollonius sollte nicht gehen, und das durch des Bruders Schuld, den allein in der ganzen Stadt sein Gehen freute. Freilich wird er die Schuld nicht anerkennen; auch diese wird er von sich ab und auf den Bruder schieben. Apollonius hatte auch dem Bauherrn von seinem Entschlusse gesagt. Es befremdete ihn, daß der brave Mann, der sonst alles, was Apollonius tun würde, schon im voraus gebilligt, als könnte Apollonius nichts tun, was er nicht billigen müßte, die Mitteilung mit fremder, wie verwundert einsilbiger Kälte aufnahm. Er drang in ihn, ihm den Grund dieser Veränderung zu sagen. Die braven Männer verständigten sich leicht. Der Bauherr sagte ihm, nachdem er sich gewundert, Apollonius damit unbekannt zu finden, was er von des Bruders Lebensweise wußte, und war der Meinung, Geschäft und Haus seines Vaters könne ohne Apollonius' Hülfe nicht bestehen. Er versprach, sich weiter nach der Sache zu erkundigen, und war bald imstande, Apollonius nähere Aufklärungen zu geben. Hier und da in der Stadt war der Bruder nicht unbedeutende Summen schuldig, das Schiefergeschäft war, besonders in letzter Zeit, so saumselig und ungewissenhaft betrieben worden, daß manche vieljährige Kunden bereits abgesprungen waren und andere im Begriff standen, es zu tun. Apollonius erschrak. Er dachte an den Vater, an die Schwägerin und an ihre Kinder. Er dachte auch an sich, aber eben das eigene starke Ehrgefühl stellte ihm zuerst vor, was der alte, stolze, rechtliche, blinde Mann leiden müßte bei der Schande eines möglichen Konkurses. Er fand sein Brot; aber des Bruders Weib und Kinder? Und sie waren des Darbens nicht gewohnt. Er hatte gehört, das Erbe der Frau von ihren Eltern war ein ansehnliches gewesen. Er schöpfte Hoffnung, es könne noch zu helfen sein. Und er wollte helfen. Kein Opfer von Zeit und Kraft und Vermögen sollte ihm zu schwer werden. Konnte er den Verfall nicht aufhalten, darben sollten die Seinigen nicht.

Der wackere Bauherr freute sich über seines Lieblings Denkart, auf die er gerechnet; es hatte ihn befremdet, daß sie sich nicht schon früher gezeigt. Er bot Apollonius seine Hülfe an. Er habe weder Frau noch Kinder, und Gott habe ihn etwas erwerben lassen, um einem Freunde damit zu helfen. Noch nahm Apollonius kein Anerbieten an. Er wollte erst sehen, wie es stand, und sich Gewißheit verschaffen, ob er ein ehrlicher Mann bleiben konnte, wenn er den freundlichen Erbieter beim Worte nahm.

Es kamen schwere Tage für Apollonius. Der alte Herr durfte noch nichts wissen und, wenn seine Ehre aufrecht zu erhalten war, auch nicht erfahren, daß sie gewankt. Apollonius bedurfte dem Bruder gegenüber seine ganze Festigkeit und seine ganze Milde. Er mußte ihm täglich imponieren und stündlich verzeihen. Schon das war nicht leicht, den Stand seines Vermögens, seine Gläubiger und den Betrag der Schulden von ihm zu erfahren. Vergebens machte Apollonius seine gute Meinung geltend, der Bruder glaubte ihm nicht; und hätte er ihm glauben müssen, er hätte ihn darum nicht weniger gehaßt. Er haßte sich selbst in Apollonius und haßte ihn darum um so mehr, je hassenswerter sein eigenes Tun ihm erschien. Als Apollonius die Gläubiger und die Beträge wußte, untersuchte er den Stand des Geschäftes und fand ihn verwirrter, als er gefürchtet. Die Bücher waren in Unordnung; in der letzten Zeit war gar nichts mehr eingetragen worden. Es fanden sich Briefe von Kunden, die sich über schlechte Ware und Saumseligkeit beklagten, andere mit Rechnungen von dem Grubenbesitzer, der neue Bestellungen nicht mehr kreditieren wollte, da die alten noch nicht bezahlt waren. Das Vermögen der Frau war zum größten Teile vertan; Apollonius mußte den Bruder zwingen, die Reste davon herauszugeben. Er mußte mit den Gerichten drohen. Was litt Apollonius mit seinem ängstlichen Ordnungsbedürfnis mitten in solcher Verwirrung, was mit seinem starken Gefühl für seine Angehörigen dem Bruder gegenüber! Und doch sah dieser in jeder Äußerung, jedem Tun des Leidenden nur schlecht verhehlten Triumph. Nach unendlichen Mühen gelang Apollonius eine Übersicht des Zustandes. Es ergab sich: wenn die Gläubiger Geduld zeigten und man die Kunden wieder zu gewinnen vermochte, so war mit strenger Sparsamkeit, mit Fleiß und Gewissenhaftigkeit die Ehre des Hauses zu retten, und ermüdete man nicht, konnten die Kinder des Bruders ein wenigstens schuldenfreies Geschäft einst als Erbe übernehmen. Apollonius schrieb sogleich an die Kunden, dann ging er zu den Gläubigern des Bruders. Die ersten wollten es noch einmal mit dem Hause versuchen; man sah, sie gingen sicher; ihre neuen Bestellungen waren wenig mehr als Proben. Bei den Gläubigern hatte er die Freude, zu sehen, welches Vertrauen er bereits in seiner Vaterstadt gewonnen. Wenn er die Bürgschaft übernahm, blieben die schuldigen Summen als Kapitale gegen billige Zinsen zur allmählichen Tilgung stehen. Manche wollten ihm noch bares Geld dazu anvertrauen. Er machte keinen Versuch, die Wahrheit dieser Versicherungen auf die Probe der Tat zu stellen, und gewann dadurch das Vertrauen der Versichernden nur noch mehr. Nun stellte er dem Bruder anspruchslos und mit Milde dar, was er getan und noch tun wolle. Vorwürfe konnten nichts helfen, und Ermahnungen hielt er für unnütz, wo die Notwendigkeit so vernehmlich sprach. Der Bruder konnte, wenn Apollonius die Leitung des Ganzen, des Geschäftes und des Hauswesens, alle Einnahmen und Ausgaben von nun allein und vollkommen selbständig übernahm, keine willkürliche Beeinträchtigung darin sehen. In der Sache, in der er seine Ehre zum Pfande gesetzt, mußte Apollonius frei schalten können. Das ungestörte Zusammenwirken all der Tätigkeiten, durch die allein der beabsichtigte Erfolg zu erreichen war, verlangte die Leitung einer einzigen Hand.

Das Verkaufsgeschäft mußte vor allen Dingen wieder in Aufnahme gebracht werden. Der Grubenherr hatte immer schlechtere Ware geliefert und der Bruder sie für gute annehmen müssen, um nur überhaupt Ware zu erhalten; die Anerbieten der übrigen Gläubiger, die Schuld als Kapital stehen zu lassen, nahm er an, um mit dem, was von den Vermögensresten der Frau zunächst flüssig gemacht werden konnte, dem

Grubenherrn die alte Schuld abzutragen und eine bedeutende neue Bestellung sogleich bar zu bezahlen. So erhielt man wieder und zu billigerem Preise gute Ware und konnte auch seine Abnehmer bewähren. Der Grubenherr, der bei dieser Gelegenheit Apollonius und dessen Kenntnis des Materials und seiner Behandlung kennen lernte, machte ihm den Antrag, da er alt und arbeitsmüde sei, die Grube zu pachten. Bei den Bedingungen, die er stellte, konnte Apollonius auf großen Nutzen rechnen, aber solange er noch in schwerer Lage auf sich allein stand, durfte er seine Kräfte nicht zwischen mehre Unternehmungen teilen.

Apollonius entwarf seinen Plan für das erste Jahr und setzte ein Gewisses fest, das der Bruder zur Führung seines Hausstandes allwöchentlich von ihm in Empfang zu nehmen hatte. Er entließ von den Leuten, wer nur irgend zu entbehren war. Den ehrlichen Valentin machte er zum Aufseher für die Zeit, wo er selbst in Geschäften auswärts sein mußte. Es lag gegründeter Verdacht vor, daß der ungemütliche Geselle sich mancher Veruntreuung schuldig gemacht. Fritz Nettenmair, der an dem Wächter seiner Ehre wie an ihrem letzten Bollwerke festhielt, tat alles, ihn zu rechtfertigen und dadurch im Hause zu erhalten. Der Geselle hatte zu allem, was man ihm vorwarf, ausdrücklichen Befehl von ihm gehabt. Apollonius hätte den Gesellen gern gerichtlich belangt; er mußte sich genügen lassen, ihn abzulohnen und ihm das Haus zu verbieten. Apollonius war unerbittlich, so mild er seine Gründe dem Bruder vortrug. Jeder Unbefangene mußte sagen, er durfte nicht anders, der Geselle mußte fort. Auch Fritz Nettenmair dachte, als er allein war, aber mit wildem Lachen: »Freilich muß er fort!« In dem Lachen klang eine Art Genugtuung, daß er recht gehabt, eine Schadenfreude, mit der er sich selbst verhöhnte:

»Der Federchensucher wäre ein Narr, wenn er ihn nicht schickte. Ein Narr, wie ich einer war, daß ich glaubte, er würde ihn doch behalten. Oh, ich bin zu ehrlich, zu dummehrlich gegen so einen. Was gehen ihn meine Schulden an? In seiner Gewalt wollte er mich haben; darum zwang er mich,

Schulden zu machen, damit er den Gesellen fortschicken konnte, der ihm hinderlich war. Herr im Hause wollte er sein, darum verdrängte er mich aus einer Stellung nach der andern, damit er mich einschüchtern könnte, daß ich leiden müßte, was er will, um mit ihr zusammenzukommen ohne mich. Und wenn er recht hat, warum läßt er sich so viel von mir gefallen? Ein ehrlicher Kerl wie ich wäre anders gegen mich. Es ist sein bös Gewissen. Er wäre nicht so, wenn er nicht falsch wäre. Eine Zwickmühle ist's. Was das Einschüchtern nicht hilft, das soll das Einschmeicheln helfen. Er ist mir nicht klug genug. Ich bin einer, der die Welt besser kennt als der Träumer!«

Was auch Apollonius ihm zeigen mochte, Strenge und Milde bestärkte ihn nur in dem Gedanken, der ihn um so weniger losließ, je länger er ihn hegte, und um so durstiger wurde, sein Herzblut zu trinken, je länger er ihn damit fütterte. Er sah kein äußeres Hindernis mehr, das die verbrecherische Absicht des Bruders verhindern konnte.

Von nun an wechselte sein Seelenzustand zwischen verzweifelter Ergebung in das, was nicht mehr zu verhindern, ja! wohl schon geschehen war, und zwischen fieberischer Anstrengung, es dennoch zu verhindern. Danach gestaltete sich sein Benehmen gegen Apollonius als unverhehlter Trotz oder als kriechend lauernde Verstellung. Beherrschte ihn die erste Meinung, dann suchte er Vergessen Tag und Nacht. Zu seinem Unglück hatte der Gesell im nahen Schieferbruche Arbeit gefunden und war ganze Nächte lang sein Gefährte. Die »bedeutenden Leute« wandten sich von ihm und rächten sich mit unverhohlener Verachtung für das Bedürfnis, das er ihnen geweckt und nicht mehr befriedigen konnte; sie vergalten ihm nun die joviale Herablassung, die sie von ihm ertrugen, solange er sie mit Champagner bezahlte. Er wich ihnen aus und folgte dem Gesellen an die Örter, wo dieser heimisch war. Hier griff er die joviale Herablassung um eine Oktave tiefer. Nun ertönten die Branntweinkneipen von seinen Späßen, und diese nahmen immer mehr von der Natur der Umgebung an. Hatten sie doch in bessern Zeiten eine wie vordeutende Verwandtschaft mit diesen gezeigt. Es kam die Zeit, wo er sich nicht mehr schämte, der Kamerad der Gemeinheit zu sein.

Während Apollonius den Tag über für die Angehörigen des Bruders auf seinem gefährlichen Schiff hämmert und die Nächte über Büchern und Briefen sitzt und sich den wohlverdienten Bissen abdarbt, um mit liebendem Eifer gutzumachen, was der Bruder verdorben, erzählt dieser in den Schenken, wie schlecht Apollonius an ihm gehandelt, weil er brav sei und der Bruder schlecht. Er erzählt es so oft, daß er selbst es glaubt. Er bedauert die Gläubiger, die sich von dem Scheinheiligen bürgen ließen, der sie alle betrügen wird, und erzählt ersonnene Geschichten, die sein Bedauern glaubhaft machen sollen. Läge es an ihm, Apollonius hämmerte vergebens und wachte vergebens bei seinen Büchern und Briefen. Aber es glaubt ihm niemand; er untergräbt nur, was er selbst noch von Achtung besitzt. Apollonius' Vorstellungen setzt er Hohn entgegen. Dennoch hofft Apollonius, er wird seine Treue noch erkennen und sich bessern. Seine Hoffnung zeugt besser von seinem eigenen Herzen als von seiner Einsicht in das Gemüt des Bruders. Kommt diesem der Gedanke seiner Verdorbenheit, dann hat er einen Grund mehr, den Federchensucher zu hassen, und die arme Frau muß es entgelten, kehrt er zu einer Zeit heim, wo sich Apollonius schon wieder zum Ausgehen rüstet.

*

Dächer, die mit Metall oder Ziegeln eingedeckt sind, machen in der Regel erst nach einer Reihe von Jahren eine Reparatur nötig; bei Schieferdächern ist es anders. Durch die Rüstungen und das Besteigen der Dachfläche während des Eindeckens entstehen unvermeidlich allerlei Beschädigungen der Schieferplatten, die sich nicht immer sogleich zeigen. Die ersten drei Jahre nach beendeter Ein- oder Umdeckung verlangen oft bedeutendere Nachbesserungen als die fünfzig nächstfolgenden. Zu dieser alten Erfahrung gab auch das Kirchendach von Sankt Georg seinen Beleg. Die Schieferdecke des Turmes dagegen, die Apollonius allein besorgt, legte genügendes Zeugnis ab von ihres Schöpfers eigensinniger Gewissenhaftigkeit. Die Dohlen, die sie bewohnten, hätten noch lange Zeit Ruhe gehabt vor seinem Fahrzeug, hätte nicht ein alter Klempnermeister seinen kirchlichen Sinn durch Stiftung einer blechernen Zierat an Tag legen wollen. Es war ein Blumenkranz, den Apollonius dem Turmdach umlegen sollte, um dessentwillen er diesmal seine Leiter an der Helmstange anknüpfte. Vor etwas mehr als einem halben Jahre hatte er sie abgenommen.

Unterdes war sein angestrengtes Bestreben nicht ohne Erfolg geblieben. Die alten Kunden hatte er festgehalten und neue dazu gewonnen. Die Gläubiger hatten ihre Zinsen und eine kleine Abschlagszahlung für das erste Jahr; das Vertrauen und die Achtung vor Apollonius wuchs mit jedem Tage, mit ihnen seine Hoffnung und seine Kraft, die er mit verdoppelter Anstrengung bezahlte.

Könnte man nur dasselbe von seinem Bruder sagen! von dem Verständnis der beiden Gatten!

Es war ein Glück für Apollonius, daß er mit seiner ganzen Seele bei seinem Vorhaben sein mußte, daß er keine Zeit übrigbehielt, dem Bruder Schritt vor Schritt mit Auge und Herz zu folgen, zu sehen, wie der immer tiefer sank, den zu retten er sich mühte. Wenn er sich freute über sein Gelingen, so war es aus Treue gegen den Bruder und dessen Angehörige; der Bruder sah etwas anderes in seiner Freude und dachte auf nichts, als sie zu stören.

Es kam weit mit Fritz Nettenmair. Im Anfang hatte er den größten Teil des wöchentlich für seinen Hausstand Ausgesetzten der Frau übergeben. Dann behielt er immer mehr zurück, und zuletzt trug er das Ganze dahin, wohin ihm das Bedürfnis, durch Traktieren sich Schmeichler zu erkaufen, treuer gefolgt war als die Achtung der Stadt. Die Erfahrung an den »bedeutenden Leuten« hatte ihn nicht bekehrt. Die Frau hatte sich kümmerlicher und kümmerlicher behelfen müssen. Der alte Valentin sah ihre Not, und von nun an ging das Haushaltgeld nicht mehr durch ihres Mannes, sondern durch Valentins Hände. Zuletzt wurde Valentin ihr Schatzmeister und gab ihr nie mehr, als sie augenblicklich bedurfte, weil das Geld in ihren Händen nicht mehr vor dem Manne sicher war. Sie mußte das, wie alles, von ihm entgelten. Er war schon gewohnt, an der ganzen Welt, die ihn verfolgte, an sich selbst, an dem Gelingen Apollonius', in ihr sich zu rächen. Valentin hätte ihn schon lange darum bei Apollonius verklagt, wenn nicht die Frau selber ihn daran gehindert hätte. Es war ihr eine Genugtuung, um den Mann zu leiden, der ja um sie und ihre Kinder noch mehr litt. Wußte sie Apollonius im Sturm auf der Reise, dann weilte sie stundenlang im unbedeckten Hofe; das Wetter, das ihn traf, sollte auch sie treffen; sie wollte eine gleich schwere Last tragen, wenn sie die seine nicht erleichtern konnte. So weit trieb sie ihre Opferlust.

Sonst benutzte sie die Zeit, die ihr Wirtschaft und Kinder übrigließen, zu allerlei Arbeiten, die Valentin als ihr Agent vertrieb. Das Geld dafür verwandte sie zum Teil – sie konnte lieber hungern, wenn auch nicht ihre Kinder hungern sehen –, die Wohnstube mit allerlei zu schmücken, wovon sie wußte, daß Apollonius es liebte. Und doch wußte sie, Apollonius kam nie dahin, er sah es nie. Aber sie hätte es nicht getan, wußte sie, er würde es sehen. Ihr Gatte sah es, sooft er in die Stube trat. Ihm entging nichts, was seinem Zorne und seinem Hasse einen Vorwand entgegenbringen konnte. Er sah die Haare seiner Knaben in Schrauben gedreht, wie sie Apollonius trug; er sah die Ähnlichkeit mit Apollonius in den Zügen der Frau und der Kinder entstehen und wachsen; er hatte ein Auge für alles, was seines Weibes Verehrung für den Bruder, was ihr bewußtes, selbst was ihr unbewußtes Sichhineinbilden in des Verhaßten eigenste Eigenheit ausplauderte; er verfolgte dessen Einfluß bis zu dem rechtwinkligen Stande der Wirbel an der Fenstersäule. Dann begann er, auf Apollonius zu schimpfen, und in Ausdrücken, als müßte nun auch er zeigen, wieviel man von fremder Art annehmen könne.

Waren die Kinder zugegen, dann war es der Frau erste Sorge, sie zu entfernen. Sie sollten seine Roheit nicht kennen und den Vater verachten lernen. Nicht um seinet-, um der Kinder willen. Er verriet nicht, wie gern er »die Spione« los war. Ihm war es nicht um die Kinder, nur um sich selbst. So einsam hatte ihn die Verderbnis schon gemacht. Er fürchtete die Anklage der Kinder bei Apollonius. Er dachte nicht, daß die Frau selbst ihn verklagen könnte, von der er doch annahm, sie treffe sich mit Apollonius. Leidenschaft und wüstes Leben hatten sein geringes Klarheitsbedürfnis aufgezehrt. Seine Voraussetzungen mochten sich widersprechen, widersprachen sie nur nicht der Stimmung des Augenblicks, der Eigenwilligkeit seiner Leidenschaft. Alles, was er im Zimmer sah, war ihm ein neuer Beweis seiner Schande. Wie sollte er glauben, es habe einen andern Zweck, als von Apollonius bemerkt zu werden! Wenn sie ihm dann sagt, sie möge er schimpfen, nur Apollonius nicht, dann zeigt ihm das scharfe Auge der Eifersucht, wie sie einen Genuß darin findet, um Apollonius zu leiden. Er wirft es ihr vor, und sie leugnet es nicht. Sie sagt ihm: »Weil er um mich leidet und um meine Kinder.« Er gibt sein mühsam Erspartes her, um zu ersetzen, wenn der Mann ihren Kindern das wöchentlich Ausgesetzte raubt.

»Und das sagt er dir? Das hat er dir gesagt!« lacht der Mann mit wilder Freude, sie auf dem Geständnis zu ertappen, daß sie sich mit ihm trifft.

»Er nicht«, zürnt die Frau, weil der Verachtete Apollonius mit seinem Maße mißt. Er, der Gatte, verkleinert, was andere für ihn taten, und rückt, was er für andere tut, diesen unaufhörlich und übertreibend vor. Apollonius dagegen vergrößert das Empfangene; von dem, was er erweist, redet er nicht, oder er selbst verkleinert es, um dem andern Bitte, Annahme und Verpflichtungsbewußtsein zu erleichtern. Apollonius selbst sollte es sagen? Der alte Valentin hat es gesagt. Der hat ja die Uhr selbst als seine verkauft, die Apollonius von Köln mitbrachte. Apollonius hat ihm verboten, es ihr zu sagen.

»Und auch zu sagen, daß er's ihm verboten hat?« lachte der Gatte. Und es ist ein Etwas von Verachtung in seinem Lachen. Solche Dinge kann man freilich dem Träumer zutrauen; aber jetzt will er es ihm nicht zutrauen. »Freilich«, lacht er noch wilder, »ein noch Dümmerer als der Träumer weiß, umsonst tut's keine. Die Schlechteste hält sich eines Preises wert. Eine mit solchen Haaren und mit solchen Augen, solchem Leib!« Er greift ihr in die Haare und sieht ihr in die Augen mit einem Blick, vor dem die Reinheit erröten muß, den nur die Verworfenheit lachend erträgt. Er nimmt das Erröten für ein Geständnis und lacht noch wilder. »Du willst sagen, ich bin noch schlechter als er. Hahaha! Du hast recht. Ich habe solch eine geheiratet. Das hätte er nicht. Dazu ist er doch nicht schlecht genug!«

Jeder Tag, jede Nacht brachte solche Auftritte. Wußte Fritz Nettenmair den Bruder auswärts oder auf seiner Kammer und den alten Herrn im Gärtchen, dann ließ er seinen Zorn an Tischen und Stühlen aus. An der Frau selber sich zu vergreifen, wagte er noch nicht. Erst muß ihn die Wut einmal über den Zauberkreis hinwegreißen, den ihre Unschuld, die Hoheit stillen Duldens um sie zieht. Ist es einmal geschehen, dann hat der Zauber seine Macht verloren, und er wird zuletzt aus bloßer Gewohnheit tun, wovor er jetzt noch zurückschreckt. Die Menschen wissen nicht, was sie tun, wenn sie sagen: »Ich tu's ja nur dies eine Mal.« Sie wissen nicht, welch wohltätigen Zauber sie zerstören, daß einmal nie einmal bleibt.

Der alte Valentin mußte doch nicht Wort gehalten haben, oder es führte Apollonius ein Zufall an der Tür vorbei, als der Bruder ihn fern glaubte. Er hörte das Poltern, den wilden Zornesausbruch des Bruders, er hörte den reinen Klang von der Stimme der Frau dazwischen, noch in der Aufregung rein und wohlklingend. Er hörte beide, ohne zu verstehen, was sie sprachen. Er erschrak. So weit hatte er sich das Zerwürfnis nicht vorgestellt. Und er war schuld an dem Zerwürfnis. Er mußte tun, was er konnte, den Zustand zu bessern.

Der Bruder blieb erst wie versteint in seiner drohenden Stellung, als er den Eintretenden erblickte. Er hatte das Gefühl eines Menschen, der plötzlich bei einem Unrechte überrascht wird. Hätte ihn Apollonius angelassen, wie er verdiente, er wäre vor ihm gekrochen. Aber Apollonius wollte ja versöhnen und sprach das ruhig und herzlich aus. Er hätte es freilich wissen können, er hatte es oft genug erfahren, seine Milde gab dem Bruder nur Mut zu höhnendem Trotz. Er erfuhr es jetzt wieder. Fritz verhöhnte ihn wild lachend, daß er einen Vorwand mache, wo er Herr sei. Ob er sich deshalb zum Herrn des Hauses gemacht? Er wußte, er an Apollonius' Stelle wäre anders aufgetreten. Er hätte es die fühlen lassen, die er in seiner Gewalt wußte. Er war ein ehrlicher Kerl und brauchte nicht schön zu tun. Dazu fiel ihm ein, wie oft er vergeblich die Tür umschlichen, um Apollonius in der Stube zu überraschen. Jetzt war er ja da in der Stube. Er war hereingetreten, weil er ihn nicht zu finden meinte. Apollonius war es, der erschrecken mußte, Apollonius war der Ertappte, nicht er. Die Versöhnung war nur der erste beste Vorwand, nach dem Apollonius griff. Darum war er so kleinlaut. Darum erschrak die Frau, die ihn glauben machen wollte, Apollonius komme nie in das Zimmer. Darum sah sie so flehend zu ihm auf. Der verachtende Blick, mit dem sie ihn noch eben gemessen, war mit der Larve der erheuchelten Unschuld plötzlich von ihrem schuldbewußten Angesicht gerissen. Nun wußte er gewiß, es war nichts mehr zu verhindern, nur noch zu vergelten. Er konnte nun dem Bruder zeigen, er kannte ihn, hatte ihn immer gekannt.

Er wies auf die Frau. »Sie bettelt, ich soll gehen. Wozu? Ich sehe zum Fenster hinaus. Das ist ebensogut. Ich sehe nicht, was ihr treibt.«

Apollonius verstand ihn nicht. Die Frau wußte es, ohne ihn anzusehen. Sie wollte hinaus. In seiner Gegenwart erniedrigt zu werden bis zum Kot unter den Füßen, das trug sie nicht. Der Gatte hielt sie fest mit wildem Griff. Er packte sie wie ein Raubvogel. Sie hätte laut schreien müssen, zehrte der Seelenschmerz den körperlichen nicht auf.

»Kehr' dich nicht daran, daß sie fort will«, schluchzte Fritz Nettenmair vor krampfhaftem Lachen und faßte den Bruder so mit den Augen, wie er die Frau mit seiner Hand gepackt hielt. »Brauchst nicht ängstlich zu sein. Ich kehre nur den Rücken, so ist sie wieder da. So redet doch miteinander. Du, sag' ihm, daß du ihn nicht leiden kannst; ich glaub's ja; was glaubt ein Mann so einer nicht? Und du, gib ihr Lehren, von Köln, wo du alles gelernt hast, wie man seinen Bruder von Haus und Geschäft vertreibt, um – nun, um – hahaha! Sag' ihr doch: ein Weib soll willig sein. Was? Oh, solch ein willig Weib ist – sag' ihr doch, was so eine ist. Sie weiß es noch nicht, die – Unschuld! Hahaha!«

Apollonius begriff nichts von dem, was er hörte und sah; aber der Mißbrauch der männlichen Stärke an einem ohnmächtigen Weibe empörte ihn. Unwillkürlich riß dies Gefühl ihn hin. Er verdoppelte seine ohnehin dem Bruder weit überlegene Kraft, als er den packenden Arm faßte, so daß dieser die Beute los ließ und herabfiel wie gelähmt. Die Frau wollte hinaus, aber sie brach kraftlos zusammen. Apollonius fing sie auf und lehnte sie in das Sofa. Dann stand er wie ein zürnender Engel vor dem Bruder.

»Ich habe dich durch Milde gewinnen wollen, aber du bist sie nicht wert. Ich habe viel von dir ertragen und will's noch«, sagte Apollonius; »du bist mein Bruder. Du gibst mir schuld, ich habe dich in das Unglück gestürzt; Gott ist mein Zeuge, ich habe alles getan, was ich wußte, dich zu halten. Für wen hab' ich getan, was du mir vorwirfst als für dich und um deine Ehre, und deine Frau und deine Kinder zu retten? Wer hat mich dazu gezwungen, gegen dich streng zu sein? Für wen schaff' ich? Für wen wach' ich? Wenn du wüßtest, wie mich schmerzt, daß du mich zwingst, dir aufzurücken, was ich für dich tue! Weiß es Gott, du zwingst mich dazu; ich hab's noch nicht getan, weder vor andern noch vor mir selbst. Du weißt es selbst, daß du nur einen Vorwand suchst, um unbrüderlich gegen mich zu sein. Ich weiß es und will dich ertragen forthin wie bis jetzt. Aber daß du aus der Abneigung deiner Frau gegen mich einen Vorwand machst, auch sie zu quälen und sie zu behandeln, wie kein braver Mann ein braves Weib behandelt, das dulde ich nicht.«

Fritz Nettenmair lachte entsetzlich auf. Der Bruder hatte ihn auf alle Weise in Schande gebracht und wollte noch den Tugendhaften gegen ihn spielen, den unschuldig Beleidigten, den ritterlichen Beschützer der unschuldig Beleidigten. »Ein braves Weib! Ein so braves Weib! O freilich! Ist sie's nicht? Du sagst's, und du bist ein braver Mann. Haha! Wer muß es besser wissen, ob ein Weib brav ist, als solch ein braver Mann? Du hast mich nicht um alles gebracht? Du mußt mich noch um meinen Verstand bringen, damit ich dein Märchen glaube. Sie ist dir abgeneigt? Sie kann dich nicht leiden? Ja, du weißt's noch nicht, wie sehr. Ich darf nur fort sein, so wird sie dir's sagen. Dann wird dir's schlecht gehn! Sie wird dich erdrücken, damit du ihr's glaubst. Wenn ich dabei bin, sagt sie's nicht. So was sagt eine nicht, wenn der Mann dabei ist, wenn sie brav ist wie die. Warum sagst du nicht, du kannst auch sie nicht leiden? Oh, ich hab schon keinen Verstand mehr! Ich glaub' schon alles, was ihr mir sagt!«

Fritz Nettenmair war in der Vergeßlichkeit der Leidenschaft überzeugt, die beiden hatten das Märchen von der Abneigung erfunden.

Apollonius stand erschrocken. Er mußte sich sagen, was er nicht glauben wollte. Der Bruder las in seinem Gesichte Schrecken über ein aufdämmerndes Licht, Unwille und Schmerz über Verkennung. Und es war alles so wahr, was er sah, daß selbst er es glauben mußte. Er verstummte vor den Gedanken, die wie Blitze ihm durch das Hirn schlugen. So war's doch noch zu verhindern gewesen, noch aufzuhalten, was kommen mußte! Und wieder war er selbst – Aber Apollonius – das sah er trotz seiner Verwirrung – zweifelt noch und konnte nicht glauben. So war sein Wahnsinn wohl noch gutzumachen, so war es vielleicht noch zu verhindern, so war noch aufzuhalten, was kommen mußte, und wenn auch nur für heut und morgen noch. Aber wie? Wenn er einen wilden Scherz daraus machte? Dergleichen Scherze fielen an ihm nicht auf, und Apollonius war ihm ja schon wieder der Träumer geworden, der alles glaubte, was man ihm sagte. Und er selber wieder einer, der das Leben kennt, der mit Träumern umzugehen weiß. Er mußte es wenigstens versuchen. Aber schnell, ehe Apollonius die Fremdheit des Gedankens überwunden, mit dem er kämpfte. Er brach in ein Gelächter aus, eine schaurige Karikatur des jovialen Lachens, womit er sich ehedem seine eigenen Einfälle zu belohnen pflegte. Es war verwünscht, daß Apollonius sich glauben machen ließ, Fritz Nettenmair sei eifersüchtig! Der joviale Fritz Nettenmair! Und noch dazu auf ihn. Es war noch nichts Verwünschteres auf der Welt passiert als das! Er las in der Frau Gesicht, wie die Wendung sie erleichterte. Er wagte es, sich auf sie zu berufen, wie verwünscht das sei. Ihre Bejahung machte ihn noch kühner. Er lachte nun über die Frau, die so verwünscht sei, ihm zornig vorzuhalten, daß er sie von der Gnade des Gehaßten abhängig gemacht, und lachte, daß daher die kleinen Ehezwiste kamen. Er lachte über Apollonius, daß er einen kleinen Zank so ernst nahm. Wo waren die Eheleute, bei denen dergleichen nicht vorkam? Man sah eben, daß Apollonius noch ein Junggeselle war!

Apollonius hörte von der Hausflur die Stimme des Bauherrn, der nach ihm fragte; er ging rasch hinaus, damit der Bauherr nicht hereinkomme und Zeuge des Auftrittes werde. Der Bruder hörte sie zusammen weggehen. Er war noch keineswegs beruhigt. Das ehrliche Gesicht Apollonius' hatte, als er hinausging, noch immer mit dem Gedanken gekämpft. Fritz Nettenmair war voll Wut über sich selbst und mußte sie an der Frau auslassen. Er fühlte in dem Augenblick, daß er alles tue, was ein Weib schlecht machen kann. Ihr Blick verriet ihm, wie sie sich selbst verachtete wegen des Ja, das sie sich hatte abzwingen lassen müssen, wie sie sich sagte, daß nun nichts mehr an ihr zu verderben sei. Er mußte es fürchten, wenn sie das sich selbst sagte. Er durfte sie so weit nicht kommen lassen. Er wußte das, und gleichwohl höhnte er, sie könne ja auch lügen, so geschickt als irgendeine. Er war nie sein Herr gewesen; jetzt war er es weniger als je.

*

In Fritz Nettenmair kämpfte heute eine Leidenschaft die andere nieder. Die wüste Gewohnheit, im Trunk sich zu vergessen, zog ihn an hundert Ketten aus dem Hause; die Furcht der Eifersucht hielt ihn mit tausend Krallen darin fest. Hatte der Bruder noch nicht daran gedacht, was er haben konnte, wenn er nur wollte, er selbst hatte ihn nun auf den Gedanken gebracht. Und war der Bruder so brav, als er sich stellte, seine alte Liebe, die Liebe und Schönheit der Frau – Fritz Nettenmair hatte es nie so lebhaft gefühlt, wie schön die Frau war – seine eigene Abhängigkeit von Apollonius, der Haß der Frau gegen ihn, die Gelegenheit des Zusammenwohnens und, was all diesen Dingen erst die Gewalt gab über seine Furcht, das Bewußtsein seiner Schuld! Und war Apollonius so brav, als er sich stellt – solchen Mächten gegenüber kann er ihm nicht trauen. Den ganzen Tag rechnete er an seiner Angst herum und ließ seine Frau nicht aus den Augen. Erst wie es ruhig wird um ihn, die Frau die Kinder zu Bett gebracht hat und selbst zur Ruhe gegangen ist, erst als er kein Licht mehr sieht in Apollonius' Fenstern, da lassen ihn die Krallen, und die Ketten ziehen desto stärker. Er verschließt die Hintertür, die Apollonius von den Räumen des Hauses trennt, er schiebt auch noch den Riegel vor, er schließt sogar die Treppentür der Emporlaube und zuletzt die Tür, durch die er geht. Er hat Ursache zu eilen, ohne daß er es weiß. Der Geselle darf nicht lang mehr warten. Fritz Nettenmair weiß es noch nicht: Apollonius hat es beim Grubenherrn dahin gebracht, daß der Geselle aus der Arbeit entlassen ist, und bei der Polizei, daß er morgen sich nicht mehr in der Gegend betreten lassen darf. Der Geselle ist fertig zur Abreise; von dem Wirtshause hinweg geht er in die weite Welt; er will nur noch Abschied nehmen von seinem ehemaligen Herrn und ihm noch etwas sagen.

Es gibt nicht viel mehr auf der Welt, woran Fritz Nettenmair hängt. Der Weg, den er geht, führt immer weiter ab von dem, was ihm das Liebste war; es ist unwiederbringlich für ihn verloren. Der Bewunderte und Geschmeichelte wird er nie wieder. An seiner Frau hängt er nur noch durch die glühende Kette der Eifersucht gefesselt. An dem Vater hat er nie gehangen; den Bruder haßt er. Er haßt und weiß sich gehaßt oder glaubt sich gehaßt in seinem Wahn. Das kleine Ännchen würde sich an ihn drängen mit aller Kraft eines liebebedürftigen Kinderherzens, aber er scheucht das Kind mit Haß von sich; sie ist ihm der »Spion«. Nur an *einem* Menschen noch hängt sein Herz, an dem, der es am wenigsten um ihn verdient. Er kennt ihn und weiß, der Mensch hat ihn betrogen, hat geholfen, ihn zugrunde zu richten, und dennoch hängt er an ihm. Der Mensch haßt Apollonius, er ist der einzige außer ihm, der Apollonius haßt, und deshalb hängt Apollonius' Bruder an ihm!

Fritz Nettenmair begleitete den Gesellen eine Strecke Wegs. Der Geselle will schneller ausschreiten und dankt darum für weitere Begleitung. Wenn andere scheiden, ist ihr letztes Gespräch von dem, was sie gemeinsam lieben; das letzte Gespräch Fritz Nettenmairs und des Gesellen ist von ihrem Haß. Der Geselle weiß, Apollonius hätte ihn gern in das Zuchthaus gebracht, wenn er gekonnt. Wie sie nun einander scheidend gegenüberstehn, mißt der Geselle den andern mit seinem Blick. Es war ein böser lauernder Blick, ein grimmig-verstohlener Blick, welcher Fritz Nettenmair fragte, ohne daß der es hören sollte, ob er auch reif sei zu irgend etwas, was er nicht aussprach. Dann sagte er mit einer heisern Stimme, die einem andern aufgefallen wäre, aber Fritz Nettenmair war die Stimme gewohnt: »Und was ich sagen wollte – Ihr werdet bald Trauer haben. Ich hab' ihn neulich gesehn.« Er brauchte keinen Namen zu nennen, Fritz Nettenmair wußte, wen er meinte. »Es gibt Leute, die mehr sehn als andere«, fuhr der Geselle fort. »Es gibt Leute, die einem Schieferdecker ansehn, wenn er noch in dem Jahr herunter muß, daß sie ihn getragen bringen, und sehen ihn daliegen, nur er selber nicht mehr. Ein alter Schieferdeckergesell hat mir das Geheimnis gesagt, wie man zu dem ›Frohnweißblick‹ kommt. Ich hab' ihn. Und nun leb' wohl. Und ergib dich drein, wenn sie ihn getragen bringen.«

Der Geselle war von ihm geschieden; seine Schritte verklangen schon in der Ferne. Fritz Nettenmair stand noch und sah in die weißgrauen Nebel hinein, in denen der Geselle verschwunden war. Sie hingen wagrecht über den Wiesen an der Straße wie ein ausgebreitet Tuch. Sie stiegen empor und verdichteten sich zu seltsamen Gestalten, sie kräuselten sich, flossen auseinander und sanken wieder nieder, sie bäumten wieder auf. Sie hingen sich in das Gezweig der Weiden am Weg, und wie sie diese bald verhüllten, bald frei ließen, schien es ungewiß, gerann der Nebel zu Bäumen oder zerflossen die Bäume zu Nebel. Es war ein traumhaftes Treiben, ein unermüdliches Weben ohne Ziel und Zweck. Es war ein Bild dessen, was in Fritz Nettenmairs Seele vorging, ein so ähnlich Bild, daß er nicht wußte, sah er aus sich heraus oder in sich hinein. Da war ein nebelhaftes Herabbiegen und Händezusammenschlagen um eine bleiche Gestalt am Boden, dann ein langsam wallender Leichenzug; und bald war es der Feind, bald war es der Bruder, der dort lag, den sie trugen. Bald zuckte es in greller Schadenfreude auf, bald sank es in Mitleid zusammen, bald mischten sich beide, und das eine wollte das andere verstecken. Der dort lag, den sie trugen, ihm verzieh er alles. Er weinte um ihn; denn durch die Pausen des Grabgesangs klang leise ein lustiger Schottischer, den die Zukunft aufstrich: »Da kommt er ja! Nun wird's famos!« Und neben dem Toten lag unsichtbar eine zweite Leiche, seine Furcht vor dem, was kommen mußte, lag der arme Bruder nicht tot. Und im Sarg trieb verstohlen Fritz Nettenmairs altes joviales Glück neue Keime. Fritz Nettenmair fühlt sich einen Engel; er wünscht, der Bruder müßte nicht sterben, weil – er weiß, daß der Bruder sterben muß.

Er geht noch immer im Nebel, als das Pflaster der Stadt schon wieder unter seinen Tritten hallt. Sein Weg führt ihn am Roten Adler vorüber. Die Saalfenster sind erleuchtet, Musik klingt herab. Fritz Nettenmair bleibt stehen und sieht hinauf und bewegt unwillkürlich die Hand in der Tasche, wie sonst, als er noch Geld darin hatte, damit zu klappern. Er hat den Gesellen, den letzten Freund, von dem er mit Schmerz geschieden, schon vergessen. »Der Gesell ist ein schlechter Kerl; gut, daß er fort ist!« Er hat eine Vergangenheit vergessen, er vergißt die Gegenwart, denn die Zukunft ist wieder sein; sie wohnt da oben und lacht mit hellen Augen zu ihm herab. Er hat sich so sehr daran gewöhnt, alles, was ihn drückt, mit seinem Bruder zusammenzudenken, daß er es mit ihm in *ein* Grab steigen sieht. An die Zerrüttung seines Wohlstandes mag er sich nicht erinnern. Er denkt nicht gern an unangenehme Dinge, ehe er sie fühlt. Ist es nicht genug, daß er weiß, er wird den Bruder verlieren? Und wenn sich die Dinge selber ihm aufdrängen, dann hilft ihm sein Leichtsinn. Wie er schnell darüber hindenkt, findet er für alles Rat, und was ihm heute nicht einfällt, das wird ihm morgen einfallen; morgen ist auch ein Tag. Und er ist einer, der – Die Wendung, mit der er in seinen Weg einschwenkt, gelingt ihm so jovial als je.

Es wird ihm doch wieder eigen zu Mut, denkt er sich, daß man zu der Tür, die er eben aufschließt, einen Sarg heraustragen wird. Unwillkürlich macht er Platz, wie um Sarg und Zug vor sich vorbeizulassen. »In das Unabänderliche«, sagt er leise, wie sich überhörend, was er einem Tröstenden zu antworten habe, wenn es so weit sei, »in das Unabänderliche muß sich der Mensch ergeben.« Und wie er die Achsel zu den Worten zuckt, da wird er einen leisen schlanken Lichtschein gewahr. Ein Stück davon läuft über seinen Ärmel, ein anderes liegt wie abgebrochen und herabgefallen neben ihm auf dem Pflaster. Er späht auf; der Schein kommt daher, wo der untere Abschnitt des Ladens nicht fest an das Fenstersims schließt. Drin in der Wohnstube ist Licht. So spät? Der Atem stockt dem Lauschenden, der Alp sitzt wieder auf seiner Brust. Der Bruder lebt ja noch; und was kommen mußte, wenn er leben bliebe, kann noch kommen, ehe er stirbt, oder – es ist schon da! Wie ihm die Hände fliegen, doch ist die Tür leise wieder verschlossen und im Augenblick. Ebenso leise, ebenso schnell ist er an der Hintertür. Sie ist nicht offen, aber nur einmal herumgeschlossen; und Fritz Nettenmair weiß es, er kann schwören, er hat den Schlüssel zweimal im Schloß herumgedreht, als er ging. Er schleicht und tappt sich zur Stubentür; er hat die Klinke gefunden und drückt sie leise; die Tür geht auf; ein trüber Lichtschein fällt auf die Flur. Der Schimmer kommt von einem verdeckten Lichte auf dem Tisch. Neben diesem steht im Schatten ein kleines Bett; es ist Ännchens Bett, und ihre Mutter sitzt daran.

Christiane merkt nicht, daß die Tür sich öffnet. Sie hat den Kopf weit vornübergebeugt über das Bett; sie singt leise und weiß nicht, was sie singt; sie horcht voll Angst, aber nicht auf ihren Gesang; ihre Augen würden weinen, machten Tränen den Blick nicht trübe. Aber nun kann die Röte auf des Kindes Wange wiederkommen, nun kann der eigene fremde Zug um des Kindes Augen und Mund verschwinden; und sie säh es nicht und ängstigte sich noch vergeblich. Ihr ist es, als müßte jene wiederkehren und dieser gehen, wenn sie sich nur recht angestrengt mühte, dieses Kehren und Gehen zu bemerken. Und dabei kann sie doch noch daran denken, wie plötzlich das gekommen ist, was sie so sehr beängstigt; wie das Ännchen auf einmal im Bette neben ihrem wie mit fremder Stimme aufgeschrien, dann nicht mehr hat sprechen können; wie sie aufgesprungen und sich angekleidet; wie sie in der Angst den Valentin und dieser, ohne ihr Wissen, den Apollonius geweckt. Der alte Gesell hatte alle Schlüssel im Hause probiert, bis sich ergab, der Schuppenschlüssel schließe die Hintertür; das wußte sie nicht. Desto lebendiger stand es vor ihr, wie Apollonius hereingetreten, wie ihr bei seinem unerwarteten Kommen gewesen, wie sie voll Schreck und Scham und doch voll wunderbarer Beruhigung sich gefühlt. Apollonius hatte sogleich den Arzt, dann Arzneien geholt. Er hatte an dem Bettchen gestanden und sich über das Ännchen gebeugt, wie jetzt sie tat. Er hatte sie voll Schmerz angesehen und gesagt, Ännchens Krankheit komme von dem ehelichen Zerwürfnis, und es werde nicht gesund, höre dies nicht auf. Er hatte von den Wundern erzählt, die einer Mutter möglich würden, und wie sich der Mensch bezwingen könne und müsse. Dann hatte er dem Valentin noch manches des Ännchens wegen anbefohlen und war gegangen aus Sorge, der

Bruder könnte sonst in seinem Irrwahn glauben, er wolle ihn auch von dem Krankenbett seiner Kinder vertreiben. Der Jammer, die Angst wollte sie in Apollonius' Arme jagen; es war ihr, als wäre alles gut, läge sie an seiner Brust, als dürfte sie ihn nicht wieder von sich lassen. Aber wie er so zu Häupten des Kindes stand und sprach, da kam er ihr so herrlich vor wie ein Heiliger, vor dem sie nur auf den Knieen liegen dürfe. Der Bettschirm hüllte die große schlanke Gestalt in seinen Schatten, nur seine Stirn und sein hoher Scheitel waren sichtbar und erschienen, von dem Lichte auf dem Tische angestrahlt, wie in einer Glorie. Dachte sie von ihm weg zu ihrem Gatten, so krampfte eisiger Frost ihr Herz zusammen, und Widerwillen bäumte sich darin wie ein Riese gegen den bloßen Gedanken auf. Aber Apollonius hatte gesagt, Ännchen werde nicht wieder gesund, wenn das Zerwürfnis nicht ende. Er hatte gesagt, der Mensch könne und müsse sich bezwingen; sie wollte sich bezwingen, weil er es gesagt. Einer Mutter seien Wunder möglich für ihr Kind; dachte sie an Apollonius' Gesicht, wie er so sprach, mußte ihr das größte Wunder möglich werden.

Fritz Nettenmair trat herein. Er dachte an nichts, als daß Apollonius dagewesen sein müsse, wenn er auch jetzt nicht mehr da war. Es flirrte ihm vor den Augen vor Wut. Er wäre auf die Frau losgestürzt, sah er nicht den alten Valentin an der Kammertüre sitzen. Er wollte warten, bis dieser einmal das Zimmer verließe, und schlich sich nach dem Stuhle am Fenster, wo er sonst immer gesessen, und als wie ein anderer denn jetzt! Die Frau hörte seinen leisen Tritt; sein Antlitz konnte sie nicht sehen. Ihr schien, er wußte um Ännchens Zustand und ging deshalb so leise. Sie sah Ännchen mit einem Blicke an, der sagte: was sie jetzt tun wollte, tat sie nur um ihr krankes Kind; ein Blick nach der Tür, aus der er gegangen war, setzte hinzu: »Und weil er's gesagt«.

»Da ist der Vater, Ännchen«, sagte sie dann. Sie redete eigentlich mit dem Gatten, der am Fenster saß; aber sie konnte ihm ihr Gesicht nicht zuwenden, ihre Rede nicht unmittelbar an ihn richten. »Du hast immer nach ihm gefragt.

Du hast gemeint, wenn er kommt, wird er sein, wie er sonst war, eh' du krank geworden bist. Deine Mutter will's auch – um deinetwillen.«

Ihre Stimme klang so tief aus der Brust herauf, daß der Mann seinen Groll mit Gewalt festhalten mußte. Er dachte: »Sie tut so süß, um dich zu hintergehn. Sie haben's verabredet, als er da war.« Und der Groll schwoll nur noch grimmiger an den weichen Klängen, mit denen sie fortfuhr:

»Und du gehst noch nicht in den Himmel. Nicht, Ännchen? Du bist ja ein so gut lieb Kind und bleibst noch bei Vater und Mutter. Wenn nur – du hast kein Herz vor dem Vater, du dumm lieb Ännchen, weil er laut spricht. Er meint's nicht bös deshalb.«

Sie hielt inne; sie erwartete die Antwort von dem Vater, nicht von dem Kinde. Sie erwartete, er werde an das Bett treten und zu dem Kinde sprechen wie sie, und durch das Kind mit ihr. Wie sie von ihm denken mochte, das Kind war doch sein Kind, und es war krank.

Der Mann schwieg und blieb ruhig auf seinem Stuhle sitzen. Ein halb Vaterunser lang hörte man nichts als das Ticken der Uhr, und das wurde immer schneller wie das Klopfen eines Menschenherzens, das Schlimmes kommen ahnt; die Flamme des Lichtes zuckte wie vor Furcht.

Valentin stand auf von seinem Stuhle, um das Licht zu putzen.

Die Brust des Kindes röchelte; es wollte sprechen, es konnte nicht; es wollte mit den Händen nach dem Vater langen, es konnte nicht; es konnte nichts, als die Arme seiner Seele nach dem Vater ausstrecken. Aber des Vaters Seele sah die flehenden nicht; in ihren Händen hielt sie krampfhaft ihren Groll und hatte keine Hand frei für das Kind. Er hört das Röcheln, aber er weiß, das Kind ist abgerichtet von seinen Feinden; es hat kein kindlich Herz gegen ihn; und wäre es wirklich krank, so wäre es absichtlich krank geworden, um ihn betrügen zu helfen, und stürbe es, so würde sein Sterben noch ein Kupplerdienst sein, den es seinen Feinden tut. Wäre sein Auge nicht selber so krank, daß es ihm außen nur immer das eine zeigt, über dem seine Seele innen unablässig brütet, er müßte es am Gesichte der Mutter sehen, an dem Ton ihrer Stimme hören: sie verstellt sich nicht, das Kind ist wirklich krank und sehr krank. Aber ihre Weichheit, ihre Angst ist ihm nur die Angst ihres Gewissens, die Angst vor seiner Strafe, die sie verdient fühlt und doch entwaffnen will. Valentin tritt von dem Lichte weg und geht hinaus, um sich draußen auszuweinen. Der Mann steht auf und nähert sich leise der Frau, ohne daß sie ihn bemerkt. Er will sie überraschen, und das gelingt ihm. Sie erschrickt, wie sie plötzlich über dem Bette jäh vor sich ein entstelltes Menschenantlitz sieht. Sie erschrickt, und er preßt durch die Zähne: »Du erschrickst? Weißt du warum?«

Sie hat ihm selber sagen wollen, daß Apollonius in der Stube gewesen ist, aber noch hat sie es nicht gekonnt. Vor dem Bette des kranken Kindes durfte sie es nicht; weil sie weiß, er wird auffahren; den Anblick seiner Roheit hat sie dem Kinde erspart, als es noch gesund war, wenn sie es vermochte; jetzt konnte der Schreck dem kranken Kinde den Tod bringen. Sie antwortet ihm nicht, aber sie sieht ihn flehend an und zeigt mit einem Augenwinke auf das Kind.

»Er war da! War er nicht da?« fragt er; nicht um zu erfahren, wonach er fragt, sondern um zu zeigen, daß er es nicht erst zu erfahren braucht. Seine Faust hebt sich geballt; Ännchen kämpft, sich aufzurichten. Er sieht es nicht; die Frau sieht es; ihre Angst wächst. Sie schlägt die Hände zusammen; sie sieht ihn an mit einem Blicke, in dem alles steht, was ein Weib versprechen, was ein Weib drohen kann; er sieht nur ihr Erschrecken, daß er es weiß, was geschah, und die Faust fällt nieder auf ihre Stirn.

Ein Schrei klingt; das Kind rollt sich in Krämpfen zusammen, die Mutter, über es hingestürzt, weint laut. Valentin kommt hereingeeilt, Fritz Nettenmair geht in die Kammer.

Er weiß nicht, was in ihm Herr ist, befriedigte Rache oder Schreck über das, was er getan. Er sinkt auf das Bett, als hätte der Schlag, den er geführt, ihn selbst betäubt; er hört nur halb, wie Valentin nach dem Arzt läuft. Ebenso hört er diesen kommen und gehen, ebenso lauscht er, ob er nicht Apollonius' Flüstern und seinen leisen Schritt vernehmen kann. Sich zu zeigen, wagt er nicht; Scham hält ihn davon zurück. Er rechtfertigt sein Tun und nennt Ännchens Krankheit eine Pimpelei: »Heute wollen Kinder sterben, und morgen sind sie lebendiger als je!«

Aus dem fieberischen Horchen und Sichberuhigen wird ein fieberisches Träumen. Er sieht Apollonius, wie er seine Leiter an der Helmstange festbinden will, und sagt sich bei jedem Schritt des Steigenden wie tröstend: »Jetzt wird er fallen! jetzt!« aber Apollonius fällt nicht. Jeden Augenblick erwartet er, die Taue sollen reißen, in welchen Apollonius mit seinem Fahrzeuge hängt; sie reißen nicht. In diese Träume hinein hört er die Tür der Stube gehen; der Traum macht einen Fall daraus, den Fall eines schweren Körpers aus ungeheuerer Höhe. Da wird ihm leicht, als wäre nun alles gut. Im Halbschlummer hört er in der Stube leises Gehen, leises Reden, leises Weinen, und dazwischen ist es wieder still.

Das leise Schluchzen, das zum lauten wird und sich wiederum bewältigt, als sei ein Schlafender in der Nähe, den es nicht wecken will, und wieder ausbricht, daß es den Schläfer nicht wecken *kann*, und wieder leise wird, weil es wie über sich selbst erschrickt, daß es laut ist, wo alle Menschen leise sind: wer kennt es nicht? Wer errät es nicht, wenn er es nicht kennt?

Fritz Nettenmair weiß es im Halbschlaf: in der Stube liegt ein Toter. Sie haben ihn gebracht. »In das Unabänderliche muß der Mensch sich ergeben.«

Zum erstenmal seit vielen Monden schläft er wieder ruhig. Und warum sollte er nicht? Aus dem leisen Weinen wird ein lustiger schottischer Walzer. »Da ist er ja! Nun wird's famos!« klingt es aus der Ferne vom Roten Adler herein in seinen Schlaf.

Das Leisegehen und Leisereden aber war wirklich und dauerte fort; und eine Leiche war in der Stube, eine schöne Kinderleiche; während Fritz Nettenmair von Leitern und Fahrzeugen träumte, hatte des kleinen Ännchens Seele sich zu einem bessern Vater gerettet. Der Leib lag starr in dem kleinen Bettchen. Der Zwist der Eltern hatte das Kind krank gemacht; Schmerz über die wilde Tat des Vaters an der Mutter hatte ihm das kleine Herz gebrochen.

*

Fritz Nettenmair schlief noch den Schlaf eines Bewahrten, als der neue Tag anbrach. Apollonius war schon lange munter; vielleicht hatte er gar nicht geschlafen. Der Kampf, den sein Bruder noch in seinem Angesicht gelesen, als er ihn mit dem Bauherrn das Haus verlassen sah, und den die Mühen des Tages kaum zurückgedrängt, scheuchte nachts den Schlummer von seinem Bett. Der Bruder hatte recht gesehen, seine scherzhafte Wendung des Gesprächs hatte ihren Zweck nicht erreicht. Und wenn Apollonius das Buch seiner Erinnerungen zurückblätterte, mußte er sich in seiner Meinung, der Bruder sei eifersüchtig auf ihn, bestärkt fühlen. Gar manches, das er nicht begriffen, als er es geschehen sah, erhielt Licht von dieser Annahme und half sie wiederum bestätigen. Die Abneigung der Frau schien ein bloßer Vorwand des Bruders, ihn von ihr fernzuhalten. Der Bruder mußte gemeint haben, er könne sie anders als mit den Augen eines Bruders und Schwagers ansehen. Und das schien begreiflich, da Fritz wußte, sie war ihm mehr gewesen, bis sie seine Schwägerin wurde. Er hätte das dem Bruder gern in Gedanken zum Vorwurf gemacht, mußte er sich nicht gestehen, sein Mitleid, das des Bruders rohe Behandlung der Frau hervorgerufen, hatte seinen Empfindungen für sie eine Wärme gegeben, die ihn selbst beunruhigte. Er fürchtete nicht, daß ihn diese hinreißen könnte, des Bruders Furcht wahr zu machen, aber seine strenge Gewissenhaftigkeit machte sich diese Wärme schon zum Verbrechen. Aber, fiel ihm dann ein, hat die Frau nicht wirklich ihm Abneigung gezeigt? und fühlte sie Abneigung gegen ihn, wie konnte der Bruder dann fürchten? Der Bruder hatte im Tone des Vorwurfs sie ein Märchen genannt, also glaubte er nicht daran und meinte, die Frau heuchle sie nur und empfinde sie nicht? Der Vetter hatte oft von der Natur der Eifersucht gesprochen, wie sie aus sich selbst entstehe und sich nähre, wie ihr Argwohn über die Grenzen des Wirklichen, ja des Möglichen hinausgreife und zu Taten verführe, die sonst nur der Wahnsinn vollbringt. Einen solchen Fall sah Apollonius vor sich und bedauerte den Bruder und fühlte schmerzlich Mitleid mit der Frau.

Aus solchen Gedanken und Empfindungen schreckte ihn Valentin, der ihn hinunterrief. Er kam unruhiger wieder herauf, als er hinuntergegangen war. Es war nicht allein Ännchens Zustand, die er wie ein Vater liebte, was auf seiner Seele lag; auch das Mitleid mit Ännchens Mutter war gewachsen, und eine Furcht war neu hinzugekommen, die er sich gern ausgeredet hätte, wäre solch ein Verfahren mit seinem Klarheitsbedürfnis und seiner Gewissenhaftigkeit vereinbar gewesen. Als der erste Schimmer des neuen Tages durch sein Fenster fiel, stand er auf von dem Stuhle, auf dem er seit seiner Zurückkunft gesessen. Es war etwas Feierliches in der Weise, wie er sich aufrichtete. Er schien sich zu sagen: »Ist es, wie ich fürchte, muß ich für uns beide einstehen; dafür bin ich ein Mann. Ich habe gelobt, ich will meines Vaters Haus und seine Ehre aufrecht erhalten, und ich will in jedem Sinne erfüllen, was ich gelobt!«

Fritz Nettenmair erwachte endlich. Er wußte nichts mehr von den Traumbildern der Nacht; nur die befriedigte Stimmung, das Werk derselben, war ihm geblieben. Er besann sich vergebens, was diese Stimmung, die ihm so lange fremd gewesen, hervorgerufen haben könnte. Was ihm von den Erlebnissen der Nacht einfiel, war nicht geeignet, sie zu erklären. Er wußte nur noch, daß seine Frau ein »Pimpeln« des »Spions« zu einer Krankheit vergrößert hatte, um einen Vorwand zu erhalten, mit ihm zusammenzusein. Mit ihm! Nicht bloß im Gespräch mit dem Gesellen, auch mit sich und seiner Frau nannte er Apollonius' Namen nicht; vielleicht, weil sein Haß gegen den Mann auf den Namen übergegangen war, vielleicht, weil er Tag und Nacht nur an zwei Menschen dachte und diese nicht miteinander zu verwechseln waren. Er hatte nichts mehr auf der Welt als seinen Haß, und der kannte nur zwei Menschen, »ihn« und »sie«. Er dachte schon, wie er der »Pimpelei« ein Ende machen wollte. Mit diesem Gedanken trat er aus der Tür und stand – vor einer Leiche. Ein Schauder faßte ihn an. Da stand das tote Kind vor ihm wie ein Warnungszeichen: nicht weiter auf dem Wege, den du eingeschlagen hast! Da lag das Kind, das sein Kind war, tot. Sonst scheuchte er es von sich; jetzt blieb es und fürchtete sich nicht mehr und fragte ihn, ob er es noch hassen kann, ob er es noch mit dem Namen nennen kann, mit dem er es im Hasse genannt. Gestern sah er es nicht, wie er über seine Angst hin den Schlag führte, der Vater des Kindes nach der Mutter des Kindes und über den sterbenden Leib des Kindes hin. Gestern sah er es nicht, wie er darüber gebeugt stand; jetzt sieht er es, wohin er die entsetzten Augen wendet, um dem Anblick zu entfliehen. Da steht das Kind vor ihm, ein Ankläger und ein Zeuge. Es zeugt für die Mutter. Sie wußte es sterbend, und am Sterbebette ihres Kindes tut die Verworfenste nicht, was er ihr zugetraut. Es klagt ihn an. Er hat eine Mutter am Sterbebette ihres Kindes geschlagen. Das kann kein Mann, und wäre das Weib schuldig. Und sie war es nicht; das zeugt das Kind. Jetzt weiß er, was das bleiche stumme Antlitz der Mutter rief: Du tötest das Kind; schlag nicht! Und er hat doch geschlagen. Er hat das Kind getötet: Das trifft ihn wie ein Wetterstrahl, daß er zusammensinkt vor dem Bette des Kindes, über das hin er die Mutter geschlagen, vor dem Bette, in dem sein Kind starb, weil er seines Kindes Mutter schlug.

Dort lag er lang. Der Blitz, der ihn dahingestreckt, hatte zurückgeleuchtet mit grausamer Klarheit, und er hatte die beiden unschuldig gesehen, die er verfolgt. Und keine Schuld als die seine. Er allein hat das Elend aufgetürmt, das erdrükkend auf ihm liegt, Last auf Last, Schuld auf Schuld. Des Kindes Tod ist der Gipfel. Und vielleicht ist er es noch nicht! Der Elende sieht, er muß zurück. Er hascht nach jedem Strohhalm von Gedanken, der ihn retten könnte. Da hört er die weichen Klänge wieder, denen er gestern sein Herz verschlossen: »Du hast gemeint, wenn er kommt, wird er wieder sein wie er sonst war, eh' du krank geworden bist. Deine Mutter will's auch.«

Die Klänge waren eine weiche Hand, die die Seele der Frau nach seiner Seele ausstreckte und zur Versöhnung bot; sein Schmerz, seine Angst faßten hastig nach der ausgestreckten. Er sah das Kind im Hemdchen an der Kammertür stehen, wo es so oft gestanden, wenn seine Heftigkeit es aus dem Schlummer geweckt, die Händchen gefalten, die Augen so schmerzlich flehend: er solle doch gut sein mit der Mutter; und so ängstlich zugleich: er solle doch nicht zürnen, daß es fleht. Nun, da es zu spät war, sah er, das Kind wollte sein Engel sein. Aber es war ja noch nicht zu spät! Er hörte den leisen Schritt seiner Frau auf der Flur der Stubentüre nahen. Er hörte sie die Türe öffnen. Stand Ännchen jetzt in der Kammertür, es mußte lächeln. Er wollte gut sein; er wollte wieder sein, wie er war, ehe Ännchen krank geworden ist. Er streckte der Eintretenden die Hand entgegen. Sie sah ihn und schrak zusammen. Sie war so bleich wie das tote Ännchen, selbst ihre sonst so blühenden Lippen waren bleich. Der Hals, die schönen Arme, die weichen Hände waren bleich; das sonst so glänzende Auge war matt. All ihr Leben hatte sich in ihr tiefstes Herz zurückgezogen und weinte da um ihr gestorben Kind. Als sie ihn sah, stieß ein Zittern durch ihren ganzen Körper. Mit zwei Schritten stand sie zwischen der Leiche und ihm; als wollte sie das Kind noch jetzt vor ihm schützen. Und doch nicht so. Weder Furcht noch Angst bebte um den kleinen Mund; er war fest geschlossen. Ein ander Gefühl war es, was die schöngewölbten Augenbrauen drängend herabfaltete und aus den sonst so sanften Augen flammte. Er sah, es war nicht mehr das Weib, das die schmelzenden Friedensworte gesprochen; die war mit ihrem Kinde gestorben in dieser schrecklichen Nacht. Das Weib, das vor ihm stand, war nicht mehr die Mutter, die zu ihm hinhoffte, deren Kind er retten konnte; es war die Mutter, der er das Kind getötet. Eine Mutter, die den Mörder fortwies aus der heiligen Nähe des Kindes. Ein bleich-schreckender Engel, der den befleckenden Berührer fortzürnt von seinem Heiligtum. Er sprach – o hätte er gestern gesprochen! Gestern hatte sie sich nach dem Worte gesehnt; heute hörte sie es nicht.

»Gib mir deine Hand, Christiane«, sagte er. Sie zog ihre Hand krampfhaft zurück, als hätte er sie schon berührt. »Ich habe mich geirrt«, fuhr er fort; »ich will's euch ja glauben, ich seh' es ein; ich will's nicht wieder! Ihr seid besser als ich.«

»Das Kind ist tot«, sagte sie, und selbst ihre Stimme klang bleich.

»Laß mich in dieser schrecklichen Angst nicht ohne Trost. Kann ich anders werden, so kann ich's nur jetzt, und wenn du mir die Hand gibst und richtest mich auf –«, sagte der Mann. Sie sah auf das Kind, nicht auf ihn.

»Das Kind ist tot«, wiederholte sie. Hieß das, es war ihr gleichgültig, was mit ihm werden sollte, da seine Besserung das Kind nicht mehr rettete? Oder hatte sie ihn vergessen und sprach mit sich selbst? Der Mann richtete sich halb auf; er faßte ihre Hand mit angstvoller Gewalt und hielt sie fest.

»Christiane«, schluchzte er wild, »da lieg' ich wie ein Wurm. Tritt mich nicht! Tretet mich nicht! Um Gottes willen, erbarme dich! Ich könnt's nicht vergessen, hätt' ich vergebens gelegen wie ein Wurm. Denk' daran! Um Gottes willen denk' daran! Du hast mich jetzt in deiner Hand. Du kannst aus mir machen, was du willst. Ich mach' dich verantwortlich. Du bist schuld an allem, was noch werden kann.« Endlich war es ihr gelungen, ihre Hand ihm zu entreißen; sie hielt sie weit von sich, als ekelte ihr davor, weil er die Hand berührt.

»Das Kind ist tot«, sagte sie. Er verstand, sie sagte: Zwischen mir und dem Mörder meines Kindes kann keine Gemeinschaft mehr sein, auf Erden nicht und nicht im Himmel!

Er stand auf. Ein Wort der Verzeihung hätte ihn vielleicht gerettet! Vielleicht! Wer weiß es! Die Klarheit, die ihn jetzt zur Reue trieb, war die Klarheit eines Blitzes, was jetzt in ihm wirkte, nahm seine Gewalt von der Jähheit der Überraschung. Wenn das Kind in der Erde ruht, dessen plötzlicher

Anblick ihn zurückgebäumt, wird sein Warnungsbild bleicher und bleicher werden; jede Stunde wird dem Gedanken an diesen Augenblick von der Macht seiner Schrecken rauben. Zu tief hat er die Geleise des alten Wahngedankens eingedrückt, um ihn für immer verwischen, zu weit ist er gegangen auf dem gefährlichen Weg, um noch umkehren zu können. Die Klarheit des Blitzes müßte schwinden, und der alte Wahn hüllte die Dinge wieder in seine verstellenden Nebel. Fritz Nettenmair heulte auf oder lachte auf; die Frau fragte sich nicht, was er tat. Tiefer Abscheu gegen ihn verschloß ihr Ohr, ihre Augen, ihre Gedanken. Er taumelte in die Kammer zurück. Sie sah es nicht, aber sie fühlte es, daß seine Gegenwart nicht mehr den Raum entweihte, darin das Heiligenbild ihres Mutterschmerzes stand. Leise weinend sank sie über ihr totes Kind.

*

Die Reparatur des Kirchendachs hatte begonnen. Apollonius wollte diese erst beenden, bevor er die Krönung des Turms mit der gestifteten Blechzier unternahm. Daneben mußte er das Begräbnis des kleinen Ännchens besorgen; Fritz kümmerte sich nicht darum. Er mußte sich auch dieser Hausvaterpflicht unterziehen. Er fühlte sich schmerzlich wohl darin. Kosteten ihm doch die schwereren kein Opfer! Er hatte ja nicht andere, süßere Wünsche zu bekämpfen und zu besiegen gehabt, als er die Pflicht gegen des Bruders Angehörige auf sich genommen; er war ja eben nur dem eigensten Triebe seiner Natur gefolgt. Es lag in dieser Natur, daß er ganz sein mußte, was er einmal war. Seit er die Hoffnungen seiner Jugendliebe und damit diese selbst aufgegeben hatte, war ihm ohnehin der Gedanke eines eigenen Hausstandes fremd geworden. Er kannte keinen andern Lebenszweck als die Erfüllung jener Pflicht. Aber sie stand nicht als dürres despotisches Gesetz außer ihm vor den Augen seiner Vernunft; sie durchdrang sein ganzes Wesen mit der befruchtenden Wärme eines unmittelbaren Gefühles. So war es seit Monaten gewesen. Wenn er auf seinem Fahrzeug das Turmdach umflog, wenn er hämmernd auf dem Dachstuhl kniete, waren die Gestalten der Kinder seines Bruders, seine Kinder, um ihn. Schneller als sein Schiff flog seine Phantasie der Zeit voraus. Wie sein Schiff um das Turmdach, drehte sich sein ganzes Denken um die Stunde, wo die Söhne erwachsen waren und er ihnen das schuldenfreie Geschäft übergab, wo Ännchen aussah wie ihre Mutter, und er ihre jungfräuliche Hand in die Hand eines braven Mannes legte. Ännchens rosiges Gesicht stand vor ihm, sooft er aufsah von seinen Schieferplatten. Als es ihn so schalkhaft anlachte, war es sein Liebling; wie das Gesichtchen immer trüber und bleicher wurde, war sie es nur immer mehr; er sah sie oft doppelt durch das Wasser in seinen Augen. Jetzt – oh manchmal war es ihm, als arbeite er nun umsonst! Und es war noch etwas hinzugekommen, was ihn immer mehr beängstigte. Aus dem Mitleid mit der gequälten Frau, die um ihn gequält wurde, blühte die Blume seiner Jugendliebe wieder auf und entfaltete sich von Tag zu Tage mehr. Was des Bruders Hohn und Undankbarkeit gegen ihn nicht vermocht, das gelang seinem Benehmen gegen die Frau. Apollonius fühlte sein Herz erkalten gegen den Bruder. Es trieb ihn, die Frau zu schützen; aber er wußte, seine Einmischung gab sie nur härteren Mißhandlungen preis. Er konnte nicht mehr für sie tun, als daß er sich so entfernt hielt von ihr als möglich. Und nicht allein wegen des Bruders; auch um ihrer selbst willen, wenn er richtig gesehen hatte. Hatte er richtig gesehen? Er sagt sich hundertmal nein. Er sagt es sich mit Schmerzen; desto öfter und dringender sagte er es sich, und fühlte, er dürfe sie nicht sehen, auch um seinetwillen. Es peinigte ihn, wenn gleichgültige Dinge verworren und unsymmetrisch lagen und er sie nicht ordnen konnte; hier sah er Mißverhältnisse und Widersprüche in das innerste Leben dessen, was ihm das Heiligste war, gedrungen, in das Herz seiner Familie, in sein eigenes, und er mußte sie wachsen sehen, und die Hände waren ihm gebunden!

Immer dunkler, immer schwüler wurde das Leben in dem Haus mit den grünen Laden, seit das kleine Ännchen daraus fortgetragen war. Es wurde immer dunkler und schwüler in

Fritz Nettenmairs Brust und Hirn. Er hatte umkehren wollen auf dem Wege, in dessen Mitte ihn das Bild des toten Ännchens und die Klarheit, die es über die zurückgelegte Strecke goß, geschreckt. Er wäre umgekehrt, nahm die Frau die gebotene Hand an. Er meinte es wenigstens. Aber sie hatte ihn zurückgewiesen, ihm ein Antlitz voll Abscheu und Verachtung gezeigt; er hatte gesehen, sie nannte ihn im Herzen den Mörder des Kindes; ihr Auge hatte ihm mit Rache gedroht, und da war es wieder dagewesen, das alte Gespenst, die schuldgeborene Furcht. Hat sie es noch nicht getan, was er fürchtet, nun wird sie es tun, um ihn für den Schlag zu strafen, an dem Ännchen starb. Je mehr er daran herumgreift mit seinen Gedanken, desto klarer fühlt er, wie gelegen seinen Feinden – und sie sind seine Feinde; sie haben ihm ein Unrecht zu vergelten –, wie gelegen seinen Feinden dieser Schlag kam. Dann sieht er, daß die Frau ihn warnen konnte. Sie sagte nicht: »Schlag' nicht, das Kind ist krank; es ist sein Tod, wenn du schlägst.« Nein! Ein Wort von ihr konnte den Schlag verhüten; sie sprach es nicht. Oh, es ist klar, sonnenklar; sie reizte ihn absichtlich durch ihr Schweigen zu der wilden Tat. Aber wie? ihres Kindes Tod hätte sie gewollt? Den kann kein Weib wollen. Ja, sie dachte selbst nicht, daß es sterben würde; sie wollte nur den Vorwand zum Hasse, zum Betruge aus Haß, daß er sie am Bette des kranken Kindes geschlagen. Sie dachte nicht, daß es sterben würde; und wie es doch starb, wälzte sie die Schuld von sich auf ihn. Und er war wieder der dumme Ehrliche gewesen; auch in diese Schlinge war er gegangen in seiner Arglosigkeit; vor ihr hatte er gelegen wie ein Wurm, vor ihr, die vor ihm hätte liegen sollen. Und sie hatte ihn noch zurückgestoßen, mit Verachtung zurückgestoßen! Sooft er an den Augenblick dachte, machte er sich verantwortlich für alles, was noch kommen konnte. Was noch aus ihm werden konnte, dazu hatte sie ihn gemacht. Er hatte die Hand geboten; er war ohne Schuld. Dann brütete er, was aus ihm noch werden könne, und das Schlimmste war ihm nicht schlimm genug, die Schuld zu vergrößern, die er auf sie wälzte. Mit reuigem Entsetzen sollte sie sehen, was sie getan, als sie ihn zurückstieß. Je näher er drohen sah, was kommen mußte, desto wilder wurde seine Liebe oder auch sein Haß; denn beide waren beisammen in dem Gefühl, das sie immer glühender ihm einflößte. Desto gelehriger lernten seine Augen jeden kleinsten Reiz ihrer Gestalt, desto schmerzender stach diese Schönheit durch seine Augen in sein Herz. Diese verruchte Schönheit, die die Ursache all seines Elendes war; diese fluchvolle Schönheit, um derentwillen der eigene Bruder ihn aus Schuppen und Haus verdrängt und der Verachtung der Welt und des Weibes selbst preisgegeben! Er fing an, über Gedanken zu brüten, wie er diese Schönheit vernichten konnte, damit sie ein Ekel wurde dem Buhlen, der, um seinen Zweck betrogen, ihn umsonst elend gemacht hatte. Und dachte er sich das ausgeführt, dann lachte er in so wilder Schadenfreude auf, daß seine starknervigen Trinkkameraden erschraken und die Leute, die ihm begegneten, unwillkürlich innehielten in ihrem Gang. Und doch war der Gedanke nur ein Vorläufer eines noch schlimmeren. Dazwischen fiel ihm dann der Fronweißblick ein, sein Traum nach der wilden Tat wurde zur Wirklichkeit; stundenlang stand er bald da, bald dort, wo man Apollonius auf dem Kirchendache arbeiten sah, und blickte hinauf und wartete und zählte. Jetzt müssen die Bretter unter dem Hämmernden brechen, jetzt muß das Tau reißen, daran der Dachstuhl hängt. Jetzt müssen die Leute, die eben noch so gleichgültig aus den Fenstern sehen oder über die Straße gehen, aufschreien vor Schrecken. Dann zählte er immer fieberhastiger, der kalte Schweiß rann ihm über die Stirn; und die Bretter brachen nicht, das Tau riß nicht, die Leute schrieen nicht auf vor Schrecken. Und immer wilder lachte er vor sich hin, wenn er nach langem Warten müde und verzweifelt weiterging: »Wär's nur mein Unglück, könnt' er mich nur noch elender damit machen, als er mich schon gemacht hat, er wäre längst schon tot. Nur weil mich sein Leben elend macht, lebt er noch. Er will nicht eher sterben, bis er mich ganz elend gemacht hat!«

Diese Furcht ließ ihn nicht los, sie preßte ihn immer erstikkender. Trug er sie spät in der Nacht heim, dann machte der ruhige Schlaf seiner Frau ihn wütend. Die schlief ruhig, die ihn nicht schlafen ließ! Er setzte sich an ihr Bett und rüttelte sie auf und erzählte ihr leise in das Ohr, was er an ihrem Liebsten tun will. Es waren grausige Dinge. Wenn die Glieder ihr flogen vor Angst und Entsetzen, dann lachte er zufrieden auf, daß er doch etwas hatte, sie aus der stummen Verachtung zu scheuchen, womit sie sich gegen ihn gewappnet, und vergaß daran minutenlang seine Qual. Dann lachte er fast jovial; er hat ihr Angst machen wollen. Es ist nur einer von Fritz Nettenmairs neumodischen Späßen. So weit haben sie ihn doch noch nicht gebracht, im Ernst an solche Dinge zu denken. Aber wenn sie Apollonius davon sagt, dann muß er es, und sie trägt die Schuld. Er bewacht ihr jeden Tritt, sie kann nichts tun, was er nicht erfährt. Und läßt sie es ihn durch einen Dritten wissen, so wird er es ihm ansehen. Oh, Fritz Nettenmair ist einer, der –!

Den ganzen Tag über, die halben Nächte geht dann die Frau wie im Fieber umher. An der leidenschaftlichen Angst wächst ihre Liebe zu Apollonius zur Leidenschaft. Und sie kann es nicht hindern, denn die Leidenschaft mehrt wiederum die Angst; vor dem Gedanken der Angst hat kein anderer Platz in ihrer Seele. Hin zu ihm will sie stürzen, ihn mit pressenden Armen umfangen, ihn beschwören – Dann wieder will sie in die Gerichte – aber es ist ja nur ein wilder Scherz, und sie wird ihn erst zum Ernste machen, sagt sie jemand davon. Sie geht nicht mehr aus der Stube, tritt nicht mehr an ein Fenster vor Furcht; sie will jeden Schritt meiden, jede Bewegung, alles, was nur als ein Umsehen nach Apollonius erscheinen könnte. Sie hat nicht mehr den Mut, mit jemand zu reden, weil ihr Mann es erfahren und meinen kann, sie trägt ihm eine Botschaft an Apollonius auf. Und der Mann sieht ihre wachsende Leidenschaft, sieht, wie wiederum sein Mittel, was kommen muß, aufzuhalten, es nur beschleunigen wird, und wartet und zählt immer ungeduldiger, daß die Bretter nicht brechen und das Tau nicht reißt.

Es war eine trübe schwüle Nacht. Die Nacht vor dem Tage, an welchem Apollonius die Bekränzung des Turmdaches beginnen wollte. Fritz Nettenmair schlich durch die Hintertür auf den Gang nach dem Schuppen, um nach Apollonius' Fenster heraufzusehen. Wenn er das Licht darin erloschen sah, dann pflegte er die Hintertür zu verschließen und seinen wüsten Neigungen nachzugehen. Seit jener Nacht, wo Valentin die Hintertür mit dem Schuppenschlüssel geöffnet, hängte Fritz Nettenmair an den Riegel noch ein Vorlegeschloß. Apollonius war noch nicht zu Bett gegangen. Fritz Nettenmair wußte, Apollonius löschte in seiner eigensinnigen Vorsicht nie das Licht, wenn er schon in das Bette gestiegen war. Es stand dem Bette fern auf seinem Schreibtisch; dort setzte er es in ein Becken und löschte es, ehe er nach dem Bette ging. Fritz Nettenmair ballte die Faust nach dem Fenster hinauf. Apollonius zögerte ihm auch hier zu lang. Er war müde und ging nach dem Schuppen. Der Schlüssel zur Hintertür schloß auch den Schuppen. Es war dunkel darin.

Wenn der Schieferdecker seine Platten zurichtet, sitzt er rittlings auf einer Bank, in deren Mitte das Haueisen, sein kleiner Amboß, eingeschlagen ist. An eine solche stieß Fritz Nettenmair mit dem Bein und nahm den Stoß als eine Aufforderung, sich zu setzen. Durch eine Lücke konnte er nach Apollonius' Fenster sehen; er wollte das Auslöschen des Lichtes hier erwarten. Der Schieferdecker verrichtet oft Zimmermannsarbeit, er führt daher auch ein kleines Zimmerbeil unter seinem Werkzeuge. Ein solches hatte auf der Bank gelegen; es war herabgefallen, als er sich gesetzt. Er hob es auf und hielt es absichtslos in seinen Händen; denn seine Gedanken waren mit ihm in der Kammer: er saß am Bette der Frau und ängstigte sie mit Drohungen. Der Ärger über das Zögern Apollonius' machte sich darin Luft; dieses Zögern hinderte ihn, sich im Trunk Betäubung zu suchen. Er hat seine Hand auf das Bett der Frau gestützt und fühlt an den Bewegungen der Decke das Zittern ihrer Glieder. Er fühlt sich in ihre Angst hinein, er fühlt, wie er selbst Apollonius zu ihrem einzigen Gedanken macht, wie sie morgen ihm entgegenstürzen muß, wenn er von der Arbeit heimkommt. Und wären sie nicht seine Teufel, wären sie Engel, es müßte morgen kommen, was er verhüten will. Wenn sie ihn mit der Glut der Angst umfaßt, das schöne, fluchvoll schöne Weib, er müßte nicht Blut in seinen Adern haben – und hätte er nie den Gedanken gehabt, mit dem er doch einschläft und aufwacht Tag für Tag, er müßte jetzt den Gedanken denken. Es muß kommen, wovor die bloße Furcht Fritz Nettenmair zu dem elendesten der Menschen gemacht, der sich selbst anspeien könnte, geschieht nicht morgen noch, was der Fronweißblick geweissagt. Und nun steht er wieder an der Straßenecke und sieht wieder hinauf und harrt und zählt verzweifelter als je; er badet sich im Angstschweiß, und die Bretter brechen nicht, und das Tau reißt nicht. Oh, er wird den Fronweißblick zum Märchen machen, er wird leben bleiben, das Jahr, zehn Jahr', hundert Jahr', aus Haß gegen ihn. Und er zählt immer noch: »Eins, zwei«; er sagt: »Nun muß –« da hört er das Geräusch eines zerreißenden Taus und fährt auf aus seinem wachen Fiebertraum. Die wilde angstvolle Freude ist vergeblich; er steht nicht an der Ecke und sieht nach dem Kirchendache hinauf. Er sitzt im Schuppen; es ist Nacht. Aber das Geräusch hat er gehört; das war keine Vorspiegelung der Phantasie. Und von dort her kam es. Seine Haare stehen empor. Dort liegen die Hängstühle und die Flaschenzüge mit ihren Tauen. Er hat hundertmal erzählen hören; jeder Schieferdecker weiß, was es sagen will, das vorspukende Geräusch. Aber dreimal muß es klingen, als wenn ein Tau zerrisse, und er hat es erst einmal gehört. Er lauscht, er preßt die Faust auf das Herz. Vor seinen Schlägen, vor dem Brausen des Blutes die Adern hinauf und herab wird er es nicht hören, wenn es noch einmal klingt und noch einmal. Er lauscht und lauscht, und das Geräusch wiederholt sich nicht. Da fährt ein Gedanke wie ein dunkelglühender Blitz durch den Krampf, in den all seine Gefühle zusammengeballt sind: der Gedanke, dem Schicksal nachzuhelfen. Er hat das Zimmerbeil immer noch in seinen Händen; absichtslos ist er mit der Handfläche an der Schneide hingefahren; jetzt kommt ihm zum Bewußtsein, das Beil ist scharf, die Ecke spitzig. Eine ganze Reihe von Gedanken steht fertig da; es ist, als ständen sie schon lang, und der Blitz hat sie nur sichtbar gemacht. Morgen knüpft Apollonius seine Leiter an die Helmstange, dann das Tau mit Flaschenzügen und Fahrzeug. Fritz Nettenmair greift um sich und hat das Tau in der Hand. Das Schicksal will seine Hülfe; drum legt es selber ihm Tau und Beil in die Hand. Wer weiß, daß er hier war? Drei, vier Stiche mit dem Beil im Kreise um das Tau, kaum zu sehen, werden zu einem einzigen großen Riß, wenn das Gewicht eines starken Mannes am Tau zieht und die wuchtende Bewegung des Fahrzeugs um den Turm das Gewicht des Mannes vergrößert. Wer sieht den Stichen an, daß sie absichtlich gemacht sind? Ein Tau, das, getragen, halb an der Erde fortschleift, kann an allerlei Scharfes stoßen. Das Schicksal hat den Schieferdecker, der zwischen Himmel und Erde hängt, in seiner Hand. Das Schicksal hält ihn oder läßt ihn fallen, nicht das Seil oder ein Schnitt darin. Will es ihn halten, schadet kein Schnitt; soll er fallen, reißt ein unversehrtes Seil. Und das Schicksal hat ihn schon gezeichnet. Ein Tag früher, einer später, was ist das, wenn er doch fallen muß? Ein Tag später, und es packt einen Verbrecher. Meint es das Schicksal nicht gut, nimmt es ihn vorher aus der Welt?

All diese Gedanken schlug mit einem Schlage jener eine aus Fritz Nettenmairs Seele! Im Nu war er entglommen; im Nu schlägt der Höllenfunke zur Flamme auf. Er hat das Tau in der linken Hand; er hebt das Beil – und läßt es schaudernd fallen. An dem Beile glänzt Blut; durch die ganze Länge des Schuppens ragt ein blutiger Streif. Fritz Nettenmair flieht aus dem Schuppen. Er flöhe gern aus sich selbst heraus; kaum hat er den Mut, nach Apollonius' Fenster aufzusehn. Ein heller Lichtstrahl kommt von da, Fritz Nettenmair weicht vor ihm hinter einen Busch. Jetzt bewegt der Strahl sich zurück. Apollonius war aufgestanden an seinem Tische und hatte das Licht hoch in die Höhe gehalten. Er hatte das Licht geputzt. Es konnte eine glühende Schnuppe aus der Schere neben den Leuchter unter die Papiere gefallen sein; es war nicht geschehen, und er stellte das Licht wieder an seine Stelle. Fritz

Nettenmair kannte seines Bruders ängstliche Gewissenhaftigkeit; er hatte ihn das Licht mehr als hundertmal so heben sehen; er begriff, es war kein Blut, was ihn erschreckt. Der Widerschein der Flamme war durch Fenster und Lucke gefallen und hatte rot von dem Stahle des Beiles und durch die Nacht des Schuppens geglänzt. Dennoch stand Fritz Nettenmair bebend hinter seinem Busche. Der gespenstige Schauder verließ ihn, aber nicht so schnell das Grauen über das, was er gewollt, und daß es war, als hätte ihm der Bruder noch zu seinem Werke leuchten wollen. Bald verlosch Apollonius' Licht. Fritz Nettenmair konnte zurückkehren und sein Werk vollenden, es störte ihn niemand mehr. Er tat es nicht, aber er rückte sich wieder in seinem Hasse zurecht. Er sagte sich, so weit sollen sie ihn nicht bringen. Die Schuld des Gedankens wälzt er auf die, auf die er alles wälzt; daß er den Gedanken nicht *ausgeführt*, rechnet er sich zu. Er weiß, jeder andere an seiner Statt hätte schlimm getan.

Nun verschließt er Hintertür und Vorlegschloß, zuletzt die Haustür und geht. Er will trinken, bis er nichts mehr von sich weiß. Heut hat er mehr zu vergessen als je. Er geht. Ob er nicht wiederkommen wird? Heute nicht; aber morgen, übermorgen, überübermorgen? wenn der Gedanke seine Fremdheit für ihn verloren hat? Gewohnheit macht selbst mit dem Teufel vertraut. Dazu sollen sie ihn nicht bringen! Ob die Stunde nicht kommen wird, wo er bereut, daß er sich nicht so weit bringen lassen, und sich doch noch so weit bringen läßt? Zudem, wozu jeder andere an seiner Stelle sich hätte bringen lassen?

Immer dunkler, immer schwüler wurde das Leben in dem Hause mit den grünen Laden. Wer jetzt hineinsieht, glaubt es mir nicht, wie dunkel, wie schwül es einmal war.

*

Von dieser Nacht an ängstigte Fritz Nettenmair die Frau nicht mehr durch Drohungen auf Apollonius; er begann sogar, sie mit einer gewissen Freundlichkeit zu behandeln.

Dazwischen verlor er sich stundenweise in stummes Vorsichhinsinnen, aus dem er aufschrak, wenn er sich beobachtet sah. Dann war er noch freundlicher als sonst und brachte Scherze aus seiner besten Zeit; er versuchte sich sogar wieder an der Arbeit. Aber die Frau wurde nur noch ängstlicher; sie vermied noch mehr als seither, was dem Manne Anlaß zum Glauben geben konnte, sie wolle sich Apollonius nähern. Sie wußte nicht warum. Und wenn sie ihre Furcht Torheit nannte, sie mußte fürchten. Apollonius sah mit Freuden die Änderung des Bruders und suchte ihn auf alle Weise darin zu fördern. Er wußte nicht, wie der Bruder seine Freude auslegte.

Unterdes hatte Apollonius die Umkränzung des Turmdachs von Sankt Georg mit der gestifteten Zier begonnen. Er hatte die Rüststangen wiederum herausgeschoben und innen am Gebälke des Dachstuhls festgenagelt, die Bretter darauf befestigt, auf die fliegende Rüstung die Leiter gestellt und diese an der Helmstange festgebunden; er hatte wiederum den hänfenen Ring um die Helmstange gelegt, daran den Flaschenzug und an diesem seinen Hängestuhl befestigt. Die gestiftete Blechzier bestand aus einzelnen halbmannslangen Stücken, mit denen sich handlich umgehen ließ. Das Ganze sollte, nach des Stifters Angabe, der selbst die Kosten der Befestigung trug, zwei Girlanden vorstellen, die sich in gleichlaufenden Kreisen mit herabhangenden Bogen um das Turmdach schlangen. Je fünf jener Stücke, bei der oberen drei, bildeten einen dieser Bogen. Sie mußten an ihren Enden durch eingeschlagene Niete verbunden und jedes einzelne noch durch starke Nägel auf die Verschalung befestigt werden. Da die Ränder der Schieferplatten sich überall decken, war es nötig, an den Stellen, wo die Vernagelung stattfinden sollte, die Schiefer mit Bleiblechen umzutauschen. Dasselbe geschieht, wo die sogenannten Dachhaken in die Verschalung eingetrieben werden, an welche bei Reparaturen der Schieferdecker seine Leiter hängt. Die Fläche, mit welcher der Dachhaken, nachdem seine gekrümmte Spitze eingetrieben ist, durch noch zwei starke Nägel auf die Verschalung aufgenagelt wird, darf man nicht mit Schieferplatten überdecken. Bei Besteigung der an dem hervorstehenden Haken aufgehängten Leiter kommt seine Fläche in Vibration, die die Schieferplatten aufwuchten und beschädigen würde. Sie wird deshalb mit einer Bleiplatte überdeckt. Die Zierat kam, wenn der Wind sich darin fing, in eine ähnliche Bewegung. Dann war noch eins zu bedenken. Die Dachhaken liefen, je neun und einen halben Fuß voneinander entfernt, in gleichlaufenden Kreisen um das Turmdach; zwischen je zwei Kreisen befand sich ein Raum von fünf Fuß. Es galt, die Zierat so anzubringen, daß sie keinen dieser Dachhaken überdeckte.

Apollonius war fleißig bei der Arbeit. Der Blechschmiedmeister, der seine Zier so bald als möglich prangen sehen wollte, hatte sich weniger über ihn zu beklagen, als Apollonius mit dem Meister zufrieden sein konnte. Im Anfang trieb dieser, bald mußte Apollonius den Meister treiben.

Es fehlte noch der Teil der obern Girlande, der als Bogen über der Aussteigetür hängen sollte. Apollonius konnte nicht feiern, bis er das Material dazu erhielt. Von einem nahen Dorfe hatte man ihn wegen einer kleinen Reparatur beschickt; er ließ sein Fahrzeug bis auf seine Zurückkunft an dem Turmdach von Sankt Georg hängen und ging nach Brambach.

Es war den Tag darauf, daß der alte Valentin an die Wohnstubentür pochte. Er war schon einigemal an der Tür gewesen und wieder fortgegangen. Sein ganzes Wesen drückte Unruhe aus. Etwas, woran er immer denken mußte, machte ihn so zerstreut, daß er meinte, er müsse ein Herein in Gedanken überhört haben; er legte das Ohr an das Schlüsselloch, als setze er voraus, es müsse noch jetzt zu hören sein, wenn man sich nur recht mühe. Die Unruhe weckte ihn aus der Zerstreuung. Er pochte zum zweiten- und zum drittenmal, und als der Ruf immer noch ausblieb, faßte er Mut, öffnete und trat in die Stube. Die junge Frau war ihm schon seit einiger Zeit immer ausgewichen. Sie tat es auch diesmal; aber heute mußte er sie sprechen. Sie saß, absichtlich von den Fenstern entfernt, an der Kammertüre. Der Alte sah nicht, daß sie ebenso unruhig war als er und sein Hiersein sie noch mehr ängstete. Er entschuldigte sein Eindringen. Als sie eine Bewegung machte, sich zu entfernen, versicherte er, sein Bleiben solle kurz sein; er wäre nicht mit Gewalt hereingedrungen, wenn ihn nicht etwas triebe, was vielleicht sehr wichtig sei. Er wünsche das nicht, aber es sei doch möglich. Die Frau horchte und sah immer ängstlicher bald nach den Fenstern, bald nach der Tür. Müsse er ihr etwas sagen, soll' er's, so schnell er könne. Valentin schien zugleich auf die ängstlichen Blicke der Frau zu antworten, als er begann:

»Herr Fritz sind auf dem Kirchendach von Sankt Georg. Ich hab' ihn eben noch vom Hofe aus gesehn.«

»Und hat er hierher gesehen? Hat er Euch ins Haus gehen sehen?« fragte die Frau in einem Atem.

»Bewahre«, sagte der Alte; »er arbeitet heute wie ein Feind. Denkt an kein Essen und Trinken. Wenn ein Mensch so arbeitet –« Der Alte brach ab und dachte seinen Satz fertig: »so hat er was vor.« Die Frau schwieg auch. Sie kämpfte mit dem Gedanken, dem treuen Alten ihre ganze Angst anzuvertrauen. Der Alte merkte nichts davon. »Der Nachbar da, Sie wissen's wohl«, fuhr er fort, »kann zuzeiten keine Nacht schlafen. Da hat er die Nacht, eh' Herr Apollonius nach Brambach gegangen ist, zu seinem Küchenfenster heraus einen in unsern Schuppen schleichen sehn, den Gang vom Hause hinter.« Der Alte sagte nicht, wen der Nachbar gesehen; wahrscheinlich sollte die junge Frau ihn danach fragen. Sie tat es nicht; sie hatte seine Geschichte nicht gehört. Er fuhr fort: »Den Abend vorher, eh' Herr Apollonius nach Brambach gegangen ist, hat er das Zeug aussuchen wollen, das er hat mitnehmen wollen; er hat alles untersucht; das tut er immer, aber er hat sich nicht entschließen können. Und das ist so merkwürdig, wie daß der Herr Fritz auf einmal so fleißig geworden ist.«

Apollonius' Name weckte die junge Frau; sie horchte, als der Alte fortfuhr: »Daran hab' ich erst vorhin im Schuppen gedacht. Wie mir der Nachbar da erzählt hat, daß einer in den Schuppen geschlichen ist, hab' ich gedacht: ›Was muß der dort gewollt haben, der dort hineingeschlichen ist und bei Nacht.‹ Und wie ich aufgesehen hab' und hab' den Herrn Fritz so arbeiten sehen, da ist eine Unruh' über mich gekommen und hat mich in den Schuppen hineingetrieben wie mit dem Stock hinter mir her. Da hab' ich mir alles mögliche vorgestellt, was einer drin hat machen können, der hineingeschlichen ist. Erst hab' ich das Zimmerbeil an der Tür liegen sehn, das dahin gehört, wo das andere Werkzeug ist. Da hab' ich gedacht: ›Hat er was mit dem Beile gemacht?‹ Und hab' mir wieder vorgestellt, was einer mit dem Beil drin machen kann, der bei Nacht hineingeschlichen ist. Mir ist der Gedanke gekommen, es könnt' was an den Leitern sein. Aber ich hab' nichts gefunden daran. An dem Hängstuhl, der noch dort lag, war auch nichts. Da fing ich an, die Kloben zu betrachten und endlich das Seilwerk. Da war an einem was, als wär's hier und da an was Hartes angetroffen und das hätt' das Seil verschunden. Da denk' ich: ›Das geschieht oft‹ und will's schon wieder hinlegen. Aber ich denk' auch wieder: ›Sonst ist nichts; und wenn einer hineinschleicht, hat er was gewollt; und wenn er das Beil gehabt hat, hat er auch was damit gemacht.‹ Da seh' ich genauer zu, und – Gott behüt' einen Christenmenschen! da war hier mit dem Beil hineingestochen und dort und noch einmal und noch einmal. Ich werf's über den Balken und häng' mich daran, da klaffen die Stiche auf; ich glaub', wenn ein Fahrzeug dran wuchtet, das Seil ist imstand zu zerreißen.« Der Alte war ganz bleich geworden über seiner Erzählung. Die Frau hatte immer angstvoller an seinem Munde gehangen; sie war in den Stuhl zurückgefallen und konnte kaum sprechen.

»Er hat gedroht«, ächzte sie. Der Alte verstand nicht, was sie sagte.

»Den Abend vorher war's noch nicht«, fuhr er fort. »Herr Apollonius, der hat ein Aug' für einen Mückenstich. Er hätt's gefunden, wie er alles untersucht hat. Nun denk' ich: der die Beilstiche gemacht hat, hat die Untersuchung mit angesehen und hat gemeint, Herr Apollonius wird das Zeug nicht noch einmal untersuchen, wenn er's morgen braucht. Und da ist er bei Nacht hineingeschlichen.«

»Valentin«, schrie die Frau auf und faßte ihn bei den Schultern halb, wie um ihn zu zwingen, er sollt' ihr die Wahrheit sagen, halb, um sich an ihm aufrecht zu erhalten. »Er hat's doch nicht mitgenommen? Valentin, so sag's doch nur!«

»Das nicht«, sagte Valentin. »Aber den andern Hängstuhl, der darin lag, und das Seilzeug dazu und noch mehr.«

»Und waren auch dort Stiche drin?« fragte die Frau in noch immer steigender Angst. Der Alte sagte:

»Ich weiß nicht. Aber der sie gemacht hat, hat nicht gewußt, welches Herr Apollonius mitnehmen wird.«

»Wenn er sicher gegangen ist, so hat er alle beide – und ich bin schuld«, stöhnte die Frau. »Er hat lang gedroht, er will ihm was tun. Er tat, als wär's einer von seinen Späßen. Wenn ich's jemand sagte, wollt' er's im Ernste tun.«

»Wer so scherzt«, sagte Valentin, »der macht auch solchen Ernst.«

Die Frau zitterte so heftig an allen Gliedern, daß der Alte seine Angst um Apollonius über der Angst um sie vergaß. Er mußte sie halten, daß sie nicht umfiel. Aber sie stieß ihn von sich und flehte und drohte zugleich: »Rett' ihn, Valentin, rett' ihn! Hilf, Valentin! Ach Gott, sonst hab' ich's getan.« Sie betete zu Gott um Rettung und jammerte immer dazwischen auf, er sei tot und sie sei die Schuld. Sie rief Apollonius selbst mit den zärtlichsten Namen, er solle nicht sterben. Valentin suchte in der Angst nach einer Beruhigung für sie und fand ein Etwas davon für sich selbst mit. Wenn es auch nicht beruhigen konnte, so gab es doch Hoffnung, daß Apollonius schon auf dem Rückweg sein müsse. Er habe gewiß das Tauwerk noch einmal untersucht. Wär' er verunglückt, man müßte es nunmehr wissen. Zehnmal mußte er ihr das vorsagen, eh' sie nur verstand, was er meinte. Und nun erwartete sie den Boten, der die gräßliche Nachricht bringen konnte, und schrak auf bei jedem Laut. Ihr eigenes Schluchzen hielt sie für die Stimme des Boten. Valentin lief endlich, da ihre Angst und Ratlosigkeit ihn selber mit ergriff, zu dem alten Herrn, ihn hereinzuholen zu der Frau. Er wußte nicht, was beginnen, und vielleicht war noch zu retten, wenn man etwas tat; vielleicht wußte der alte Herr, was zu tun war, um zu retten.

Der alte Herr saß in seiner kleinen Stube. Wie er sich immer tiefer in die Wolken einspann, die ihn von der Welt außer ihm trennten, wurde ihm zuletzt auch das Gärtchen fremd. Besonders hatte ihn die ewige Frage: »Wie geht's, Herr Nettenmair?« dort vertrieben. Er fühlte, man konnte ihm sein: »Ich leide etwas an den Augen, aber es hat nichts zu sagen«, nicht mehr glauben, und seitdem hörte er in jener Frage eine Verhöhnung. Apollonius war, so sehr er mit ihm litt, das Zurückziehen des alten Herrn und seine zunehmende Menschenscheu nicht unwillkommen. Je tiefer der Bruder fiel, desto schwerer war es geworden, dem alten Herrn den Zustand des Hauses zu verbergen und etwaige Zuträger abzuhalten, von denen er in seinem Gärtchen nicht abzuschließen war; es schien zuletzt unmöglich. Apollonius wußte freilich nicht, daß der alte Herr in seinem Stübchen an Qualen litt, die, wenn auch auf bloßer Einbildung beruhend, denen gleichkamen, vor denen er ihn schützen wollte. Hier saß der alte Herr den langen Tag, zusammengesunken hinter dem Tische auf seinem Lederstuhl, und brütete nach seiner alten Weise über allen Möglichkeiten von Unehre, die sein Haus treffen konnten, oder schritt mit hastigen Schritten hin und her, und das Rot seiner eingefallenen Wangen und die heftig kämpfende Bewegung seiner Arme zeigte, wie er in Gedanken das Äußerste tat, die drohenden abzuwenden. Nur der Bauherr, der mit Apollonius im Verständnisse war, wurde zu ihm gelassen. Der alte Herr, der dem Gast wie jedem andern sein Inneres verbarg, erriet bei diesem dieselbe Verstellung und bestärkte sich daran, in der Meinung, daß er durch Fragen nichts erfahren und nur seine Hülflosigkeit offenbar machen könne. Je heißer es in ihm kochte, desto eisiger erschien sein Äußeres. Es war ein Zustand, der in völligen Wahnsinn übergehen mußte, wenn nicht die Außenwelt eine Brücke zu ihm schlug und ihn mit Gewalt aus seiner Vereinzelung herausriß.

Heute geschah ihm diese Gewalt. Eben saß er wieder brütend auf seinem Stuhle, als den Valentin die Angst zu ihm hineintrieb. Den Gesellen zwang die alte Gewohnheit, ohne daß er es wußte, die Türe leis zu öffnen und ebenso hereinzutreten; aber der alte Herr empfand mit seinem krankhaft verschärften Gefühle sogleich das Ungewöhnliche. Seine Erwartung nahm natürlich denselben Gang, den all sein Denken verfolgte. Es war eine dem Hause drohende Schmach, was die sonst immer gleiche Weise Valentins veränderte; es mußte eine entsetzliche sein, da sie den alten Gesellen aus der Fassung brachte und seine Verstellung durchbrach. Der alte Herr zitterte, als er aufstand von seinem Stuhl. Er kämpfte mit sich, ob er fragen sollte. Es war nicht nötig. Der alte Gesell beichtete ungefragt. Er erzählte mit fliegender Brust seine Befürchtungen und was sie rechtfertigte. Der alte Herr erschrak, so gut ihn seine Einbildungen auf die Wirklichkeit vorbereitet hatten. Aber der alte Gesell sah nichts davon im Äußeren seines Herrn; der hörte ihn an wie immer, wie wenn er das Gleichgültigste zu sagen hatte. Als er ausgesprochen, hätte das schärfste Auge kein Zittern mehr an der alten hohen Gestalt wahrgenommen. Der alte Herr hatte den festen Boden der Wirklichkeit wieder unter seinen Füßen; er war wieder der Alte im blauen Rock. Er stand so straff vor dem alten Gesellen wie sonst, so straff und ruhig, daß Valentins Seele sich an ihm aufrichtete. »Einbildungen!« sagte er dann mit seinem alten grimmigen Wesen. »Ist kein Geselle da?« Valentin rief einen herbei, der eben Schiefer abholen wollte. Der alte Herr schickte ihn nach Brambach, Apollonius auf der Stelle heimzuholen. Der Geselle ging. »Geht er Ihm nicht schnell genug, Er altes Weib, so heiß' Er ihn eilen, damit Er bald erfährt, daß Er sich um nichts geängstigt hat. Aber kein Wort von Seinem Sums da! Und schließ' Er die Frau ein, damit sie nichts Albernes anfängt.« Valentin gehorchte. Das zuversichtliche Wesen des alten Herrn, und daß nun wirklich etwas getan war, hatte kräftiger auf ihn gewirkt, als hundert triftige Gründe vermocht hätten. Er teilte seine Ermutigung der Frau mit. Er war zu eilig, um ihr zu sagen, worauf sie sich gründete. Hätte er Zeit dazu gehabt, wahrscheinlich hätte er die Frau weniger beruhigt verlassen. Und er selbst ahnte nichts weniger, als daß der alte Herr innerlich überzeugt war von der Schuld seines älteren und von der Gefahr, wenn nicht vom Tode seines jüngeren Sohnes, während er ihm seine Befürchtungen als leere Grillen ausreden wollte und den Boten nur geschickt zu haben schien, um ihn und die Frau zu beruhigen.

»Nun wird der alte Narr doch«, sagte Herr Nettenmair, nachdem Valentin zu ihm zurückgekehrt war, »dem Nachbar das ganze Märchen, das er sich zusammenspintisiert hat, erzählt haben und die Frau sechs Basen damit in die Stadt herumgeschickt haben.«

Valentin merkte nichts von der fieberhaften Spannung, mit der der alte Herr auf seine in einen Ausruf verkleidete Frage die Antwort erwartete. »Werd' ich doch nicht!« sagte er eifrig. Des alten Herrn Vermutung kränkte ihn. »Ich hab' ja da selbst noch nichts Arges gemeint, und die Frau Nettenmair hat keinen Menschen gesprochen seitdem.«

Der alte Herr schöpfte neue Hoffnung. Während Valentins Abwesenheit hatte er sich einen Augenblick dem ganzen Schmerz hingegeben, den ein Vater in seinem Falle nur empfinden konnte; aber er hatte sich gesagt, man dürfe nicht in untätigem Jammer dem Verlorenen nachwerfen, was noch zu erhalten sei. Waren die Söhne verloren, so war doch die Ehre des Hauses, seine, der Frau und der Kinder Ehre vielleicht noch zu retten. Nun kam dem alten Herrn bei dem wirklichen Falle die Übung zustatten, die er bei seiner Einbildung aller Möglichkeiten gewonnen hatte. Wenn die krankhaft gewachsene Empfindlichkeit seines Ehrgefühls ihn spornte, vor dem Äußersten nicht zurückzuschrecken, so gingen seine Gedanken nun bei dem wirklichen Falle nur denselben fieberischen Gang, den zu nehmen sie sich an den wesenlosen Ausgeburten seiner Furcht gewöhnt. Verheimlichung alles dessen, was zu einem Verdachtsgrunde auf den älteren Sohn werden konnte, stellte sich ihm als nächste Notwendigkeit dar. Hatten Valentin und die Frau noch niemandem mitgeteilt, was sie wußten, so konnte anderes dergleichen bereits bekannt sein. Solch ein verbrecherischer Gedanke entspringt nicht aus dem Ohngefähr. Er ist die Blüte eines Giftbaumes mit Stamm und Zweigen. Valentin mußte ihm erzählen, was seit Apollonius' Zurückkunft im Hause geschehen war. Wußte Valentin von Fritz Nettenmairs Eifersucht nichts, oder wollte er dem alten Herrn, dessen argwöhnische Gemütsart er kannte, nichts davon sagen: seine Erzählung wurde die Geschichte eines leichtsinnigen, ehr- und vergnügungssüchtigen Verschwenders, der, trotz aller Bemühungen seines besseren Bruders, ihn zu halten, bis zum gemeinen Wüstling und Trunkenbold herabsank; zugleich die Geschichte eines treuen Bruders, der dem Verschwender notgedrungen die Sorge um Ehre und Bestand von Geschäft und Haus aus den Händen nimmt, um diese Ehre zu retten, und von dem Gefallenen dafür bis in den Tod verfolgt wird.

Der alte Herr saß regungslos. Nur die Röte, die immer brennender auf die magern Wangen trat, gab Kunde von dem, was er mit der Ehre seines Hauses litt. Sonst schien er alles schon zu wissen. Es war das seine alte Weise; er wandte sie hier vielleicht auch deswegen an, weil er meinte, der Gesell würde dann um so weniger wagen, etwas zu verschweigen oder wider besseres Wissen zu verändern. Die innere Aufregung hinderte ihn, zu bemerken, in welchen Widerspruch dieser Anschein mit seinem Gefühl für Ehre trat. Valentin suchte nicht den Schatten zu vertiefen, der auf Fritz Nettenmairs Handeln fiel; aber wie er den alten Herrn kannte, schien es ihm nötig, das brave Tun Apollonius' in das hellste Licht zu stellen. Er kannte den alten Herrn doch nur halb. Er verrechnete sich in der Wirkung, die er damit beabsichtigte, wenn er die kindliche Schonung pries, mit der Apollonius die Kunde von der Gefahr dem Ohr des alten Herrn ferngehalten. Er verdarb damit, was seine schlichte Erzählung getan, des Sohnes Verdienst um das Teuerste, was der alte Herr wußte, darzustellen. Der alte Herr sah nur immer mehr die Furcht wahr gemacht, die ihm Apollonius' Tüchtigkeit erregt hatte. Apollonius hatte ihm die Gefahr unkindlich verschwiegen, um die Rettung sich allein beimessen zu können. Oder er hielt seinen Vater für den hülflosen Blinden, der nichts mehr war und nichts mehr vermochte, als höchstens ihn zu hindern. Und das vergab ihm der alte Herr noch weniger – trotz seines Schmerzes um den Toten, der der Sohn ihm bereits war. Er wurde immer überzeugter, er selbst hätte es nicht so weit kommen lassen, wenn er darum gewußt und die Sache in seine Hand genommen, und Apollonius dürfe niemand seines Mordes anklagen als den eigenen Vorwitz. Diese Gedanken mußten natürlich vor dem zunächst Notwendigen zurücktreten. Was er bis jetzt von der Vorgeschichte des brudermörderischen Gedankens wußte, konnte den entstandenen Verdacht verstärken, aber ihn nicht entstehen machen, wenn nicht ein anderes, das ihm noch unbekannt war, dazu trat. Er mußte von dem schuldigen Sohne selbst erfahren, ob es solch ein anderes gab. Sein Entschluß war für alle Fälle gefaßt. Er verlangte Hut und Stock. Ein andermal wäre Valentin über diesen Befehl erstaunt, vielleicht sogar erschrocken. Ist man durch ein Außerordentliches aufgeregt, wie es der Gesell eben war, kommt nur das unerwartet, was sonst das Gewöhnliche hieß, was an den alten ruhigen Zustand erinnert. Indes Valentin das Befohlene herbeibrachte und der alte Herr sich zum Ausgehen bereitete, zeigte dieser ihm noch einmal, wie grundlos und töricht seine Befürchtungen seien. »Wer weiß«, sagte der alte Herr grimmig, »was der Nachbar gesehen hat. Wie will er bei Nacht einen erkennen, der so weit entfernt von ihm ist? Und Er dazu mit Seinen Beilstichen! Nun dürfte dem Jungen in Brambach das Seil gerissen sein oder er müßte sonst zufällig verunglückt sein, so wird Er sich steif und fest einbilden, Seine eingebildeten Beilstiche sind schuld gewesen, und der hat sie gemacht, den der Nachbar – der so einfältig ist als Er – will haben in den Schuppen schleichen gesehen. Und sagt Er ein Wort davon, oder ist Er so klug, daß Er in Rätseln zu verstehen gibt, was Er sich einbildet in Seinem alten Narrenschädel, so ist den andern Tag die ganze Stadt voll davon. Nicht weil's wahrscheinlich wäre, was Er da ausgeheckt hat und kein vernünftiger Mensch glauben kann, sondern weil die Leute froh sind, einem andern das Schlimmste nachzureden. Gott wird ja vor sein, daß der Junge nicht zu Unglück kommt, aber es kann geschehen, und es ist vielleicht schon geschehen. Wie leicht kommt einer hinter dem Ofen dazu, geschweige ein Schieferdecker, der zwischen Himmel und Erde schwebt wie ein Vogel, aber keine Flügel hat wie ein Vogel. Darum mit ist die edle Schieferdekkerkunst eine so edle Kunst, weil der Schieferdecker das sichtlichste Bild ist, wie die Fürsehung den Menschen in ihren Händen hält, wenn er in seinem ehrlichen Berufe hantiert. Und läßt sie ihn fallen, so weiß sie warum; und der Mensch soll nicht Gespinste drum hängen, die über einen andern Unglück oder gar Schande bringen können. Ich bin gewiß, die Sache wird sich ausweisen, wie sie ist, und nicht, wie Er sie sich da zusammengeängstelt hat. Denn –«

So weit war der alte Herr in seiner Rede gekommen, da hörte man draußen eine Last niedersetzen. Der alte Herr stand einen Augenblick stumm und wie versteinert da. Der Valentin hatte durch das Fenster den Blechschmiedegesellen kommen sehen, der eben ablud.

»Der Jörg vom Blechschmied«, sagte Valentin, »der die blechernen Girlanden vollends bringt.«

»Und da ist Er erschrocken mit Seinen Einbildungen und hat gemeint, sie bringen wer weiß wen. Wo ist der Fritz?«

»Auf dem Kirchendach«, entgegnete Valentin.

»Gut!« sagte Herr Nettenmair. »Sag' Er dem Blechschmied, er soll hereinkommen, wenn er fertig ist.« Der Geselle tat's. Bis jener hereinkam, fuhr Herr Nettenmair noch mit gedämpftern Tönen in seiner Strafpredigt fort. Er sprach davon, wie Menschen sich Einbildungen zusammendichteten und sich darüber ängsteten wie über wirkliche Dinge, wie die Gedanken dem Menschen über den Kopf wüchsen und ihm keine gute Stunde ließen, wenn er nicht gleich im Anfang sich ihrer erwehre. Es war, als wollte der alte Herr sich über sich selbst lustig machen. Er dachte nicht daran, daß er den Valentin über seinen eigenen Fehler abkanzelte. Dagegen fühlte sich Valentin beschämt, als treffe ihn die Strafe verdientermaßen; und er hörte dem alten Herrn mit Andacht und Zerknirschung zu, bis der Blechschmiedegesell hereinkam. Herr Nettenmair faßte den Stock, den ihm Valentin in die Hände gab, setzte den Hut tief in die Stirne, um der Welt soviel als möglich von dem unfreiwilligen Geständnis der toten Augen zu entziehen, und schüttelte sich majestätisch in dem blauen Rock zurecht. Valentin wollte ihn führen, aber er sagte: »Die Frau braucht Ihn; und Er wird wissen, was Er in meinem Hause zu tun hat.« Valentin verstand den Sinn der diplomatischen Rede. Der alte Herr machte ihn verantwortlich für das Benehmen der Frau. Herr Nettenmair aber wandte sich nun dahin, wo des Blechschmiedegesellen Respekt in ein leises Räuspern ausbrach, und fragte ihn, ob er Zeit habe, ihn bis auf das Turmdach von Sankt Georg zu begleiten, wo sein älterer Sohn arbeite. Der Blechschmied bejahte. Valentin wagte noch den Vorschlag, Herrn Fritz lieber rufen zu lassen. Der alte Herr sagte grimmig: »Ich muß ihn oben sprechen. Es ist wegen der Reparatur.« Darauf wandte er sich wieder zu dem Blechschmiedegesellen. »Ich werde Seinen Arm nehmen«, sagte er mit herablassendem Grimm. »Ich leide etwas an den Augen, aber es hat nichts zu sagen.«

Valentin sah den Gehenden eine Weile kopfschüttelnd nach. Als der alte Herr aus seinen Augen war, fiel die Zuversicht, die er der resoluten Gegenwart des alten Herrn verdankte, wieder zusammen. Er schlug die Hände ineinander vor Angst; da ihm aber einfiel, er stehe in der Haustür und sei verantwortlich für jedes Gerede, das der Ausdruck seiner »Einbildungen« veranlassen konnte, tat er, als habe er die Hände ineinander gelegt, um sie behaglich zu reiben.

Der Blechschmiedegeselle hatte gehört, Herr Nettenmair sei schon seit Jahren blind; der selbst hatte ihm gesagt, sein Augenleiden sei unbedeutend; er merkte bald, die Leute möchten doch recht haben. Nun nickte ein rasch Vorübergehender, und auf sein »Wie geht's?« lächelte der alte Herr wiederum: »Ich leide etwas an den Augen, aber es hat nichts zu sagen.« Über jeden andern an Herrn Nettenmairs Stelle würde der Gesell gelacht haben; aber die mächtige Persönlichkeit des alten Mannes setzte ihn so in Respekt, daß er den Widerspruch seiner sinnlichen Wahrnehmung mit dessen Worten auf sich beruhen ließ und zugleich seinen Sinnen glaubte: Herr Nettenmair sei blind, und Herrn Nettenmair selbst: es habe nichts zu sagen.

Das Erscheinen des alten Herrn auf der Straße war ein Wunder, und sicherlich würde es Aufsehen gemacht haben und der alte Herr durch hundert Händeschüttler und Frager aufgehalten worden sein, hätte nicht ein anderes die Aufmerksamkeit von ihm abgelenkt. Da lief ein halblaut und schnell Ausgesprochenes durch die Straßen. Zwei, drei blieben stehen, das Näherkommen eines Dritten, Vierten abwartend, der sich merken ließ, er wisse das, was sie zehn andere ähnliche Gruppen bilden sahen. Dort verkündete es einer im schnellen Vorübereilen. Und immer begann es mit einem: »Wißt ihr schon?«, das oft von einem: »Aber was ist denn geschehn?« herausgefordert war. Herr Nettenmair brauchte nicht zu fragen; er wußte, ohne daß es ihm einer zu sagen brauchte, was geschehen war; aber er durfte sich nicht merken lassen, wie er wußte, daß man eigentlich ihn hätte fragen müssen; man wollte nicht allein wissen, was geschehen war, auch das Wie und Wodurch und das Warum. Der Blechschmiedegeselle meinte, Herr Nettenmair wollte an ihm niedersinken, aber der alte Herr hatte sich nur an den Fuß gestoßen, »es hat nichts zu sagen«. Der Gesell fragte einen Vorübereilenden. »Ein Schieferdecker ist verunglückt in Brambach.« »Wie denn?« fragte der Gesell. »Ein Seil ist zerrissen. Weiter weiß man noch nichts.« Herr Nettenmair fühlte, wie der Gesell erschrak und daß er über dem Gedanken erschrak, der Sohn des Mannes war verunglückt, den er führte. Er sagte: »Es wird in Tambach gewesen sein. Die Leute haben falsch gehört. Es hat nichts zu sagen.« Der Gesell wußte nicht, was er von der Gleichgültigkeit des Herrn Nettenmair denken sollte. Der sagte zu sich, indem das brennende Rot auf seine Wangen trat: »Ja, es muß sein. Es muß nun sein.« Er dachte daran, es gab etwas, womit man allen Gerichten, allen

Untersuchungen aus dem Wege gehen kann. Das Etwas, das er meinte, mußte ein hartes Etwas sein; denn er biß die Zähne zusammen, als er mit dem Kopfe nickte und zu sich sagte: »Es muß sein. Nun muß es sein.« Der Gesell ging, den alten Herrn führend, wie im Traume neben ihm die Turmtreppe von Sankt Georg hinan. Die Leute hatten recht; Herr Nettenmair war doch ein eigener Mann!

Der alte Herr hatte gesagt, er müsse den Sohn auf dem Kirchendach sprechen – wegen der Reparatur. Er hatte ohne Absicht in seiner diplomatischen Art geredet.

Es mußte auf dem Kirchendache sein, und es galt eine Reparatur, aber nicht die des Kirchendachs.

*

Zwischen Himmel und Erde ist des Schieferdeckers Reich. Zwischen Himmel und Erde, hoch oben auf dem Kirchendach von Sankt Georg, schaffte Fritz Nettenmair, als der alte Herr sich die Treppe zu ihm hinaufführen ließ. Hier herauf war Fritz Nettenmair geflohen vor den Augen der Menschen, die er alle auf sich gerichtet meinte, hier herauf hatte er sich geflüchtet vor seinen Gedanken in einen wütenden Fleiß. Er hatte die ganze Hölle in seiner Brust mit heraufgebracht; und wie angestrengt er schaffte, der Schweiß, der ihm auf der Stirne stand, war nicht der warme redlichen Mühens, es war der kalte Schweiß der Gewissensangst. Er hämmerte Schiefer zurecht und nagelte sie fest so angstvoll hastig, als nagelte er den Weltenbau fest, der sonst einstürzen müßte in der nächsten Viertelstunde. Aber seine Seele war nicht bei dem Hämmern, sie war dort, wo unaufhörlich Stricke rissen und verunglückende Schieferdecker polternd hinabstürzten in den gewissen Tod. Zuweilen hielt er plötzlich inne; es war ihm, als müßte er hinunterrufen: »Nach Brambach! Er soll nicht die Leiter besteigen! Er soll sich nicht auf sein Fahrzeug setzen!« Aber dann blieben die vielen Hunderte, die wie Ameisen da unten durcheinander liefen, in Schreck versteinert stehen, und soviel Paar Augen, überfüllt mit Grauen und Abscheu, starrten herauf, und der Häscher kam und stieß ihn vor sich her die Treppe herunter; und vielleicht war es doch zu spät! Dann einmal faltete er die Hände über den Deckhammer und gelobte: stürbe Apollonius nicht, er will ein braver Mann werden. Er denkt nicht, daß ihn das reuen wird, sobald er Apollonius gerettet weiß. – Da kommt jemand die Treppe herauf – ist's der Häscher schon? Nein. Es weiß niemand, was er getan. Er verzerrt sein Gesicht in Trotz und fragt: »Wer will mir was anhaben?« Jetzt hört er Stimmen, und die Klänge der einen davon treffen wie Hammerschläge auf sein gequältes Herz. Das ist die einzige Stimme, die er hier zu hören nicht erwartet. Wird der fragen, dem sie gehört: »Wo ist dein Bruder Abel hin?« Nein. Er will dem Sohne sagen, daß jener verunglückt ist; er meint, es ist ein Unglückstag, und er soll heute nicht mehr arbeiten. Und fragt er doch, die Antwort ist fast so alt als das Menschengeschlecht: »Soll ich meines Bruders Hüter sein?« Dabei kommt's ihm wie eine Erleichterung, daß ihm einfällt, der Vater ist blind. Denn er weiß, seine sehenden Augen könnte er jetzt nicht ertragen. Er hämmert und nagelt immer hastiger. Er würde dem Vater ausweichen, wenn er könnte, aber der Dachstuhl ist schmal, und der Alte spricht schon an dem Aussteigeloch im Dache. Er will ihn nicht eher bemerken, als bis er muß. »Nun ist's schon gut«, hört er den Alten sagen. »Mach' Er Seinem Meister mein Kompliment; und da ist etwas für Ihn. Trink' Er eine Gesundheit dafür!« Fritz Nettenmair hört, der alte Herr setzt sich auf die bloßgelegte Latte im Aussteigeloch, und weiß, der alte Herr füllt die ganze Öffnung mit seiner Gestalt. Er hört den Dank des Gesellen und seine Tritte, wie sie immer ferner klingen.

»Schönes Wetter«, sagt Herr Nettenmair. Der Sohn errät, der Alte will wissen, ob noch jemand in der Nähe ist. Es antwortet niemand; Fritz Nettenmair stirbt der Ton in der Brust; er hämmert immer lauter und hastiger. Er wünscht, die Stunde, der Tag, das Leben wär' zu Ende. »Fritz!« ruft der Alte. Er ruft noch einmal, und er ruft noch einmal. Fritz Nettenmair muß endlich antworten. Er denkt an den Ruf:

»Kain, wo bist du?« – »Hier, Vater!« entgegnet er und hämmert fort.

»Der Schiefer ist fest«, sagt der Alte gleichgültig, »ich hör's am Klange; er blättert nicht.«

»Ja«, entgegnet Fritz mit klappernden Zähnen, »er nimmt kein Wasser.«

»Er ist besser geworden als früher«, fährt der Alte fort; »sie sind tiefer in den Bruch hineingekommen. Es scheint, du bist allein.« Ein Ja erstirbt im Munde des Sohnes. »Je tiefer er lagert, desto fester ist das Gestein. Ist keine Rüstung weiter in der Nähe?«

»Keine.«

»Gut. Komm hierher! Hier vor mich!«

»Was soll ich?«

»Hierher kommen. Was gesagt sein muß, muß leise gesagt sein.«

Fritz Nettenmair trat, in allen Gelenken schlotternd, vor den Vater. Er wußte, der war blind, und doch suchte er seinem Blicke auszuweichen. Der Alte rang nach Fassung, aber davon sprach kein Zug in dem verwitterten Gesicht, nur die Dauer seines Schweigens und sein Atem, der das schwere ächzende Wandeln des Perpendikels an der nahen Turmuhr wie ein müdes Echo nachzuklingen schien. Fritz Nettenmair ahnte aus den Vorbereitungen, was kommen müsse. Er rang nach Trotz. »Wenn er's in seinem Argwohn errät, wer will mir's beweisen? Und könnt' er's beweisen, er gibt mich nicht an; davor bin ich sicher. Warum auch sonst will er leise reden? Mag er sagen, was er will, ich weiß nichts, ich bin's nicht gewesen, ich hab' nichts getan.« Sein Gesicht rang sich aus dem Zittern aller Muskeln bis zum wildesten Ausdrucke des Trotzes hindurch. Der alte Herr schwieg noch immer. Gedämpft klang das Treiben der Straßen in die Höhe herauf; unten lag schon violetter Schatten, um das Fahrzeug Apollonius' bebte der letzte Sonnenstrahl. Etwas ferner rauschte ein Zug vom Felde heimkehrender Tauben vorbei. Es war ein Abend voll Gottesfriedens. Tief unten weit hingedehnt die grüne Erde; oben hoch der Himmel, wie ein Kelch aus blauem Kristall darüber gedeckt. Kleine rosige Wölkchen wie Flocken hineingestreut. Der Lärm von unten erlosch immer mehr. Die Luft trug einzelne Töne einer fernen Glocke mit sich und schlug sie leise spielend wie wiederkehrende Wellen gegen das Dach. Dort über der nächsten grünen Höhe, wo sie herkommen, liegt Brambach. Es muß das Abendgeläute von Brambach sein. Hoch am Himmel und tief auf der Erde, überall Gottesfrieden und süß aufgelöstes Hinsehnen nach Ruhe. Nur zwischen Himmel und Erde die beiden Menschen auf dem Kirchdach zu Sankt Georg fühlen nicht seine Flügel. Nur über sie vermag er nichts. In dem einen brennt der Wahnsinn überreizten Ehrgefühls, in dem andern alle Flammen, alle Qualen der Hölle.

»Wo ist dein Bruder?« drang es endlich zwischen den Zähnen des einen hervor.

»Ich weiß nicht. Wie soll ich's wissen?« bäumt sich im andern der Trotz.

»Du weißt nicht?« Der alte Herr flüsterte nur, aber jedes seiner Worte schlug wie Donner in die Seele des Sohnes. »Ich will dir's sagen. Drüben in Brambach liegt er tot. Das Seil ist über ihm zerrissen, und du hast's mit Beilstichen zerschnitten. Der Nachbar hat dich in den Schuppen schleichen sehn. Du hast vor deiner Frau gedroht, du willst es tun. Die ganze Stadt weiß es; eben tragen sie's in die Gerichte. Der erste, der nun die Treppe heraufkommt, ist der Häscher, der dich vor den Richter führt.«

Fritz Nettenmair brach zusammen; die Rüstung knackte unter ihm. Der Alte horchte auf. Fiel der Elende am Rande des Gerüstes zusammen, so stürzte er hinab in die Tiefe, und alles war vorüber! Alles, was sein mußte, war getan! Eine Lerche stieg aus einem nahen Garten in die Höhe und streute ihr lustiges Tirili über Bäume und Häuser hin. Glücklichere Menschen hörten den Gesang aus der Ferne; Arbeiter ließen den Spaten ruhen, Kinder Peitsche und Kreisel und suchten mit himmelaufgewandten Augen den schwebenden klingenden Punkt und horchten mit verhaltenem Atem hinauf. Der alte Herr Nettenmair hörte die nahe Lerche nicht; er hielt auch den Atem an, aber er horchte hinunter, nicht hinauf. Und es war nichts, das wie Lerchensang klingt, was er erhorchen wollte. Es war ein Poltern auf dem Dach unter ihm, ein gebrochener Angstruf. Er horchte erst voll Hoffnung, dann voll Angst. Nichts klingt herauf. Vor ihm auf den Brettern des Gerüstes röchelt ein schwerer Atem. Er hört, der Zufall, der ihm mitleidig helfend vorgreifen konnte, hat es nicht getan. Er muß es tun, denn getan muß es sein. Sonst zeigen die Menschen mit den Fingern auf die Kinder: »Die sind's, deren Vater seinen Bruder erschlug und auf dem Hochgericht oder im Zuchthause starb.« Und wo es längst vergessen ist, da dürfen sie sich nur zeigen, da wird es wieder wach; da deuten die Menschen wieder mit den Fingern und wenden mit Schaudern sich von ihnen ab. Das Vertrauen, das er von den Eltern erbt, ist das Kapital, womit der Mensch anfängt. Es muß ihm erwiesen werden, eh' er's hat verdienen können, damit er lernt, Vertrauen zu verdienen. Wer wird ihnen Vertrauen erweisen, die mit ihres Vaters Schande gezeichnet gehen? Wie sollen sie Vertrauen verdienen lernen? Mitten unter den Menschen von den Menschen ausgestoßen, müssen sie nicht werden, wie ihr Vater war? Und sein eigenes langes Leben voll Anstrengung, Ehre zu erwerben und zu bewahren, wird rückwärts angesteckt von des Sohnes Schmach. Die Kinder hält man für fähig zu tun, wie der Vater tat, und es kann kein ehrlicher Vater gewesen sein, der solchen Sohn hatte! – Immer brennender glühte die Röte auf der eingefallenen Wange; die zusammengesunkene Brust richtete sich keuchend empor. Er machte unwillkürlich eine vordeutende Bewegung mit dem Arm. Fritz Nettenmair ahnte ihren Sinn und wollte sich aufraffen und wäre wieder umgesunken, stützte er sich nicht mit beiden Händen. So lag er auf den Händen und Knieen vor dem Alten, als er den Angstruf ausstieß: »Was willst du, Vater? Womit gehst du um?«

»Ich will sehn«, erwiderte der Alte mit pfeifendem Flüstern, »ob ich's tun muß oder ob du's tun wirst, was getan sein muß. Und getan muß es sein. Noch weiß niemand etwas, was zur Untersuchung führen kann vor den Gerichten, als ich, deine Frau und der Valentin. Für mich kann ich stehen, aber nicht für die, daß sie nicht verraten, was sie wissen. Wenn du jetzt herabfällst von der Rüstung, so daß die Leute meinen können, du bist ohne Willen verunglückt, dann ist die größte Schande verhütet. Der Schieferdecker, der verunglückt, steht vor der Welt als ein ehrlicher Toter, so ehrlich als der Soldat, der auf dem Schlachtfeld gestorben ist. Du bist solchen Tod nicht wert, Bankeruttierer. Dich sollte der Henker auf einer Kuhhaut hinausschleifen auf den Richtplatz, Schandbube, der du den Bruder umgebracht hast und hast vergiften wollen das zukünftige Leben der unschuldigen Kinder und mein vergangenes, das voll Ehre gewesen ist. Du hast Schande genug gebracht über dein Haus, du sollst nicht noch mehr Schande darüber bringen. Von mir sollen sie nicht sagen, daß mein Sohn, und von meinen Enkeln nicht, daß ihr Vater auf dem Blutgerüst oder im Zuchthaus gestorben ist. Du betest jetzt ein Vaterunser, wenn du noch beten kannst. Dann wendest du dich, als wolltest du wieder zu deiner Arbeit gehen, und trittst mit dem rechten Fuß über die Rüstung. Sag' ich, der Schreck über seines Bruders Unglück hat ihn schwindeln gemacht: mir glauben's die Gerichte und die Stadt. Das ist's, was ein Leben einbringt, das anders gewesen ist als deins. Tust du's nicht gutwillig, so stürz' ich mit dir hinab, und du hast auch mich auf deinem Gewissen. Die Leute wissen, ich leide an den Augen; ich bin gestrauchelt und hab' mich an dir anhalten wollen und hab' dich mitgerissen. Meines Lebens ist nach dem, was ich heut erfahren hab', keine Dauer mehr und kein Wert; ich bin am Ende, aber die Kinder fangen erst an. Und auf den Kindern soll keine Schande haften, so wahr ich Nettenmair heiße. Nun besinn' dich, wie es werden soll. Ich zähle fünfzehn Paar Schläge an dem Perpendikel dort.«

Fritz Nettenmair hatte mit wachsendem Entsetzen die Rede des Vaters gehört. Daß seine Tat noch nicht öffentlich bekannt war, gab ihm Hoffnung. Die Angst vor dem gedrohten Tode weckte einen Teil seiner Kräfte wieder. Er flüchtete sich wieder in seinen Trotz. Hastig sagte er, nachdem der Alte ausgeredet hatte: »Ich weiß nicht, was du willst. Ich bin unschuldig. Ich weiß nicht, was du da von Beilstichen sagst.« Er erwartete, der Vater würde auf seine Einwendungen eingehen, wenn auch erst ungläubig. Aber der Alte begann ruhig zu zählen: »Eins – Zwei« – »Vater«, fiel er ihm mit steigender Angst in das Zählen, und der Trotz seines Tones brach im Flehen, »hör' mich doch nur! Die Gerichte hören einen, und du hörst mich nicht. Ich will mich ja hinunterstürzen, weil du mich tot haben willst, ich will sterben, wenngleich unschuldig. Aber höre mich nur erst!« Der alte Herr entgegnete nicht; er zählte fort. Der Elende sah, sein Urteil war gesprochen. Der Vater glaubte nicht, was er auch sagen mochte; und er wußte, was der eigensinnige alte Mann sich einmal vorgenommen, das führte er unerbittlich aus. Er wollte sich darein ergeben, dann kam ihm der Gedanke, noch einmal zu flehen; dann fiel ihm ein: er konnte den Alten zurückwerfen und über ihn hin entfliehen, dann: er wollte sich anhalten, wenn der Alte sich an ihn hing, um nicht mitzustürzen. Das konnte ihm kein Mensch verdenken. Dazwischen sah er schaudernd, was ihn erwartete, wenn er floh und die Gerichte faßten ihn doch. Es war besser, er starb jetzt. Aber noch Schrecklicheres erwartete ihn über dem Tode drüben. Er sann zurück und lebte sein ganzes Leben im Augenblicke noch einmal durch, um zu finden, der ewige Richter konnte ihm verzeihen. Seine Gedanken verwirrten sich; er war bald dort, bald da und hatte vergessen warum. Er sah die Nebel sich ballen, in denen der Gesell verschwunden war, zugleich sah er zu den hellen Fenstern des Roten Adlers auf, es klang: »Da kommt er ja! Nun wird's famos!« Er stand an den Straßenecken und zählte, und die Bretter wollten unter Apollonius nicht brechen, die Stricke über ihm nicht reißen; er stand wieder vor der Frau und sagte, über des sterbenden Ännchens Bett gebeugt: »Weißt du, warum du erschrickst?« und holte aus zu dem unseligen Schlage! Selbst daß er vor dem Vater dalag und hin- und hersann in gräßlich-angstvoller Hast, kam ihm vorüberfliehend wie in einem Fiebertraum. Dann war's ihm, als käme er zu sich und unendliche Zeit sei vergangen zwischen dem

Augenblick, wo der Vater die Perpendikelschläge zu zählen begonnen, und jetzt. Es müsse ja alles gut sein. Er müsse sich nur besinnen, ob er über den Vater hinweggeflohen oder ob er sich angehalten, als ihn der Vater mit hinunterreißen wollte. Aber da lag er noch, dort saß der Vater noch. Er hörte ihn Neun zählen und dann schweigen. Die Besinnung verließ ihn völlig.

Der alte Herr aber schwieg wirklich. Er zählte nicht mehr. Sein scharfes Ohr hörte einen eilenden Schritt auf der Treppe. Er griff nach dem Sohne und hielt ihn, wie um seiner gewiß zu sein, daß er ihm nicht entgehe. Er fühlte an der Kälte und Widerstandslosigkeit des Gliedes, das er gefaßt, es sei unnötig, den Sohn zu halten, er müsse ohnmächtig sein. Eine neue Sorge erwuchs ihm daraus. War der Sohn ohnmächtig, so mußte er, wenn möglich, das fremden Blicken entziehn. Auch diese Ohnmacht konnte den Verdacht entstehen oder wachsen machen. Er erhob sich und wandte sich von der Dachlucke nach dem Kommenden. Er war unschlüssig, sollte er die Lucke mit seinem Körper decken oder dem Kommenden entgegengehen. Der Geselle, den er vorhin nach Brambach geschickt – denn dieser war's, der so eilig kam –, hustete auf der Treppe. Den konnte er abhalten von der Rüstung; ja, er konnte ihm vielleicht den Anblick des darauf Liegenden entziehen, wenn er ihm entgegenging und ihn noch auf der Treppe abfertigte. So vielleicht gewisser, als wenn er vor der Lucke stehen blieb, da es wahrscheinlich war, er verdecke dieselbe doch nicht völlig. Jetzt fühlte der alte Herr erst, wie das, was er heute erfahren, seine Kräfte gelähmt. Aber der Gesell merkte nichts davon, als er den alten Herrn, an den Treppenbalken gelehnt, ihm den Weg versperren sah.

»Soll ich ihn herholen, Herr Nettenmair?« fragte der Gesell, indem er auf der Treppe stehen blieb.

»Wen?« fragte Herr Nettenmair dagegen. Er hatte Mühe, seine künstliche Ruhe zu bewahren. War der Gesell in Brambach gewesen, so konnte er nicht so ruhig sprechen, er mochte sprechen, von wem er wollte.

»Nun, er wird nunmehr daheim sein«, entgegnete der Gesell. Der alte Herr wiederholte seine Frage nicht; er mußte sich an dem Balken festhalten, an dem er lehnte. »Er war schon auf dem Wege«, fuhr der Geselle fort; »ich bin mit ihm bis ans Tor gegangen. Da hat er mich zum Blechschmied geschickt, ich sollte fragen, ob das Blechzeug endlich fertig wär'. Der Jörg sagte, er hätt's schon hingeschafft und käm' eben vom Turmdach von Sankt Georg, da hätt' er den alten Herrn Nettenmair hinaufgeführt. Da hab' ich gemeint, er wird noch oben sein; und weil's so eilig war, wollt' ich ihn fragen, ob ich vielleicht den Herrn Apollonius heraufschikken soll.«

Jetzt erst gelang's Herrn Nettenmair, den Balken, an dem er sich hatte festhalten müssen, herauf und herunter zu betasten, als habe er ihn nur umfaßt, um ihn zu untersuchen. Da er fühlte, seine Hände zitterten, gab er seine Untersuchung auf. Er sagte so grimmig, als er im Augenblicke vermochte: »Ich komme selbst hinunter. Wart' Er auf dem Absatz, bis ich Ihn rufe.« Der Gesell gehorchte. Herr Nettenmair schöpfte tief Atem, als er sich nicht mehr beobachtet wußte. Aus dem Atem ward ein Schluchzen. Jetzt, da der Seelenkrampf, in dem er sich seit Valentins Mitteilung befunden, sich zu lösen begann, trat erst der Vaterschmerz hervor, den die leidenschaftliche Anstrengung für die Ehre des Hauses bisher nicht zu Worte hatte kommen lassen. Er fand nun erst Zeit, das Unglück des rechtschaffenen Sohnes zu beweinen, als sich zeigte, es hatte ihn nicht getroffen. Aber es fiel ihm ein, der brave Sohn schwebt noch immer in der gleichen Gefahr, solang der schlimme sich in seiner Nähe befindet. Auch diesen Fall hatte er in seinem Plane vorgesehen und sich gesagt, was er dann tun müsse. Die bisherige Kraft, die nur eine angemaßte war, hätte ihn mit dem Krampfe verlassen, galt es nicht noch immer die Rettung des braven Sohnes und die Ehre seines Hauses. Er tastete sich nach der Dachlucke hin. Fritz Nettenmair war unterdes aus seiner Betäubung wieder erwacht, und es war ihm gelungen aufzustehen. Der alte Herr hieß ihn von der Rüstung hereintreten und sagte: »Morgen vor Sonnenaufgang bist du nicht mehr hier. Sieh, ob du in Amerika wiederum ein anderer Mensch werden kannst. Hier bist du in Schande und bringst Schande. Nach mir gehst du heim; Geld sollst du haben; du machst dich fertig. Du hast seit Jahren nichts für Weib und Kind getan; ich sorge für sie. Vor Tagesanbruch bist du auf dem Weg. Hörst du?«

Fritz Nettenmair wankte. Eben noch hatte er dem unausweichlichen Tode in die Augen gesehen; nun sollte er leben! Leben, wo niemand wußte, was er getan, wo ihn nicht jedes zufällige Geräusch mit dem Wahnbild des Häschers schrekken durfte. In diesem Augenblick fühlte er selbst das als ein Glück, daß er fern sein sollte von dem Weibe, um das er alles getan, was er getan, und in deren Anschauen er Tag für Tag alles mitsehen sollte, was er getan; die seine Tat wußte, von der jeder Blick eine Drohung war, ihn der Vergeltung zu überliefern. Es graute ihm vor dem Hause, in dem ihn stündlich alles erinnern mußte an das, was er unter dem fremden Himmel ganz zu vergessen hoffte, und sich vormachte, durch ein neues Leben abbüßen zu wollen. Am liebsten wäre er sogleich unmittelbar von der Stelle, wo er jetzt stand, dem Rettungshafen zugeeilt.

»Apollonius ist nicht gestürzt«, fuhr der Alte fort, und Fritz Nettenmairs ganzer neuer Himmel versank. Das alte Gespenst hatte ihn wieder in seinen Fäusten. Nun liebte er wieder das Weib, das zu fliehen er eben noch sich gefreut. Mit dem Gegenstande seines Hasses lebte der Haß und die Liebe wieder auf, und beide waren Höllenflammen. Er meinte, alles habe er gekonnt; Sterben war ein Scherz, lag nur auch der Nebenbuhler tot. Gewissensangst, das drohende Jenseits, alles war erträglich, nur eins nicht: sie in seinen Armen zu wissen. Der Alte hatte des Sohnes Ja erwartet. »Du gehst!« sagte er, als dieser schwieg. »Du gehst! Du bist morgen vor Tag noch auf dem Weg nach Amerika, oder ich bin auf dem Weg in die Gerichte. Soll Schande sein, so ist's besser bloße Schande als Schande und Mord. Denk', ich hab's geschworen, und nun tu', was du willst.«

Der alte Herr rief den Gesellen herauf und ließ sich heimführen.

*

Unterdes war das Gerücht, das dem alten Herrn auf seinem Wege nach Sankt Georg begegnet war, auch in die Straße gekommen, wo das Haus mit den grünen Laden steht. Vor den Fenstern erzählte es ein Vorübergehender einem andern. Die Frau hörte nichts als: »Wißt Ihr's schon? In Brambach ist ein Schieferdecker verunglückt.« Dann sank sie vom Stuhle, von dem sie aufspringen wollte, auf die Dielen. Wiederum mußte der alte Valentin seinen Schmerz um Apollonius über der Angst und Sorge um die Frau vergessen. Er eilte hinzu. Den Fall ganz verhindern konnte er nicht, nur den Kopf der Frau vor der scharfen Kante des Stuhlbeins bewahren. Da saß er neben der liegenden Frau auf den Füßen und hielt in den zitternden Händen Nacken und Kopf der Frau. Von seinem Griffe war ihr das volle dunkelbraune Haar über der Stirne aufgegangen und verdeckte das bleiche Gesicht. Ihre vorderen Haare hatten einen Drang, sich in natürlichen Locken zu kräuseln, den sie durch das scharfe Anziehen der Scheitel nur vorübergehend überwinden konnte. Es war, als hätten sie die Ohnmacht ihrer Besitzerin benutzt, ihm nachzugeben. Der alte Valentin machte sich die Hände frei, indem er ihre Last vorsichtig leise auf den Boden gleiten ließ, und versuchte die Haare aus dem Gesicht zu streichen. Er mußte sehen, ob sie noch lebe. Das verursachte ihm lange Zeit vergebliche Mühe; die Angst machte seine alten Hände noch ungeschickter; dazu kam die eigene Scheu, die einen alten Junggesellen unerbittlich in so enger weiblicher Nähe befängt; und der Eigensinn der Haare, die immer wieder im krausen Gelock über dem Gesichte zusammenschlugen. Der Hals- und der Schläfenpuls wehrten sich dagegen, er sah, wie sie die Haare mit ihren Schlägen bewegten, und faßte wieder Hoffnung. Auf dem Tisch stand eine Flasche mit Wasser; er goß sich davon in die hohle Hand und spritzte es ihr auf Haare und Gesicht. Das wirkte. Sie machte eine Bewegung; er half ihr den Oberleib aufrichten und stützte ihn. Sie strich sich nun selbst die widerstrebenden Haare aus dem Gesicht und sah sich um. Ihr Blick hatte etwas so Fremdes, daß der Valentin von neuem erschrak. Dann nickte sie mit dem Kopfe und sagte mit leiser Stimme: »Ja.« Valentin verstand, sie sagte sich, sie habe die schreckliche Nachricht gehört und nicht geträumt. An dem Ton ihrer Stimme hörte er, sie sagte sich wohl, was geschehen, aber sie begriff es nicht. Es war, als ginge es nicht sie an, was sie sich sagte, und als besänne sie sich, wen es wohl betreffen möge. Sie ahnte wohl, es war Schreck und Schmerz, wenn sie dahinter kam, aber sie wußte in dem Augenblicke nicht, was Schreck ist und Schmerz; ein traumhaftes Vorgefühl von Händezusammenschlagen, Erbleichen, Umsinken, Aufspringen, händeringendem Umhergehen, Müdigkeit, die auf jeden Stuhl, an dem sie vorbeiwankt, niedersinken möchte und doch weiter getrieben wird, von fortwährendem wilden Zurückbäumen und wieder matt nach vorn auf die Brust Sinken des Kopfes; ein traumhaftes Vorgefühl von alledem wandelte in der Stube vor ihr wie ihr eigenes undeutliches fernes Spiegelbild hinter einem bergenden Florschleier. Näher und unterscheidbarer war ein dumpfer Druck über der Herzgrube, der zum stechenden Schmerze wuchs, und das angstvolle Wissen, er müsse sie ersticken, wenn sie das Weinen nicht finden könne, das alles heilen müsse. So saß sie lange regungslos und hörte nichts von alledem, was der alte Valentin in seiner Angst ihr vorsprach. Es war nichts daran verloren; der Alte glaubte selbst nicht an seine Trostgründe, wenn er ihr beweisen wollte, Apollonius könne nicht verunglückt sein, er sei zu vorsichtig dazu und zu brav. Und vollends die Geschichte aus seiner Jugend, wo sich Leute, die nun lange tot sind, von einem ähnlichen Gerüchte vergeblich hatten schrecken lassen! Er wußte es und erzählte doch immer fort und beschrieb die Personen, als müßte es die Frau unfehlbar beruhigen, wenn sie den alten Amtmann Kern und seine Haushälterin vor den Augen ihres Geistes sähe, wie sie damals leibten und lebten. Er hätte sein Leben hingegeben, um ihr zu helfen; er wußte in seiner Ratlosigkeit nicht wie. So suchte er sich selbst über die Angst des Augenblicks durch immer eifrigeres Erzählen hinauszuhelfen. Dabei belauschte er die kleinste Bewegung in den Zügen des bleichen schönen Gesichtes; und je schöner und jugendlicher es ihm vorkam, desto schwerer schien ihm, was sie litt, und desto eifriger wurde sein Erzählen. Als eine siebenzehnjährige Braut hatte er sie in das Haus mit den grünen Laden einziehen sehen, acht Jahre hatte er in ihrer Nähe gelebt. Die bis in ihr vierundzwanzigstes ein innerlich unberührtes, heiter mit den Dingen spielendes Kind gewesen, was hatte sie in den letzten zwei Jahren erduldet! Und wie schön war sie immer geblieben in ihrem Dulden, wie schön hatte sie geduldet! Nun lag sie zerbrochen als halb aufgeschlossene Blume da vor seinen alten Augen, die so oft um sie geweint, mehr über die Milde und unbewußte unzerstörbare Hoheit, womit sie ihr Unglück trug, als über ihr Unglück selbst. Es gibt rührende Gestalten, die die Angst, die selbst der Zorn nicht entstellt, die in all ihrem Tun, selbst in ihrem Lächeln, selbst in ihrer lauten Freude uns bewegen, deren Anblick uns rührt, ohne daß wir an einen Schmerz, an ein Leiden bei ihrem Anschauen denken müssen. Es ist auch keine schmerzliche Rührung, die wir da empfinden, und der Schmerz selbst hat auf solchem Gesicht eine wunderbare Kraft, uns zugleich zu trösten und rührend zu erheben, indem er uns zum tiefsten Mitleid mit seinem Träger dahinreißt. Als eine solche Gestalt hatte Christiane, solang er sie kannte, vor des alten Valentin Augen gestanden, als eine solche lag sie jetzt vor ihm da.

Endlich hatte sie das Weinen gefunden. Der alte Valentin lebte wieder auf; er sah, sie war gerettet. Er las es in ihrem Gesichte, das, so ehrlich wie sie selbst, nichts verschweigen konnte. Er saß und hörte mit so freudiger Aufmerksamkeit auf ihr Weinen, als wär's ein schönes Lied, das sie ihm vorsänge. In den Augenblicken, wo der Mensch der stärkeren Natur sich ohne Abzug hingeben muß, erkennt man am sichersten seine wahre Art. Was von Tierheit im Menschen unter der hergebrachten Schminke sogenannter Bildung oder vorsätzlicher Verstellung verborgen lag, tritt dann unverhohlen hervor in den Bewegungen des Körpers und in dem Ton der Stimme. Der alte Valentin hörte die reine Melodie in Christianens Stimme im hingegossenen Weinen, welche sie nach dem Schlag über Ännchens Bett im Doppelschrei von Schmerz und Entrüstung nicht verloren hatte. Sie hatte sich ausgeweint und erhob sich; der alte Valentin hätte ihr nicht zu helfen gebraucht. Sie machte sich zum Ausgehen fertig. Ihr Wesen hatte etwas feierlich Entschiedenes angenommen. Valentin sah's mit Erstaunen und Sorge. Ihm fiel seine Verantwortlichkeit ein. Er fragte ängstlich, sie wolle doch nicht fort? Sie nickte mit dem Kopfe. »Aber ich darf Sie nicht fortlassen«, sagte er. »Der alte Herr hat mir's mit Ketten auf die Seele gebunden.«

»Ich muß«, sagte sie. »Ich muß in die Gerichte. Ich muß sagen, daß ich schuld bin. Ich muß meine Strafe leiden. Der Großvater wird sich meiner Kinder annehmen. Ich möchte den Herren sagen, sie sollen ihn zu dem Ännchen legen; er hat's so liebgehabt. Ich möchte auch dabeiliegen, aber das werden sie nicht tun. Nein, davon will ich nichts sagen.«

Valentin wußte nicht, was er erwidern sollte. Er durfte sie nicht fortlassen und sah an ihrer Entschiedenheit, er würde sie nicht aufhalten können. »Wenn nur der alte Herr erst dawäre!« dachte er. Er sagte: »Täten Sie dem alten Valentin nichts auf der Welt zulieb?«

Sie sah ihn aus ihrem Schmerze freundlich an und entgegnete: »Wie Ihr fragen könnt? Ihr habt ihn immer liebgehabt, und das vergess' ich Euch nicht, solang ich noch lebe. Er ist gestorben, und ich muß auch sterben. Kann ich Euch noch etwas tun, eh' ich gehen muß, so dürft Ihr's nur sagen. Wenn ich's auch tun kann, und wenn Ihr nicht verlangt, daß ich nicht gehen soll.«

»Nein«, sagte der Alte. »Das nicht. Aber wenn Sie nur so lange bleiben wollten, bis der alte Herr zurückkommt, daß ich meiner Verantwortlichkeit ledig bin.« Dem Alten war's nicht allein um sich zu tun. Er hoffte zugleich, der alte Herr würde in seiner Geistesgegenwart ein Mittel finden, wodurch sie von ihrem Vorhaben abzubringen sei.

Die Frau nickte ihm zu. »So lang will ich warten«, entgegnete sie.

Den Alten trieb Sorge und Hoffnung hinaus, zu sehen, ob Herr Nettenmair noch immer nicht komme. Christiane holte ihr Gesangbuch vom Pulte und setzte sich damit an den Tisch.

Der Valentin blieb länger aus, als er selbst gedacht hatte. Als er wieder hereinkam, war er nicht mehr der, der vorhin hinausgegangen. Er war verwirrt und verlegen, aber ganz anders verwirrt als vorhin. Er stand immer im Begriff, etwas zu tun oder zu sagen, worüber er erschrak und etwas anderes tat oder sagte und wiederum ungewiß schien, ob er nicht auch darüber erschrecken sollte. Immer, und wenn er gar nichts gesagt hatte, meinte er, er habe zuviel gesagt. Manchmal war's, als ob er lachte; dann sah er wieder desto trauriger aus. Und das paßte nicht zu dem, was er sprach; denn er redete vom Wetter. Dazwischen machte er sich viel an der Tür zu schaffen, die er immer wieder einmal öffnete; zuletzt blieb er im Hausflur stehn, wo er den Gang nach dem Schuppen hin übersehen konnte; und es waren die wunderlichsten Vorwände, durch die er all diese Tätigkeiten rechtfertigte. Die junge Frau bemerkte erst die Veränderung nicht, dann beobachtete sie ihn verwundert und immer ahnungsvoller. Zuletzt hatte er sie angesteckt mit seinem Wesen. Wenn er unwillkürlich lachte, glühte sie in Hoffnung auf, wenn er dann sein trauriges Gesicht machte, drückte sie die Hände zusammen und wurde wieder bleich. Sie folgte seinen Augen, ihm selbst nach der Tür und erschrak, sooft er sie öffnete. Dabei sprachen sie immer vom Wetter; wären sie ruhig gewesen, sie hätten über ihre eigenen Reden lachen müssen; aber man sah, er fürchtete sich, etwas zu sagen, sie fürchtete sich, nach dem Etwas zu fragen. Zuletzt preßte sie beide Hände bald gegen das Herz, das das Mieder durchschlagen wollte, bald gegen die brennenden hämmernden Schläfen. Der Alte meinte sie endlich vorbereitet genug, das Wetter fahren zu lassen. »Ja«, sagte er, »es ist ein Tag, wo die Toten aufstehen möchten, und wer weiß – aber tun Sie mir noch das zulieb und erschrecken

Sie nicht!« Sie erschrak dennoch. Sie sagte zu sich: »Aber es ist ja nicht möglich!« Und sie erschrak doch eben, weil es mehr als möglich, weil es gewiß war. »Da sehen Sie einmal dahinter«, schluchzte der Alte, der nur lachen wollte. Sie sah den Gang hin; sie hatt' es getan, eh' der Alte sie dazu aufforderte. Der alte Valentin eilte aus der Vordertür, dem alten Herrn die Freudenpost zu bringen, selig und stolz auf sein klug durchgeführtes Werk. Die junge Frau hielt sich fest an dem Türpfosten, als sie den Schritt hörte durch den Schuppen. Aber auch der Türpfosten stand nicht mehr fest, sie selbst nicht mehr auf dem festen Boden; sie schwindelte zwischen Himmel und Erde. Und als sie ihn kommen sah, war nichts mehr auf der Welt für sie als der Mann, um den sie wochenlang mehr als Todesangst geduldet. Alles ging um sie im Wirbel, erst die Wände, der Boden, die Decke, dann Bäume, Himmel und grüne Erde; ihr war, als ginge die Welt unter und sie würde erdrückt im Wirbel, hielte sie sich nicht fest an ihm. Sie fühlte, wie sie hinsank, dann nichts mehr.

Apollonius war hinzugeeilt und hatte sie aufgefangen. Da stand er und hielt das schöne Weib in seinen Armen, das Weib, das er liebte, das ihn liebte. Und sie war bleich und schien tot. Er trug sie nicht in die Stube, er ließ sie nicht herabgleiten auf die Erde, er tat nichts, sie zu beleben. Er stand verwirrt; er wußte nicht, wie ihm geschehen war, er mußte sich besinnen. Der alte Valentin hatte ihn noch nicht gesprochen; er hatte nur durch den Gesellen, der vom Blechschmied nach Sankt Georg eilte, erfahren, Apollonius folge ihm und werde bald hier sein. Apollonius war vom Nagelschmied am Tore aufgehalten worden. Dann hatte er geeilt, dem Befehle des Vaters nachzukommen. Daß ihn der Vater rufen ließ, hatte ihn befremdet; er konnte sich nicht denken warum. Von dem Sturze eines Schieferdeckers in Tambach hatte er gehört, aber er wußte nicht, daß das Gerücht die Ortsnamen verwechselt hatte und daß jemand glauben könnte, ihn habe das Unglück getroffen. So gänzlich unvorbereitet auf das, was ihm der nächste Augenblick bringen sollte, war er durch den Schuppen gekommen. Er wollte sogleich zu dem Vater auf dessen Stübchen, da hatte er die junge Frau den Gang herstürzen und mit dem Umsinken kämpfen sehen und war ihr entgegengeeilt. Und nun hielt er sie in den Armen. Die Gestalt, die er, schmerzlich-mühsam und doch vergebens, seit Wochen von sich abzuwehren gerungen, deren bloßes Gedankenabbild all sein Wesen in eine Bewegung brachte, die er sich als Sünde vorwarf, lag in schwellender, atmender, lastender, wonneängstigender Wirklichkeit an ihn hingegossen. Ihr Kopf lehnte rückwärts gesunken über seinen linken Arm; er mußte ihr in das Antlitz sehen, das schöner, gefährlich schöner war, als seine Träume es malen konnten. Und jetzt überflog ein Rosenschein das weiße Antlitz bis in die weichen braunen Haare, die in den milden selbstgeschlungenen Locken über die Schläfe hinabrollten, die tiefen blauen Augen öffneten sich, und er konnte ihrer Gewalt nicht entfliehen. Und nun sah sie ihn an und erkannte ihn. Sie wußte nicht, wie sie hierher und in seine Arme gekommen, sie wußte nicht, daß sie in seinen Armen lag; sie wußte nichts, als daß er lebte. Wie konnte sie noch einen Gedanken denken neben dem! Sie weinte und lachte zugleich, sie umschlang ihn mit beiden Armen, um seiner gewiß zu sein. Und doch fragte sie noch in angstvoll drängender Hast: »Und bist du's denn auch? Bist du's auch gewiß? Und lebst noch? Und bist nicht gestürzt? Und ich habe dich nicht getötet? Und du bist's? Und ich bin's? Aber er – er kann kommen!« Sie sah sich wild um. »Er will dich töten. Er wird nicht eher ruhen.« Sie umfaßte ihn, als wollte sie ihn mit ihrem Leibe decken gegen einen Feind; dann vergaß sie die Angst über der Gewißheit, daß er noch lebte, und lachte wieder und weinte zugleich und fragte ihn wieder, ob er auch noch lebe, ob er's auch sei. Aber sie mußte ihn ja warnen. Sie mußte ihm alles sagen, was jener ihm getan und was er ihm noch zu tun gedroht. Sie mußte es schnell; jeden Augenblick konnte jener kommen. Warnung, süß-unbewußtes Liebesgeschwätz, Weinen, Lachen; Seligkeit, Angst, Schmerz um das verlorene Glück; Anklage wie des Kindes beim Vater; das Bedürfnis der Liebe, mit allem was sie ist, was sie freut, was sie bekümmert, ein Gedanken seines Geistes, ein Gefühl seiner Seele zu sein, das er denkt und fühlt wie seine andern; bräutliche Verwirrung und Vergessen der ganzen Welt über den einen Augenblick, der ihr eigentliches Dasein ist – denn alles, was war und werden kann, ist bloß Schatten –, was sie erzählt, hat sie geträumt und erlebt, fühlt und weiß es erst jetzt; was gewesen ist und kommen wird, ist gewesen und kommt nur, damit dieser Augenblick sein kann; vor und nach diesem Augenblick ist die Zeit zu Ende: alles das durchdrang sich, alles das zitterte zugleich in jedem einzelnen Klang der fliegenden, sich pressenden Rede. »Er hat mich und dich belogen. Er hat mir gesagt, du verhöhntest mich und hättst meine Blume vor den Gesellen ausgeboten. Auch du weißt's ja noch, beim Pfingstschießen die Blume, das kleine Glöckchen, das ich liegen ließ. Und du hast's ihm geschickt. Ich hab's gesehen. Ich wußte nicht warum. Du hast mich gedauert. Daß du so still warst und trüb und so allein, das hat mir weh getan. Da hat er mir beim Tanz gesagt, du hättst deinen Spott über mich. Da gingst du in die Fremde, und er hat mir gesagt, wie du in deinen Briefen über mich spottest: das tat mir weh. Du glaubst nicht, wie weh mir das tat, wenn ich schon nicht gewußt hab' warum. Der Vater wollte, ich sollte ihn frein. Und wie du kamst, hab' ich mich vor dir gefürchtet; du hast mich immer noch gedauert, und ich hab' dich immer noch geliebt und wußt' es nur nicht. Er selbst hat mir's erst gesagt. Da bin ich dir ausgewichen. Ich wollte nicht schlecht werden und will's auch nicht. Gewiß nicht. Dann hat er mich gezwungen zu lügen. Dann hat er mir gedroht, was er dir tun wollte. Er wollte machen, daß du stürzen müßtest. Es wär' nur Scherz; aber sagt' ich's dir, dann wollt' er's im Ernste tun. Seitdem hab' ich keine Nacht geschlafen; die ganzen Nächte hab' ich aufgesessen im Bett und bin voll Todesangst gewesen. Ich hab' dich in Gefahr gesehen und durft' es dir nicht sagen und durfte dich nicht retten. Und er hat die Seile zerschnitten mit der Axt in der Nacht, eh' du nach Brambach gingst. Der Valentin hat mir's gesagt, der Nachbar hat ihn in den Schuppen schleichen sehen. Ich hab' dich tot gemeint und wollte auch sterben. Denn ich wär' schuld gewesen an deinem Tod und stürbe tausendmal um dich. Und nun lebst du noch, und ich kann's nicht begreifen. Und es ist alles noch, wie es war: die Bäume da, der Schuppen, der Himmel, und du bist doch nicht tot. Und ich wollte auch sterben, weil du tot warst. Und nun lebst du noch, und ich weiß nicht, ist's wahr oder träume ich's nur. Ist's denn wahr? Sag' du mir's doch: ist's wahr? Dir glaub' ich alles, was du sagst. Und sagst du, ich soll sterben, so will ich's, wenn du's nur weißt. Aber er kann kommen. Vielleicht hat er gelauscht, daß ich dir's sagte, was er will. Schick' den Valentin in die Gerichte, daß sie ihn fortführen und er dir nichts mehr tun kann!«

So schwärmte, lachte und weinte das fiebernde Weib in seinen Armen fort. Alles vergessend, wie ein Kind an einem Abgrund spielend, den es nicht sieht, ruft sie unbewußt eine Gefahr herbei, tödlicher als die, über deren Vorbeigehen sie jubelt, drohender als die, wogegen sie den Mann mit ihrem Leibe decken will. Sie ahnt nicht, was ihr leidenschaftlich Tun, die Süßigkeit ihrer unbekümmerten Hingebung, was ihre Liebkosungen, was ihr warmes schwellendes Umfangen in dem Manne aufregen muß, der sie liebt; daß sie alles tut, was den Mann, dessen Rechtlichkeit und Edelmut sie sich so unbekümmert anheimgibt, Rechtlichkeit und Edelmut im Tumulte des Blutes vergessen machen kann. Sie hat keine Ahnung, welchen Kampf sie in ihm entzündet und wie sie ihm den Sieg erschwert, wenn nicht unmöglich macht. Und er weiß nun, das Weib in seinen Armen war sein; der Bruder hat ihn um sie und sie um ihn betrogen. Jetzt weiß er's, wo das Weib in seinen Armen ihm die Größe des Glückes zeigt, um das der Bruder ihn betrogen hat. Er hat sie geraubt und noch mißhandelt; und für alles, was er um ihn gelitten, getan, verfolgt er ihn noch und steht ihm nach dem Leben. Gehört das Weib dem, der sie ihm gestohlen, der sie mißhandelt, den sie haßt? oder ihm, dem sie schändlich gestohlen worden ist, der sie liebt, den sie liebt? Das alles waren nicht deutliche Gedanken: hundert einzelne Empfindungen, die, in den Strom *eines* tiefen und wilden Gefühls hingerissen, durch seine Adern stürzten und die Muskeln seiner Arme spannten, etwas, das sein ist, an sein Herz zu pressen. Aber eine dunkle Angst drängt dem Strom entgegen und hält die Muskeln wie im Starrkrampfe fest. Das Gefühl, er will etwas tun, und er ist sich nicht klar, was es ist, wohin es führen kann; eine ferne Erinnerung, daß er ein Wort gegeben hat, das er brechen wird – er läßt sich fortreißen; die dunkle Vorstellung, als stehe er wie an seinem Tische und, bewege er sich, eh' er sich umgesehn, könne er etwas wie ein Tintenfaß auf etwas wie Wäsche oder ein wertvolles Papier werfen: alledem lag die angstvolle Vorahnung zugrunde, er könne mit *einer* Bewegung etwas verderben, was nicht wieder gutzumachen sei. Er rang schon lange unter den berauschenden Tönen nach etwas, bevor er wußte, daß er rang und daß dies Etwas die Klarheit war, das Grundbedürfnis seiner Natur. Und nun kam sie ihm und sagte: »Das Wort, das du gegeben hast, ist, die Ehre des Hauses aufrecht zu erhalten, und was du tun willst, muß sie zernichten.« Er war der Mann und mußte für sich und sie einstehen. Die Klarheit brandmarkte den Verrat, den er mit einem Drucke, mit einem Blicke an dem rührenden unbedingten Vertrauen üben würde, das aus des Weibes Hingebung sprach, mit aller Schmach, die sie fand. Sie zeigte ihm die Reinheit des Gesichtes, das an seinem Herzen lag und schwärmend zu ihm aufsah, und wie er mehr an ihr und an sich selbst verderben würde, als das war, worüber er ihren und seinen Feind anklagte. Noch stand die heilige Scheu schützend zwischen ihm und ihr, die ein einziger Druck, ein einziger Blick für immer verscheuchen konnte. Und doch sah er angstvoll sich nach einem Helfer um. Wenn nur Valentin käme! Dann mußt' er sie aus seinen Armen lassen. Valentin kam nicht. Aber die Scham über seine Schwäche, die die Hülfe außen suchte, wurde zum Helfer. Er legte die Kraftlose sanft auf den Rasen. Als er die weichen Glieder aus den Händen ließ, verlor er sie erst. Er mußte sich abwenden und konnte einem lauten Schluchzen nicht wehren. Da sah der jüngste Knabe neugierig in den Hof. Er eilte hin, hob das Kind in seine Arme, drückte es an sein Herz und stellte es zwischen sich und sie. Es war eigen; mit dem Drucke, mit dem er das Kind an sein Herz gedrückt, entband sich der wilde Drang, und nun erst lösten sich die gespannten Muskeln. Er hatte sie in dem Kinde an sein Herz gedrückt, wie allein er sie an sein Herz drücken durfte.

Die Frau sah ihn den Knaben zwischen sich und ihn stellen und verstand ihn. Glühende Röte stieg ihr bis unter die wilden braunen Locken. Sie wußte nun erst, daß sie in seinen Armen gelegen, daß sie ihn umfaßt und mit ihm gesprochen hatte, wie es nur erlaubte Liebe darf. Sie sah nun erst die Gefahr, an deren Abgrund sie ihn und sich gestellt. Sie richtete sich auf den Knieen auf, als wollte sie ihn flehen, sie nicht zu verachten. Zugleich fiel ihr wieder ein, der Mann konnte sie belauscht haben und die Drohung noch vollziehen. Dann hatte sie ihn durch die Freude über seine Rettung erst verdorben. Er sah das alles und litt es mit ihr. Er hatte sich abgekämpft, ihr nicht zu zeigen, was in ihm vorging; aber in seinem Innern war der Kampf selbst nicht ausgekämpft. Er neigte sich zu ihr und sagte: »Du bist meine brave Schwester. Du bist braver als ich. Und über uns und deinem Manne ist Gott. Aber nun geh hinein, Schwester, liebe brave Schwester.« Sie wagte nicht aufzusehen, aber durch die gesenkten Lider sah sie seine Milde, das tiefe unausschöpfbare Wohlwollen, die unvertilgbare Menschenachtung auf seiner leuchtenden Stirne und um den sanften Mund. Und wie er ihr bewußter und unbewußter Maßstab war, wußte sie nun, sie war nicht schlecht, sie konnt' es nicht werden; er trug sie bewahrt wie die Mutter das Kind vorsichtig auf starken Armen. Er wuchs ihr, wie sie ihn durch die gesenkten Lider sah, mit dem Haupte bis an den Himmel. Sie wußte, daß ihm der Mann nicht schaden konnte. Apollonius gab ihr den Knaben in den Arm und bot die Hand, sie aufzurichten. Sie bebte unter der Berührung, und wie sie noch auf den Knieen lag, stieg ihr Gedanke zu ihm auf wie ein Gebet. Er führte sie an die Türe. Vom Schuppen her kam Herr Nettenmair mit dem Gesellen. Fritz Nettenmair, der ihnen nachschlich, sah noch, wie er sie führte.

*

Von allem was er heute gewollt und gelitten, stand nichts in Herrn Nettenmairs verknöchertem Antlitz zu lesen, als er heimkam. Die junge Frau und Valentin mußten eine Predigt über grundlose Einbildungen anhören; denn die Geschichte hatte sich ausgewiesen, wie sie war, nicht wie sie der Valentin zusammengeängstelt hatte. Der Reise Fritz Nettenmairs gedachte er als eines lang von demselben gehegten, aber von ihm erst heute genehmigten Vorhabens. Apollonius erhielt den Befehl, sogleich mit den Geschäftsbüchern auf des alten Herrn Stube zu kommen. Der alte Herr gab vor, er wollte den Stand des Geschäftes genau kennen lernen; sein wahrer Zweck dabei war, Apollonius so lange bei sich in Sicherheit zu behalten, bis sein Bruder abgereist sei. Apollonius konnte, ohne wegen der nächsten laufenden Ausgaben in Verlegenheit zu kommen, das Geld zu des Bruders Reise bis Hamburg beschaffen. Dort wußte er einen frühern Kölner Freund, der sich in sehr guten Verhältnissen befand und der, um manche geleistete Dienste zu vergelten, ihm öfter und noch neulich eine Geldhülfe angeboten hatte. Auf des Vaters Stübchen schrieb er an ihn. Der Freund sollte dem Bruder einen Platz auf einem Passagierschiff besorgen, seine Aufenthaltskosten bestreiten und ihm – aber nicht eher als unmittelbar vor der Abfahrt – eine gewisse Summe Geldes übermachen, alles auf Apollonius' Rechnung. Valentin mußte noch den Abend auf die Post, um den Brief aufzugeben und Fritz Nettenmair einschreiben zu lassen. Der Wagen ging eine Stunde vor Sonnenaufgang ab; noch eine Stunde früher sollte Valentin auf dem Zeuge sein und sich bei dem alten Herrn melden.

So war das Leben in dem Hause mit den grünen Laden immer schwüler geworden. Diese Nacht mit ihrer stillen Unruhe glich der angstvollen Stille, darin die Kräfte eines Meersturms seinen Ausbruch vorbereiten. Es war ein eigenes Treiben. Wer in dieser Nacht in das Haus, aber nicht in die Seele der Menschen hätte hereinsehn können, der wäre aus einer Befremdung in die andere gefallen. Sonst, wenn ein Glied einer Familie zu einer Reise sich rüstet, von der es vielleicht nie wieder heimkehren wird, drängen sich die übrigen um ihn. Je weniger der Augenblicke werden, die er noch mit ihnen zubringen kann, je tiefer werden sie ausgenossen. Jahre des gewöhnlichen Miteinanderlebens drängen sich in ihnen zusammen. Jeder Blick, jedes Wort, jeder Händedruck wird als ein ewiges Andenken gegeben und genommen. Stundenweit her kommen die Freunde des Scheidenden, ihn noch einmal zu sehen. Nach Fritz Nettenmair sahen die Leute im Hause nicht. Sie schauderten, ihm zu begegnen, als wär' er ein schreckendes Gespenst. Und wie ein solches schlich er darin umher und wich den Menschen aus, wie sie ihm. Und die Menschen, denen er ausweicht, die ihm ausweichen, sind nicht fremde: sein Vater ist's, sein Bruder, sein Weib und seine Kinder. Ein Reisender, der nicht gesehen wird, der sich nicht sehen läßt, der kein Lebewohl gibt und kein Lebewohl nimmt und der doch freiwillig reist und dessen Reise die andern wissen und genehmigen!

Apollonius mußte dem alten Herrn die Geschäftsbücher vorlesen, ein wunderlich-zweckloses Werk! Denn weder er noch der alte Herr war im Geiste bei den Zahlen. Und der alte Herr tat noch dazu, als wisse er alles schon. Daß Apollonius ihm die Gefahr des Hauses verschwiegen, erwähnte er natürlich nicht; von den Gedanken, die sich bei ihm daran knüpften, ließ er keinen sehen. Aus seinen diplomatischen Reden, zu denen er sich bisweilen zusammenraffte, um dem Schattenspiel vor dem Sohne einen Schein der Wirklichkeit zu geben, konnte man vielleicht erraten, wenn man genauer aufmerkte, als es Apollonius möglich war, der alte Herr habe alles gehen lassen, um zu zeigen, wohin es kommen müsse, wenn er die Hand vom Ruder abziehe, und daß er gesinnt sei, von nun an selbst wieder das Schiff zu leiten. Dazwischen fragte er den Sohn einmal wie beiläufig, ob er etwas Genaueres von dem Verunglückten in Tambach wisse. Apollonius konnte ihm sagen, er kenne den Mann; es sei derselbe ungemütliche Gesell, der vordem bei ihnen gewesen. »So?« sagte der alte Herr gleichgültig. »Und weiß man, was die Ursache war?« Apollonius hatte gehört, das Seil, das über dem Verunglückten gerissen, sei ein fast neues, aber es müsse an der

Stelle des Risses rundum mit einem scharfen spitzen Werkzeug durchschnitten gewesen sein. Der alte Herr erschrak. Er ahnte einen Zusammenhang, auf den auch andere kommen konnten. Valentin, wußte er, hatte vorhin beredet, der Arbeiter, der den Karren mit dem Handwerkszeuge nach Brambach gefahren, müsse auf dem Rückweg ein Anschleifeseil verloren haben. Apollonius hatte den Valentin damit beruhigt, er habe das Seil in Brambach verliehen. Der alte Herr war nun überzeugt, auch Apollonius müsse einen Zusammenhang ahnen, wenn nicht mehr als nur ahnen, und habe durch die Antwort an Valentin ihn den Augen des alten Gesellen entziehen wollen. Er sah, daß Apollonius in seinem, des alten Herrn, Geiste verfuhr. Von dieser Seite war also nichts zu fürchten. Aber es konnten Umstände im Spiele sein, die trotz Apollonius' Vorsicht eine Entdeckung herbeizuführen drohten. Er ließ seine Zurückhaltung, so schwer dies ihm fiel, diesmal beiseite, und auf wiederholte Fragen mußte Apollonius sagen, was er wußte. Es war folgendes. Den ersten Tag hatte Apollonius in Brambach nur die Leiter gebraucht. Der Geselle war in dem Wirtshaus gewesen, als er ankam. Denselben Abend noch hatte er ihn über den Hof schleichen sehen. Am andern Morgen fehlte das Seil. Er hatte sogleich Verdacht auf den Gesellen, aber nach seiner gewissenhaften Weise zögerte er, ihn auszusprechen. Auf dem Heimwege, vor dem Tor der Stadt, erfuhr er das Unglück, das ihn getroffen, zugleich, daß der Gesell bei keinem Meister gestanden, sondern auf eigene Hand die kleine Reparatur an dem Schieferdache in Tambach unternommen. Ein Stück des von ihm hinterlassenen Handwerkszeugs, ein Zimmerbeil, war schon von dem rechtmäßigen Besitzer beansprucht worden. Bald darauf machte die Warnung Christianens ihn gewiß, das Seil, durch dessen Zerreißen der Gesell verunglückt, war das seine. Wie die Sache nun stand, durfte er sich natürlich nicht zu dem Eigentumsrechte daran bekennen; er mußte seiner Ehrlichkeit sogar den Zwang antun, durch Erdichtungen fremder Vermutung der Wahrheit zuvorzukommen.

Der alte Herr gebot dem Sohne, weiter zu lesen. Apollonius tat es, aber im Geiste waren beide wiederum bei andern Dingen. Apollonius wollte sich zwingen. Es war seiner sonstigen Art geradezu entgegen, nicht mit ganzer Seele bei der Sache zu sein, die er trieb. Es gelang ihm nicht. So griff fremde Zerrüttung auch in diese gleichgewichtige wohlgeordnete Seele herüber. Endlich kam Valentin, erhielt das Reisegeld für Fritz Nettenmair und die Anweisung an den Hamburger Freund und die Weisung, das Gepäck des Reisenden nach dem Posthofe zu tragen und, etwaigen Auftrages harrend, in seiner Nähe zu bleiben, bis er abgefahren sei. Eine Stunde später kam er zurück und hatte den Befehl vollzogen. Er erzählte, Fritz Nettenmair freue sich auf das neue Leben in Amerika. Sie sollten sich wundern über ihn, wenn sie ihn wiedersähen. Er konnte kaum die Zeit erwarten. Der alte Herr richtete sich innerlich hoch auf; er meinte grimmig, Apollonius könne vor Schlaf in den Augen nicht mehr lesen, und schickte ihn ins Bett. Das begonnene Werk fortzusetzen, müsse sich ein andermal Zeit finden.

*

Und Fritz Nettenmair? Wie war ihm zumut in dieser Nacht? Als er, ruhelos wie ein gequälter Geist, bald händeringend bald fäusteballend den Gang vom Hause nach dem Schuppen und wieder von dem Schuppen nach dem Hause schlich? Bald schrak er vor einem fallenden Blatt zusammen, bald wünschte er, das Haus stürzte über ihn und begrübe ihn. Sooft er den Weg durch den Gang zurücklegte, so oft bäumte sich seine Seele im wildesten Trotz empor und sank wiederum in die hingegebenste Hülflosigkeit zurück. Er war entschlossen zu gehen – und sie dem Gehaßten zu überlassen? Daß sie ihn höhnten? Sie hatten ihn ja so weit gebracht, um ihn loszuwerden; dann war ihr einziger Wunsch erfüllt. Nein! Er wollte bleiben! er mußte bleiben! – und dann faßten ihn wieder die Gerichte – denn der im blauen Rocke hielt sein Wort – und schlossen ihn mit Ketten fest, und – dann war's dasselbe.

Sie hatten wieder ihren Zweck erreicht. Fritz Nettenmair bewegte heftig die Arme vor sich hin, als rüttelte er schon an den Gittern des Kerkerfensters, und atmete so mühsam, als ersticke ihn schon der Dunst der feuchten Wände. Dann überfiel ihn in plötzlicher Abspannung das ganze Bewußtsein seines grenzenlosen Elendes, der Jammer gänzlicher Verlassenheit. Goldene Bilder stiegen auf; die verlorene Seligkeit marterte ihn mehr als die gewonnene Verdammnis. Da hüpfte er als schuldloses Kind den Gang hin, dem entlang er jetzt die Überlast seines Elends schleppte; da waren Menschen, die ihn liebten. Wie klang der Mutter Stimme, die ihn rief, so süß! Und jetzt liebte ihn niemand mehr. Die fremden Menschen verachteten ihn; die ihn lieben sollten, schauderten vor ihm. Oh, nur ein einzig Herz, dem sein Scheiden weh täte, und er ginge und würde ein anderer Mensch! Jetzt sieht er jeden freundlichen Blick, den er in der Verblendung seiner Leidenschaft nicht beachtet. Das Lächeln um die angstzuckenden Lippen des kleinen Ännchens steigt vor ihm auf; jetzt erkennt er die unermüdliche Liebe, die er zurückstieß, die immer wiederkam, sooft er sie zurückstieß, bis er ihr Gefäß zerbrach; jetzt, wo sie ihn retten könnte, wär' sie nicht tot durch seine Schuld, jetzt ergreift ihn das Mitleid mit dem Kinde mit so schmerzlicher Gewalt, daß er sein eigen Elend darüber vergäße, wär's nicht ein Teil davon. Das Ännchen ist tot, aber er hat noch Kinder; sie müssen ihn lieben, sie sind ja sein. Sein Herz schreit nach einem Liebeswort. Seine Arme öffnen sich krampfhaft, etwas, was sein ist, an sein Herz zu pressen, damit er weiß, er ist nicht verloren; und verloren ist keiner, der noch einen Menschen hat auf der Welt. Mit erneuten Kräften eilt er den Gang, die Hausflur hindurch, durch Stuben- und Kammertür. Ein Nachtlicht, vom Schirm bedeckt, gibt dem Vater Schein genug, seine Kinder zu sehn. An dem nächsten kleinen Bette sinkt er in die Kniee. Ein längst verlernter Laut flüstert durch seine Lippen, und wie ihn diese Lippen nie flüstern gekonnt. »Fritz!« Er will die Kinder nur einmal an sein Herz drücken, ihre Liebe sehen und – gehen. Gehen und ein anderer Menschen werden, ein besserer, ein glücklicherer! Der Kleine erwacht; er meint, die Mutter hat ihn gerufen. Lächelnd öffnet er die großen Augen und – erschrickt. Vor dem Mann an seinem Bette fürchtet er sich. Es ist ein fremder Mann. Ein schlimmerer Mann als ein fremder Mann. Oh, nur ein zu bekannter Mann! Und doch fremder als fremd. Es ist der Mann, der das Kind so oft zornig angeblickt, der Mann, vor dem die Mutter es in die Kammer schloß, weil es nicht sehen sollte, was der Mann ihr tat. Und dann stand es zitternd und horchte an der Tür, dann ballten sich die kleinen Händchen im ohnmächtigen Zorn. Er hat ja das Kind ihn hassen gelehrt, nicht ihn lieben.

»Fritz«, sagte der Vater voll Angst, »ich gehe fort; ich komme nicht wieder. Aber ich schicke dir schöne Äpfel und Bilderbücher und denke jeden Augenblick tausendmal an dich.«

»Ich will nichts von dir«, sagte der Knabe furchtsam-trotzig. »Onkel Lonius gibt mir Äpfel; ich mag deine nicht.«

»Hast auch du mich nicht lieb?« sagt der Vater mit brechender Stimme am zweiten Bettchen.

Der kleine Georg flieht zum Bruder in dessen Bett. Dort halten sich die Kinder in Angst umschlungen. Dennoch ist er trotzig, und so viel Widerwillen, als ein Kindesauge fassen kann, blickt aus dem seinen. »Die Mutter hab' ich lieb, den Onkel Lonius hab' ich lieb«, sagt das Kind; »dich mag ich nicht. Laß uns gehn, ich sag's dem Onkel Lonius!«

Fritz Nettenmair lacht im wilden Hohn und schluchzt zugleich im hülflosen Schmerz. Die Kinder sind ja nicht mehr sein. Er ist ja ihr Vater nicht mehr. *Er* ist's. Er! *Seine* Kinder sind's. Er ist ihr Vater. Er, der ihm alles genommen, hat ihm auch die Kinder genommen. Das, was man dem Elendesten läßt. Wenn *er* gehen müßte, *er*! die Kinder hingen sich an ihn; eher rissen die Händchen, als daß sie *ihn* ließen. Und das Weib hier, dies schöne Weib mit dem Engelsantlitz, auf das selbst die Lampe liebend all ihre Strahlen sammelt und mehr Glanz von ihr gewinnt als sie von der Lampe; dieses Weib, *sein* Weib, *seins*! »Auch *sein* wie alles, was einmal mein war! Sie ist in ihren Kleidern zu Bett gegangen; sie kann die Stunde nicht erwarten, wo ich gehe; und ginge *er*, diese Rosen würden bleich, sie flösse sterbend in ihn hinüber, um nicht getrennt von *ihm* zu sein. Wie sie auffahren würde, sagte ihr einer in den Traum hinein, den sie von ihm träumt, denn sie lächelt: ›*Er* geht!‹ Er, *ihr* – Nein! ich will nicht gehen! Nein! ich kann nicht gehen! Lieber tausendmal sterben!« Und er hat ja dem Tode schon ins Angesicht gesehen, vor Stunden erst, als er vor dem Vater auf der Rüstung hingestreckt lag. Es war ein Kinderspiel, das Sterben, gegen solch ein Leben. Es war – denn auch er war tot. Es wär' es noch, wär' auch *er* noch tot. Und er wär' an ihr gerächt, an ihr hier mit dem teuflischen Engelslächeln; und er wär' an dem Vater gerächt, der ihn von Beaten riß, von seinem guten Engel. Und an den Knaben, die ihn zurückgestoßen, an dem toten Ännchen, das ihn verderben half und noch Tag und Nacht ihn quält. Er wäre – aber er war's ja nicht. Er mußte gehen; er wurde noch elender, als er schon war; und die er haßte, die ihn verdorben, wurden glücklich durch sein Gehen. Er machte sie alle wieder zu Teufeln, um von ihrem Glanze nicht vernichtet zu werden. Er haßte in ihnen wieder, was er an ihnen getan; er haßte in ihnen selbst die Gewalt, die er sich antun mußte, Teufel in ihnen zu sehen. Und brach ihr Glanz dennoch durch die Schwärze, in die er sie angstvoll sich versteckte, standen sie als Engel über ihm, nun so haßte er sie noch mit dem Neide der Teufel. Er hatte die Grenze überschritten, über welche keine Rückkehr mehr ist. Wie er die Frau in ihrer Schönheit dort liegen sah, trat ihn noch einmal der Gedanke an, diese Schönheit zu vernichten. Aber die einmal geweckte Erinnerung an den Augenblick, wo er todgefaßt vor dem Vater lag, und an das, was der Vater mit ihm wollte, erwies sich mächtiger und vertrieb ihn. Das Bild des Augenblickes blieb ihm und tauschte nur die Personen. Er malte es immer farbiger aus. Und nun war es eine wilde Freude, was ihn den Gang zwischen Haus und Schuppen hin- und hertrieb. Seine Arme bewegten sich so heftig als vorhin, aber es waren nicht Gitterstäbe, mit denen er rang. Unterdes war der Mond aufgegangen. Das Haus mit den grünen Laden lag so friedlich in seinem Schimmer da. Kein Vorübergehender hätte ihm die Unruhe angesehen, die es hinter seinen Wänden barg, keiner den Gedanken geahnt, den drin die Hölle fertig braute in einem verlorenen Gefäß.

*

Apollonius war müde vom Wachen und vom Kampfe, den die gefährliche Nähe des geliebten Weibes und das Wissen um des Bruder Betrug und empörenden Undank in ihm entzündet. Neben diesem war erst noch ein anderer Kampf aufgeglommen. Der Vater schien nicht an die böse Absicht des Bruders zu glauben. Vor dem Gedanken, den Arm der Obrigkeit zu seinem Schutze aufzurufen, schauderte er zurück. Die Schmach für die Familie, wenn des Bruders Tat bekannt wurde, mußte den Vater töten. Und vielleicht war auch des Bruders Seele noch zu retten, wenn es gelang, ihn zu überzeugen, daß er geirrt. Aber wie? Wenn er – ihn versicherte, ihm schwur, daß er in der Frau nur die Schwester sehe? Vor einem halben Jahre noch hätte er das beschwören können; heute durfte er es nicht mehr, heute war es Meineid. Er konnte, wenn der Bruder den entsetzlichen Plan auf sein Leben nicht aufgab, die Ausführung desselben erschweren, aber nicht unmöglich machen. In dem Zustande, in welchem Apollonius sich jetzt befand, konnte ihm der Tod eher erwünscht sein als schrecklich; dann hatte aller Kampf, alle Gewissenspein, alle Sorge ein Ende; aber was sollte aus dem Vater, was aus ihr und den Kindern werden? Und hatte er sich nicht das Wort gegeben, sie vor Schande und Not zu bewahren? Diesen neuen Kampf beendete die Mitteilung des Vaters, Fritz wolle nach Amerika. Aber sie machte den alten Kampf nur schwerer, indem sie dem Feinde neue Kräfte gab. Er wußte freilich, daß er entschlossen war, die Wünsche, die er verdammen mußte, nicht zur Tat werden zu lassen. Aber die Wünsche selbst! Wenn kein äußeres Hindernis mehr ihrer Erfüllung im Wege stand, mußte ihre Gewalt da nicht wachsen? Die Gewissensvorwürfe mit ihnen? Und die Entfernung von dem Orte, wo sie in der täglichen Nähe einen unerschöpflichen Erneuerungsquell hatten, machte wiederum die Erfüllung des Wortes, das er sich gegeben, der Pflicht, die ihm ohne das gegebene Wort oblag, unmöglich. Er war heftig aufgeregt und bedurfte Ruhe. Diesen Vormittag noch mußte er die Umkränzung des Turmdaches mit der Blechzier vollenden und Fahrzeug, Flaschenzug, Ring und Leiter wieder herabnehmen. Sein Tritt mußte fest, sein Auge klar sein. Für die einzige Stunde, bis der Arbeitstag begann, wollte er sich nicht erst ausziehen und zu Bett legen. Er hatte sich bis jetzt des Sofas, das in seinem Zimmer stand, noch nicht bedient, darauf zu liegen. Er vermied alles, was zu Verweichlichung führen konnte; ein gleich starker Beweggrund war sein Bedürfnis, Dinge um sich zu haben, die er liebend hüten, an denen er bürsten und polieren konnte. Auch in dem Zustand von Verstörung und Ermüdung, worin er vom Vater kam, vergaß er diese Schonung nicht. Er fuhr unwillkürlich mit leise liebkosender Hand über den Bezug des Sofas und setzte sich dann auf den hölzernen Stuhl, worauf er beim Schreiben saß. Hier kam ihm der Schlaf früher, als er es erwartet. Aber es war kein Schlaf, wie er ihn bedurfte; es war ein ununterbrochener aufregender Traum. Christiane lag in seinen Armen wie gestern, er kämpfte wieder, aber diesmal siegte er nicht; er preßte sie an sich. Da stand der Bruder neben ihnen, und sie standen nicht mehr auf dem Gange zwischen Schuppen und Haus, sondern oben am Turmdach auf der fliegenden Rüstung. Der Bruder wollte ihm die Besinnungslose aus den Armen reißen, um sie zu mißhandeln; er warf im schmerzlichen Zorne dem Bruder alles vor, was er an ihm und ihr getan, und im Kampfe um das Weib stieß er ihn von der Rüstung. Er erwachte. Er wollte munter bleiben, um den Traum nicht noch einmal durchträumen zu müssen. Als er die Augen öffnete, war es Tag und Zeit, an die Arbeit zu gehen. Er war aufgeregter erwacht, als er vom Vater gekommen. Er stand auf. Er hoffte, vor der frischen Morgenluft, vor der ernüchternden Wirkung des Wassers, das er sich nach seiner Gewohnheit über Kopf und Arme goß, würden die Bilder des

Traumes, welche die Lebhaftigkeit der alten Wünsche und damit der Gewissensvorwürfe über sie noch immer steigerten, von ihm in sein Stübchen zurückfliehen. Aber es geschah nicht; sie gingen mit ihm und ließen ihn nicht los. Selbst über der Arbeit nicht. Immer wehte der Hauch des warmen Mundes an seiner Wange, immer fühlte er sich in ihrem schwellenden Umfangen, immer quollen ihm die leidenschaftlichen Vorwürfe gegen den Bruder, der bei ihm stand, aus dem Herzen herauf. Er kannte sich nicht mehr. Zu den Vorwürfen, die er sich deshalb machen mußte, kam noch die Unzufriedenheit, daß er sich nicht mit seiner ganzen Aufmerksamkeit bei der Arbeit wußte. Sonst hatte er gleichsam seine eigene heitere Tüchtigkeit mit hineingearbeitet in seine Arbeit, und diese mußte gut und dauerhaft ausfallen. Heute kam's ihm vor, als hämmerte er seine unrechten Gedanken hinein, als hämmerte er einen bösen Zauber zurecht und die Arbeit könne nicht taugen, nicht haltbar werden.

Der Schieferdecker muß besonnen arbeiten. Der Mann, der heute eine Reparatur unternimmt, muß sich auf die Berufstreue dessen, der Jahrzehnte, vielleicht ein Jahrhundert vor ihm hier stand, verlassen. Die Ungewissenhaftigkeit, die heute einen Dachhaken liederlich befestigt, kann den Braven, der nach fünfzig Jahren an diesen Haken seine Leiter hängt, in den Tod stürzen. Es war nicht einzusehen, daß eine Nachlässigkeit, ein Versehen in der Arbeit, wie er sie heute vollendete, eine so schwere Folge nach sich ziehen sollte, aber seine natürliche ängstliche Genauigkeit war noch von seinen übrigen Kräften in ihre krankhafte Spannung mit hineingezogen. Hinter dem Kampfe seines Gewissens mit den Bildern seines sündhaften Traums drohte als dunkle Wolke die Ahnung, er hämmere in seiner Zerstreuung ein künftiges Unheil fertig.

Er war fertig. Blendend glänzte die neue Blechzier in der Sonne um die dunkle Fläche des Schieferdachs. Ring, Flaschenzug, Fahrzeug und Leiter waren entfernt; die Arbeiter, die die Leiter während des Losknüpfens und Herabsteigens gehalten, waren wieder gegangen. Apollonius hatte die fliegende Rüstung und die Stangen, worauf sie geruht, vom Dachgebälke abgelöst und stand allein auf dem schmalen Brette, das den Weg vom Balkenkreuze nach der Ausfahrtür hin bildete. Er stand sinnend. Es war ihm, als hätte er irgendwo Nägel einzuschlagen vergessen. Er sah in die Schiefer- und Nagelkasten seines Fahrzeugs, das neben ihm über einem Balken hing. Ein heimlicher hastiger Schritt tönte unter ihm die Turmtreppe herauf. Er achtete nicht darauf; denn eben sah er im Schieferkasten eine zurückgebliebene Bleiplatte liegen. Er hatte nur so viel Bleibleche mit sich heraufgenommen, als er brauchte; eine war also von ihm vergessen worden; in der Zerstreuung hatte er eine Befestigungsstelle übergangen. Aus der Ausfahrtür sah er an der Turmdachfläche hinab und hinauf. War der Fehler auf dieser Turmseite geschehen, so ließ er sich vielleicht ohne Fahrzeug bessern. Er brauchte vielleicht nur die Leiter, um zu der Stelle zu kommen. Und so war es auch. Etwa sechs Fuß hoch über ihm, nahe dem Dachhaken, hatte er die Schieferplatte herausgenommen, aber vergessen, sie durch die Bleiplatte zu ersetzen und die Blechgirlande mit Nägeln darauf zu befestigen. Unterdes waren die heimlichen Schritte immer näher gekommen; jetzt hatte der Eilende das Ende der Steintreppen erreicht und stieg die Leitertreppe nach dem Dachgebälke herauf. Die Uhr unter ihm hob aus. Es war auf zwei. Apollonius hatte noch nicht Mittag gemacht; aber war er in seiner Arbeit einem Fehler auf die Spur gekommen, dann ließ es ihm nicht Ruh', bis er ihn entfernt. Er war zurückgegangen, um die Leiter herbeizuholen. Diese lag neben dem Fahrzeug auf dem Balken. Da, indem er sich danach herabbeugt, fühlt er sich ergriffen und mit wilder Gewalt nach der Ausfahrtür zugeschoben. Unwillkürlich faßt er mit der Rechten die untere Kante eines Balkens seitwärts über ihm; mit der Linken sucht er vergebens nach einem Halt. Durch diese Bewegung wendet er sich dem Angreifer zu. Entsetzt sieht er in ein verzerrtes Gesicht. Es ist das wildbleiche Gesicht seines Bruders. Er hat keine Zeit, sich zu fragen, wie das jetzt hierher kommt.

»Was willst du?« ruft er. Was er auch erfahren, er kann sich selbst nicht glauben. Ein wahnwitziges Lachen antwortet ihm: »Du sollst sie allein haben oder mit hinunter!«

»Fort!« ruft der Bedrohte. Im zornigen Schmerze sind all die Vorwürfe gegen den Bruder in sein Gesicht heraufgestiegen. Mit seiner ganzen Kraft stößt er mit der freien Hand den Drängenden zurück.

»Zeigst du endlich dein wahres Gesicht?« höhnt dieser noch wütender. »Von jeder Stelle hast du mich verdrängt, wo ich stand; nun ist die Reih' an mir. Auf deinem Gewissen sollst du mich haben, du Federchensucher! Wirf mich hinunter, oder du sollst mit!«

Apollonius sieht keine Rettung. Die Hand erlahmt, mit der er sich nur mühsam anhält an der scharfen Kante des starken Balkens. Er muß den Bruder mit seiner ganzen Kraft an den Armen fassen, ihn herumdrehen und hinunterstürzen, oder der Bruder reißt ihn mit herunter. Doch ruft er: »Ich nicht!«

»Gut!« stöhnt jener. »Auch das willst du auf mich wälzen! Auch dazu willst du mich bringen! Nun ist's mit deiner Scheinheiligkeit am End'!« Apollonius würde einen andern Halt suchen, wüßt' er nicht, der Bruder benutzt den Augenblick, wo er den alten läßt. Und schon stürzt der mit wildem Anlauf heran! Apollonius' Hand rutscht von der Balkenkante ab. Er ist verloren, findet er keinen neuen Halt. Er kann vielleicht im Sprunge den Balken mit beiden Händen umfassen, aber dann stürzt den Bruder, den kein Widerstand mehr aufhält, die Gewalt des eigenen Anlaufes durch die Tür. Da sieht er im Geiste den alten, braven, stolzen Vater, sie und die Kinder; ihm kommt das Wort, das er sich gab; er ist der einzige Halt der Seinen; er muß leben. Ein Schwung, und er hat den Balken im Arme; in demselben Augenblicke stürzt der Bruder vorbei. Die Gewichte tief unter ihnen rasseln, und es schlägt zwei Uhr.

Die Dohlen, die der Kampf aus ihrer Ruhe gestört, schießen wild hernieder bis zur Aussteigetür und schweben in krächzender Wolke dort. Tief unter ihnen hört man den Fall eines schweren Körpers auf dem Straßenpflaster. Ein Aufschrei schallt zugleich von allen Seiten. Bleiche lebende Gesichter sehen auf ein bleicheres totes herab, das blutig auf dem Straßenpflaster liegt. Dann verbreitet sich die bleiche Hast, das Aufschreien, das Zusammeneilen, das Händeineinanderschlagen vom Kirchhof wie ein Wirbelwind durch die Straßen bis in die entferntesten Winkel der Stadt. Aber oben hoch die Wolken am Himmel achten es nicht und gehen unberührt darüber hin weiter ihren großen Gang. Sie sehen des selbstgeschaffenen Elends so viel unter sich, daß das einzelne sie nicht bewegen kann.

*

Es hat alles auf der Welt seinen Nutzen; wenn nicht für den, der es treibt oder an sich hat, so doch für andere. So wurde nun, was Schande über das Nettenmairsche Haus gebracht, zum Verhüter größerer Schande. Die Trunksucht Fritz Nettenmairs war in der ganzen Stadt bekannt; alle hatten ihn schon berauscht gesehen; kein Wunder, daß jeder, der den Tod Fritz Nettenmairs erfuhr, ihn jenem Laster auf die Rechnung stellte. Diese Mühe hatten eigentlich nur die ersten; die andern erfuhren schon die fertige Geschichte. Es war gut, daß niemand außer dem Nettenmairschen Hause davon wußte, daß er nach Amerika gewollt und daß er selbst, um bei seiner Rückkehr weniger aufzufallen, sich in seinen Arbeitskleidern, nur den Mantel übergeworfen, in den Postwagen gesetzt hatte. Der Mantel war unterwegs liegen geblieben, und die ein Recht auf seine Auslieferung hatten, meldeten sich natürlich nicht. In den bloßen Arbeitskleidern war er zurückgekehrt. Wer von seiner Abreise wußte, setzte voraus, er sei zuerst in seinem Hause gewesen und habe sich da umgekleidet; wer ihm auf dem Rückweg begegnet war, hatte gemeint, er komme vom Schieferbruch oder irgend sonst von einer Arbeit oder Arbeitsrücksprache. Es fiel niemand ein, rückwärts auf dergleichen kaum beachtete Umstände Gewicht zu legen, da es nicht galt, die Geschichte erst zusammenzusetzen, da man sie schon fertig erhielt. Dazu hatte er vor der Tat an seinem gewöhnlichen Zerstreuungsorte stark getrunken und mit seiner Wagehalsigkeit geprahlt. Darin hatte er von je, seiner Natur nach, die höchste Eigenschaft eines vollkommenen Schieferdeckers gesehen und in der Zeit seiner Tätigkeit genug Beweise davon gegeben, die der Öffentlichkeit nicht unbekannt geblieben waren. Dann hatte er geäußert, jetzt wolle er sein Meisterstück machen, und war stark berauscht von der Schenke nach Sankt Georg gegangen. Alles Umstände, die herumkamen und die einmal gefaßte Meinung nur bestätigten. Ein glücklicher Zufall hatte alle Arbeiter von Sankt Georg entfernt; von dem Kampf vor dem Sturz wußten außer Apollonius nur die Dohlen, die dort wohnten. Der Bauherr hatte sogleich, nachdem er die Geschichte erfahren, seinen Liebling aufgesucht und brachte diese auf den Turmboden, wo er den Erschöpften sitzend fand, schon völlig fertig mit. So fiel es niemand ein, diesen zu fragen. Man erzählte ihm, anstatt ihn erzählen zu lassen. Es hatte ihn bei seinem Schmerz in der Seele des Vaters gefreut, daß niemand den wahren Sachverhalt ahnte; die Schande des Bruders und damit des ganzen Hauses konnte niemand helfen und den Vater töten. Er schwieg daher über das, worum man ihn nicht fragte. Der alte Herr erriet, der verlorene Sohn hatte den Tod absichtlich gesucht. Er fand, es war so gut. Alles, was er vernahm, bewies ihm, der Unglückliche wollte die Ehre seines Hauses schonen. Dennoch ängstete ihn die Möglichkeit, es möchten noch Umstände bekannt werden, die den allgemeinen Irrtum berichtigen könnten. Natürlich aber ließ er sich weder seine Meinung noch seine Furcht absehen. Er zeigte sie selbst Apollonius nicht, der im Glauben, der alte Herr teile die Überzeugung der ganzen Stadt, ihm nun auch verschwieg, wovon er fürchten mußte, es würde den Vater unnötig erschrecken und beängstigen. So blieb die erste Meinung unwiderlegt, die Gerichte fanden keinen Anlaß, untersuchend einzuschreiten, und die Gefahr, die der Ehre der Familie gedroht, ging glücklich vorüber.

Eines Abends sah man denn die schwarze Bahre vor dem Hause mit den grünen Fensterladen, das darüber wegsah, um sein rosiges Aussehn zu rechtfertigen. Etwas entfernter standen Frauen und Kinder in Gruppen zusammen, bald leise flüsternd, bald voll Aufmerksamkeit, die zeitweilig bis zur Ungeduld stieg. Dasselbe Treiben, dieselben Empfindungen, mit der die gebildetere Schicht der Bevölkerung des Augenblickes harrt, wo der Vorhang vor den rührenden Gebilden des Dichters aufrauschen soll, dasselbe Bedürfnis hat die blauen Schürzen hierher gezogen, das dort die schönsten Gewänder der Stadt versammelt. Zuweilen kommt ein schwarzer Mantel unter dreieckigem Hute in düsterer Gravität die Straße daher und tritt hinter der Bahre hinweg ins Haus. Endlich geht die Türe doppelt auf. Der Sarg steht auf der Bahre, das Leichentuch bedeckt beides; leise und in gleichmäßiger Bewegung hebt sich die schwarze wallende Masse; nun ist sie an ihrer Stelle, denn die Träger rücken den Hut zurecht. Und nun bewegt sich's schwankend, flatternd. Obenauf blitzt der Deckhammer, den Valentin poliert hat, und sagt: was man jetzt der Erde übergibt, hat ehrlich zwischen Erde und Himmel hantiert. Die alten Weiber schwemmen mit süßen Tränen hinweg, was von Schmutz auf seinem Andenken liegt. Innerlich geben sie sich das Wort, niemand, den sie daran hindern können, soll Schieferdecker werden. Es ist gefährlich, das Schieferdeckerhandwerk zwischen Himmel und Erde; das predigt der Mann, der unter dem schwarzen Flattern zwischen den Brettern liegt, so stumm er ist, mit erschütternder Beredsamkeit. Dann mustern sie den alten Herrn, den zwei Leidtragende führen. Er sieht aus wie der Geist des ehrlichen Begräbnisses selbst. Doch über dem schlanken hohen Apollonius neben dem würdigen Bauherrn vergessen sie die ganze Milde, die sie vorhin geübt; sie graben den Toten wiederum aus den nassen Totenblumen heraus, womit sie seine menschliche Blöße bedeckt. Seinetwegen wär' der Hammer über ihm voll dunkeln Rosts der Schande; Apollonius ist's, dem er dankt, daß das Werkzeug so ehrenblank über seinem letzten Bette liegt. Und ob er's um ihn verdient hat? Das will keine sagen. Könnte sie der Tote hören vor den Brettern und dem schwarzen Geflatter darum, er hätte dem Bruder noch mehr zu verzeihen. Oder auch nicht zu verzeihen; er hatte ihm nichts verziehen, nicht was er an Apollonius, nicht was dieser an ihm getan. Und könnt' er vollends dem Bruder in das Herz sehen, aus dem sein Tod allen Groll verwischt, das sich Vorwürfe macht, weil es einen Bösewicht sah, wo es den unglücklichen Wahnsinnigen hätte bedauern müssen, er steifte sich noch tiefer in den Neid der Teufel. Dann kommt die junge Frau an die Reihe, und völlig in der Weise ihres Geschlechtes schlagen die Klageweiber in Ehestifterinnen um. Und wahrlich! sie haben nicht unrecht; ein schöneres Paar, eines, das besser zusammenpaßte, das seiner gegenseitig so wert wäre wie dieses, fänden auch tiefere Beobachter im Bereich der ganzen Stadt nicht aus. Der Zug ging am Roten Adler vorbei. Es war schon wieder ein Ball da oben, bei dem Fritz Nettenmair fehlte; gewiß ein lederner Ball! »Da ist er ja! da ist er ja!« klang dem Zuge entgegen und begleitete ihn unermüdlich die ganze Straße entlang. Aber »famos« konnte es nicht werden trotzdem. Es war derselbe Weg, den Fritz Nettenmair zurückging, nachdem er den Gesellen begleitet hatte. Damals sah er im Geiste den Bruder unter dem Deckhammer und dem wallenden schwarzen Behänge, und er ging leidtragend hinter ihm drein. Nun war's umgekehrt Wirklichkeit geworden, aber Apollonius fühlte wirklich, was der Bruder nur zur Schau trug. Und fort ging's immer die Straßen hin, die Fritz Nettenmair damals hergekommen war. Und draußen vor dem Tore zerflossen wiederum die Weiden in Nebel oder Nebel gerann zu Weiden. Hüben und drüben trugen Nebelmänner Nebelleichen neben der wirklichen her. An dem Kreuzweg, wo Fritz Nettenmair damals den Gesellen im Nebel verschwinden sah, verschwand er heute selbst darin. Ob es ihn freuen würde, wenn ihm einer sagte, er wird den Freund wiedersehen? Er wird ihn wieder begleiten – wohin? Eben tragen sie in Tambach ihn hinaus. Sie haben viel zu sprechen miteinander. Fritz Nettenmair kann dem Gesellen sagen, wie sorgsam er den Gedankenkeim, den jener gegeben, bis zum Zerschneiden des Seiles ausgebrütet hat, und der Gesell dem ehemaligen Herrn, daß er unter dem Seilschnitt verunglückte, den dieser gemacht. Der Geistliche, der Fritz Nettenmair die Grabrede hält – denn Fritz Nettenmair wird mit allen Ehren begraben, die seinem Stande ziemen und für Geld zu haben sind – weiß nicht, welch fruchtbares Thema ihm entgeht.

Das letzte Wort der Grabrede war verklungen, die letzte Scholle auf Fritz Nettenmairs Sarg gefallen, die Leidtragenden waren heimgekehrt; es war Nacht geworden und wieder Tag, und wieder Nacht geworden und wieder und wieder Tag und Nacht; andere Dinge hatten Fritz Nettenmairs Unglücksfall aus dem Munde der Stadt verdrängt und noch andere diese. Auf sein Grab war ein Stein gesetzt und darauf sein ehrlicher Tod nochmals vom Bildhauer bescheinigt und der vergeßlichen Nachwelt mit Meißelstreichen eingeschärft worden. Man sollte meinen, die düstere Wolke über dem Haus mit den grünen Fensterladen müßte sich in dem Wetterschlag entladen haben, der den ältern Sohn vom Turmdache von Sankt Georg auf das Straßenpflaster niedergeschmettert, und das Leben darin müsse nun so heiter sich gestalten, als sein äußerer Anblick verspricht. Ja, man konnte es meinen, wenn man die junge Witib oder ihre Kinder sah! Die drei schnellkräftigen Wesen hoben die niedergedrückten Köpfchen wieder, sobald die Last entfernt war, die sie niedergedrückt. Die junge Witib sah nicht aus, als wäre sie schon Frau, noch weniger, als wäre sie schon eine unglückliche Frau gewesen; sie erschien von Tag zu Tag mehr ein bräutlich Mädchen oder eine mädchenhafte Braut. Und sollte sie nicht? Wußte sie nicht, daß er sie liebte? Liebte sie ihn nicht? Mußte sie nicht das Necken Dritter darauf bringen, fiel es ihr auch selbst nicht ein, daß ihre Liebe nun eine erlaubte war? Wie oft mußte sie sich fragen lassen, ob sie schon an ihrer Ausstattung nähe? die Kinder fragen hören, ob ihnen ein neuer Papa auch recht sei? Konnte sie anders darauf antworten als mit stummem Erröten und indem sie rasch von etwas anderem zu sprechen begann? Und so machen es bräutliche Mädchen und mädchenhafte Bräute; das weiß jeder. Und die Heirat war so natürlich, ja nach den hergebrachten Begriffen so notwendig, daß die Ernsteren und die über das Necken hinaus waren, dies unausgesprochen voraussetzten und es ebendeshalb nicht aussprachen, weil es sich ihnen von selbst verstand. Auch der alte Herr ließ es in seiner diplomatischen Art zu reden an dergleichen Andeutungen nicht fehlen. Christiane sah den Mann, von dem die Leute meinten, er könne, ja er müsse sie heiraten, noch immer hoch über sich; es war ihr in dieser Beziehung wie in allen Bedürfnis, Pflicht und Wollust, sich in seinen Willen zu ergeben, den sie den reinsten und den heiligsten wußte. Wenn sie trotz dieser Ergebung Wünsche und Hoffnungen nährte, wer wird es nicht natürlich finden? wer möchte es ihr verdenken?

Der alte Herr war überzeugt, hätte er das Regiment behalten, es wäre alles anders gekommen. Hatte er doch, was Apollonius verdorben, noch zu dem besten Ende geführt, das möglich war. Die Not hatte ihm das Heft noch einmal in die Hand gedrückt, und er wollte es nicht wieder fahren lassen. Die durch den glücklichen Erfolg erhöhte Meinung von sich hatte ihn vergessen lassen, daß er schon zweimal zu der Einsicht gezwungen worden war, eine Leitung im blauen Rocke sei nur dann möglich, wenn man nicht mit fremden Augen sehen müsse. Er sollte es zum drittenmal erfahren. Es war kein Wunder, daß er Apollonius' seitherigem Handeln falsche Beweggründe unterlegte. Schon als er sich der Tüchtigkeit des Sohnes gefreut hatte, war ihm sogleich die Furcht gekommen, die Valentins Geständnis der Verschweigung ihm zur Wahrheit machte. Er sah hinter der vorgegebenen Schonung des Sohnes um so natürlicher Eigenmächtigkeit und die Lust, ein verdecktes Spiel zu spielen, als er ihn dabei nur an dem eigenen Maßstabe maß. Es war das Nächstliegende, daß er in dem Sohne die eigenen Neigungen voraussetzte. Schon damals hatte er mit einer Art Eifersucht empfunden, daß er selbst der tüchtigen Jugend des Sohnes gegenüber in seiner Blindheit nichts mehr war und nichts mehr konnte. Der Argwohn, den seine Hülflosigkeit ihn gelehrt, mußte ihm sagen, daß Apollonius trotz seines mühsamen Verbergens dahinter gekommen war, und so sah er auch die

Verachtung mit unter den Beweggründen vom Handeln des Sohnes.

Seit jener Nacht vor seines älteren Sohnes gewaltsamem Tode war Herr Nettenmair wiederum als Leiter an die Spitze des Geschäftes getreten. Apollonius berichtete ihm täglich über den Fortgang der laufenden Arbeiten und holte seine Befehle ab. Ist eine Arbeit einmal in ihr Geleis gebracht, dann führt sie sich selbst, und es bedarf von Seite des Leitenden nur Beaufsichtigung und gelegentliches Antreiben. Soll aber eine neue unternommen werden, dann gilt es, die Geleise erst zu suchen, in denen sie laufen kann, und aus diesen wieder das kürzeste, das sicherste und gewinnvollste auszuwählen. Der Arbeitgeber erschwert oft die Aufgabe, indem er selbst mit hineinsprechen will oder besondere Nebenwünsche hat, die der Meister zugleich miterfüllen soll. Ort, Zeit und Material machen ihre Selbständigkeit und Eigenartigkeit geltend. Nicht jede Arbeit kann man jedem Arbeiter anvertrauen; über der neuen darf der Meister nicht die bereits laufenden vergessen. Wahl, richtige Anstellung und Verteilung der Kräfte haben ihre Schwierigkeit. Entfernung, Wetter sprechen dann auch ihr Wort dazu. All das will überwunden sein und so überwunden, daß neben Wunsch und Vorteil des Baugebers auch Handwerksehre und Vorteil des Meisters nicht ins Gedränge gerät. Dazu braucht's offene klare Augen von raschem Überblick. Daß Apollonius diese besaß, erkannte der alte Herr schon in dessen erster Meldung. Diese betraf eine besonders schwierige Aufgabe. Apollonius stellte sie mit solcher Klarheit dar, daß der alte Herr die Dinge mit leiblichen Augen zu sehen glaubte. Es war ein Fall, in welchem den alten Herrn seine Erfahrung im Stiche ließ. Apollonius machte er keine Schwierigkeit. Er zeigte drei, vier verschiedene Wege, ihm gerecht zu werden, und setzte den alten Herrn in eine Verwirrung, welche er kaum zu verbergen wußte. Über die knöcherne Stirn unter dem deckenden Augenschirm zog eine wunderliche wilde Jagd der widersprechendsten Empfindungen: Freude und Stolz auf den Sohn, dann Schmerz, wie er selbst nun doch nichts mehr war, doch nichts mehr konnte; dann Scham und Zorn, daß der Sohn das wußte und über ihn triumphiere; Lust, ihn zu bändigen und ihm zu zeigen, daß er noch Herr und Meister sei. Aber wenn er sich durchsetzen wollte, würde der Sohn gehorchen? Er konnte nichts Besseres ersinnen, als der Sohn ihm vorgelegt hatte; befahl er etwas anderes, so bestärkte er den Sohn in seiner Nichtachtung, und der gab sich dann das Ansehen, des Vaters Befehl zu vollziehen, und tat doch, was er selber wollte. Und er konnte das nicht hindern, ihn nicht zwingen. Er mußte ja glauben, was der Sohn und was die Leute ihm sagten. Hatte er nicht anderthalb Jahre lang glauben müssen, was der Sohn ihm sagte, und die Leute hatten dem Sohne geholfen? Und stellte er einen Fremden dem Sohne zum Beobachter, war er der Treue des Fremden gewiß? Und wenn er das sein konnte, stellte er nicht selbst dann erst seine Hülflosigkeit ins Licht, daß die ganze Stadt erfuhr, er war ein blinder Mann, der nichts mehr war und nichts mehr konnte und mit dem man spielte, wie man wollte? Es blieb ihm kein Mittel, auch nur den Schein des Regiments beizubehalten, als seine diplomatische Kunst. Mit grimmvoller Stimme gab er nun Befehle, die eigentlich unnötig waren, weil sie Dinge betrafen, die sich von selbst verstanden und ohne Befehl getan worden wären. Bei neuen Arbeiten, die erst in Gang gebracht werden mußten, mißbilligte er mit Zorn die Vorschläge Apollonius'; und der Befehl, den er endlich gab, lief doch in der Hauptsache auf die Annahme des Vorschlages hinaus, der Apollonius als der zweckmäßigste erschienen war. Hintennach stellte er sich bei sich selber nach Möglichkeit wieder her; er fand etwas aus, das er für klüger hielt als den Vorschlag Apollonius'; war er überzeugt, daß, wenn er nur sein Gesicht noch hätte, alles doch noch ganz anders gehen würde, dann konnte er sich der Freude und dem Stolz über die Tüchtigkeit des Sohnes ungehindert hingeben, bis er wiederum in die zornige Notwendigkeit versetzt wurde, seine diplomatische Kunst anzuwenden. Apollonius ahnte so wenig von dem Zwang, den er, ohne zu wollen, dem alten Herrn auflegte, als von dessen Stolz auf ihn. Ihn freute es, daß er dem Vater von den Geschäften nichts mehr verheimlichen mußte und daß sein Gehorsam der Erfüllung seines Wortes nicht im Wege stand. Auch von dieser Seite her wurde der Himmel über dem Hause mit den grünen Laden immer blauer. Aber der Geist des Hauses schlich noch immer händeringend darin umher. Sooft es zwei schlug in der Nacht, stand er auf der Emporlaube an der Tür von Apollonius' Stübchen und hob die bleichen Arme wie flehend gegen den Himmel empor.

*

Apollonius hielt sich, war er daheim, noch immer zurückgezogen auf seinem Stübchen. Der alte Valentin brachte ihm das Essen wie sonst dahin. Es konnte das nicht wunder nehmen. Das Geschäft hatte sich unter seiner fleißigen Hand vergrößert; es wollte gegen früher mehr als doppelt soviel geschrieben sein. Der Postbote brachte ganze Stöße von Briefen in das Haus. Dazu hatte Apollonius in der letzten Zeit das vorteilhafte Anerbieten des Besitzers angenommen und die Schiefergrube gepachtet. Er verstand von Köln her den Betrieb des Schieferbaues und hatte sich einen frühern Bekannten von daher verschrieben, den er des Faches kundig und im Leben zuverlässig wußte. Seine Wahl erwies sich geraten, der Mann war tätig; aber Apollonius erhielt trotzdem durch die Pachtung einen bedeutenden Zuwachs von Arbeit. Der alte Bauherr sah ihn zuweilen bedenklich an und meinte, Apollonius habe seinen Kräften doch zuviel vertraut. Der jungen Witib fiel es nicht auf, daß Apollonius nur wenig in die Wohnstube kam. Die Kinder, die er öfter zu sich rufen und kleine Dienste verrichten ließ, wobei sie lernen konnten, unterhielten den Verkehr. Und sie konnten bezeugen, daß Apollonius keine Zeit übrig hatte. Sie selber war desto öfter auf seiner Stube; doch nur, wenn er nicht daheim war. Sie schmückte Türen und Wände mit allem, was sie hatte und wovon sie wußte, daß er es liebte, und hielt sich ganze Stunden lang arbeitend da auf. Aber auch sie bemerkte die Blässe seines Angesichts, die jedesmal größer geworden schien, seit sie ihn nicht gesehen. Wie sie nun ganz sein Spiegel geworden war, spiegelte sie auch diese Blässe zurück. Sie hätte ihn gern erheitert, aber sie suchte seine Nähe nicht; ihr schien, als ob ihre Nähe das Entgegengesetzte wirke, was sie zu wirken wünschte. Er war immer freundlich und voll ritterlicher Achtung gegen sie. Das beruhigte sie wenigstens über die Furcht, die ihr bei seinem Sichzurückziehn am nächsten lag. Wie sie alle Tugenden, die sie kannte, in ihn hineingestellt wie in einen Heiligenschrein, hatte sie die Wahrhaftigkeit, die ihr die erste von allen war, nicht vergessen. Und so wußte sie, er zwang sich nicht, ihr Achtung zu zeigen, wenn er sie nicht empfand. Er scherzte selbst zuweilen, besonders wenn er ihren Blick ängstlich auf seinem immer bleichern Gesichte haften sah; aber sie merkte, daß trotzdem ihre Gesellschaft ihn nicht heiterer, nicht gesunder machte. Sie hätte ihn gern gefragt, was ihm fehle. Wenn er vor ihr stand, wagte sie es nicht; wenn sie allein war, dann frage sie ihn. Ganze Nächte sann sie auf Worte, ihm das Geständnis abzulocken, und sprach mit ihm. Gewiß! Hätte er sie weinen gehört, gehört, wie immer süßer und inniger sie schmeichelte und bat, die süßen Namen gehört, die sie gab, er hätte sagen müssen, was ihm fehlte. Ihr ganzes Leben war dann auf dem Wege zwischen Herz und Mund; trat es ihr einmal ins Ohr, hörte sie, was sie sprach, dann errötete sie und flüchtete ihr Erröten vor sich selbst und der lauschenden Nacht tief unter ihrer Decke.

Dem alten braven Bauherrn vertraute sie ihre Sorge an. »Ist's ein Wunder«, sagte er eifrig, »wenn einer anderthalb Jahre lang den Tag sich über Gebühr anstrengt und die Nacht bei Büchern und Briefen aufsitzt? Dazu die immer steigende Sorge durch den – Gott verzeih's ihm, er ist tot, und von den Toten soll man nichts Böses reden – durch den Bruder; am Ende noch der Schreck, der mich drei Tage krank gemacht hat, über den – und wenn seine Witwe dabei ist – ich hab' ihn nie besonders leiden können und zuletzt am wenigsten. So ist die Jugend. Ich hab' ihn hundertmal gewarnt, den braven Jungen. Und nun noch den vermaledeiten Schieferbruch! Ei was Gewissenhaftigkeit! Das ist keine, die nicht an die

Gesundheit denkt!« Der alte Bauherr hielt der jungen Witib eine ganze lange Strafpredigt, die einem galt, der sie nicht hörte. Dann kamen sie überein, Apollonius müsse einen Doktor annehmen, woll' er oder nicht, und der Bauherr ging auf der Stelle zu dem besten Arzte der Stadt. Der Arzt versprach, sein möglichstes zu tun. Er besuchte auch Apollonius, und dieser ließ sich des Arztes Bemühungen gefallen, weil die es wünschten, die er liebte. Der Arzt fühlte den Puls, kam wieder und wieder, verschrieb und verschrieb; Apollonius wurde nur noch bleicher und trüber. Endlich erklärte der tüchtige Mann, hier sei ein Übel, gegen welches alle Kunst zu kurz falle; so tief hinein, als wo diese Krankheit sitze, wirke keins von seinen Mitteln.

Apollonius hatte deshalb den Arzt sich verbeten. Er hatte wohl gewußt, für seine Krankheit gab es keinen Arzt. Wo der Bauherr die Ursache davon suchte, lag sie nur zum Teile. Die Überanstrengung hatte bloß den Boden für die Schmarotzerpflanze bestellt, die an Apollonius' innerm Lebensmark zehrte. In Gemütsbewegungen lag ihr Keim, aber nicht in denen, die der Bauherr wußte. Nicht in dem Schrecken über des Bruders Unglück, sondern in dem Zustande, worin der Schreck ihn traf. Die ersten Zeichen der Krankheit schienen körperlicher Natur. In dem Augenblick, wo der Bruder neben ihm vorbei in den Tod stürzte, hatten die Glocken unter ihnen zwei geschlagen. Von da an erschreckte ihn jeder Glockenton. Was ihm schwerere Besorgnis erregte, war ein Anfall von Schwindel. Aller Schrecken jenes Tages hatte ihm die Unruhe nicht verdunkeln können, die ihn nicht losließ, wenn er eine Ungenauigkeit an einer Arbeit gefunden, bis sie beseitigt war. Jeder Glockenschlag, der ihn erschreckte, schien ihm eine Mahnung dazu. Schon den andern Morgen öffnete er, die Dachleiter in der Hand, die Ausfahrtür. Es war ihm schon aufgefallen, wie unsicher sein Schritt auf der Leitertreppe geworden war; jetzt, als er durch die Öffnung die fernen Berge, die er sonst kaum bemerkte, sich wunderlich zunicken sah und der feste Turm unter ihm sich zu schaukeln begann, erschrak er. Das war der Schwindel, des Schieferdekkers ärgster tückischster Feind, wenn er ihn plötzlich zwischen Himmel und Erde auf der schwanken Leiter faßt! Vergeblich strebte er, ihn zu überwinden; sein Vorhaben mußte heut aufgegeben sein. So schwer war Apollonius noch kein Weg geworden als der die Turmtreppe von Sankt Georg herab. Was sollte werden! Wie sollte er sein Wort erfüllen, wenn ihn der Schwindel nicht verließ! Noch denselben Tag hatte er auf dem Nikolaiturme etwas nachzusehen. Hier mußte er mehr wagen als dort; die Glocken schlugen, als er am gefährlichsten stand, vom Schwindel fühlte er keine Spur. Freudig eilte er nach Sankt Georg zurück; aber hier zitterte wieder die Treppenleiter unter seinen Füßen, und wie er hinaussah, nickten die Berge wieder, schaukelte wieder der Turm. Er war schon auf den untersten Stufen der Treppe, als oben ein Stundenschlag begann. Die Töne dröhnten ihm durch Mark und Bein, er mußte sich am Geländer festhalten, bis das letzte Summen verklungen war. Er machte noch Versuch über Versuch; er bestieg alle Dächer und Türme mit seiner alten Sicherheit; nur zu Sankt Georg wohnte der Schwindel. Dort hatte er seine bösen Gedanken in die Arbeit hineingehämmert; er hatte damals schon gefühlt, er hämmere einen Zauber zurecht, ein kommend Unheil fertig. Tag und Nacht verfolgte ihn das Bild der Stelle, wo er die Bleiplatte einzusetzen und den Zierat festzunageln vergessen. Die Lücke war wie ein böser Fleck, ein Fleck, wo eine Untat begonnen oder vollbracht ist und kein Gras wächst, kein Schatten wird; wie eine offene Wunde, die nicht heilt, bis sie gerächt ist; wie ein leeres Grab, das sich nicht schließt, eh' es seinen Bewohner aufgenommen hat. War nur die Lücke geschlossen, dann hatte der Zauber keine Macht mehr. Er konnte das einem Gesellen auftragen, aber der Gedanke, einen andern seine verwahrlosete Arbeit nachbessern zu lassen, trieb das Rot der Scham auf seine bleichen Wangen. Und die Bleiplatte, von einem andern aufgenagelt, mußte wieder abfallen. Die Lücke rief nach ihm, und nur er konnte sie schließen, oder den Gesellen faßte das Verderben, das er dort eingehämmert, der Schwindel, der dort wohnte, und stürzte ihn herab.

Seit das Weib des Bruders in seinen Armen gelegen, führte er ein Doppelleben. Er schaffte den Tag lang außen, nachts saß er in seinem Stübchen bei seinen Büchern; das spann sich alles mechanisch ab; er war trotz seines Kämpfens nur mit halber Seele dabei; die andere Hälfte hatte ihr Leben für sich, immer schwebte sie mit den Dohlen um die Lücke an dem Turmdach und brütete, welches kommende Unheil es sei, das er fertig gehämmert jenen Morgen. Seine Seele träumte den sündhaften Traum wieder durch, kämpfte den schrecklichen Kampf mit dem Bruder wieder durch. War es des Bruders Sturz, was er gehämmert hat? Dann fällt ihm ein, ob's nicht möglich gewesen, den Wahnsinnigen zu retten. Dann suchte er ängstlich nach den Möglichkeiten, wie der Bruder zu retten gewesen, und schreckte doch zurück, wenn er dachte, er könnte eine finden. So hatte ihn des Bruders Schuld aus seinen Fugen gezerrt. Aber auch in seinem Brüten zeigte sich noch der Gegensatz zu seines Bruders Natur. In jenem überwucherte die Selbstsucht, die schlimme Anlage; in Apollonius überspannte sich, was Gutes in ihm war: seine Gewissenhaftigkeit, Anhänglichkeit und sein Sauberkeitsbedürfnis. Er wälzte nicht seine Schuld ab von sich auf den Bruder; er hob mit liebender Hand die Schuld des Bruders herüber auf sich. Denn immer klarer wird es ihm, daß er den Bruder noch zuletzt vor dem Sturze retten konnte. Er hätte die Wege, die es gab, damals finden müssen, wenn sein Herz und Kopf nicht voll gewesen wäre von den wilden verbotenen Wünschen, hätte er dem Wahnsinnigen nicht gezürnt, den er hätte bedauern sollen. Ja, er hatte dem Bruder das Unheil fertig gehämmert mit seinen bösen Gedanken. Ohne die Gedanken war er früher mit seiner Arbeit fertig, und der Bruder fand ihn nicht mehr auf dem Turme; der Bruder kam zu spät und gewann Zeit, seinen Entschluß zu bereuen. Und war er noch oben, so war er der Stärkere, der Besonnenere und mußte Mittel finden, das Unheil zu verhindern. Auch im äußeren Benehmen zeigte sich dieser Gegensatz mit dem Bruder. Wie dieser immer selbstsüchtiger, wilder und rücksichtsloser geworden war, machte Apollonius das Seelenleiden immer milder und stiller. Er verlor über dem eigenen Zustande nicht das Mitgefühl mit fremdem Leiden. Er bedauerte nicht sich. Dachte er an die Menschen, die ihm liebend nahestanden, so war sein Schmerz mehr ein Mitleid mit ihrem Mitleid. Selbst sein Sofa vergaß er nicht zu streicheln; er tat es, wie man einen Diener tröstet, der das Unglück seines Herrn als sein eigenes fühlt. Natürlich, daß auch ihn die Leute mit der Heirat neckten, die ihnen notwendig schien. Er mußte sich sagen, daß er dachte wie sie und daß seine Wünsche keine unerlaubten mehr waren. Aber daß sie es einmal gewesen, warf seinen Schatten herüber auf das vorwurfsfreie Jetzt. Seine Liebe, ihr Besitz schien ihm wie beschmutzt. Was Verstand und Liebe sagen mochten, er fühlte in der Heirat eine Schuld. Daher kam's, daß Christianens Nähe ihn nicht heiterer machte. Es gab Augenblicke, wo seine Verdüsterung ihm selbst wie eine Krankheit vorkam und er hoffte, sie werde vorübergehen. Aber auch da trat er Christianen nicht näher, sosehr sein Herz ihn zog. Er blieb gegen sie wie damals, wo er den Knaben zwischen sie und sich gestellt hatte. Die kleinste Annäherung sah er nach seiner Weise für eine Bindung an, und dachte er sich die Heirat entschieden, so lastete wiederum das Gefühl von Schuld auf ihm. Er rückte den Gedanken daran in eine unbestimmte Zukunft hinaus, dann fühlte er seinen Zustand erträglich. Er, der sonst ein unklares Verhältnis nicht ertragen konnte! Darin aber war er sich noch völlig gleich, daß er in seiner Vorstellung eine mögliche Schuld nur immer als die seine empfand. Sie blieb ihm unter allen Umständen heilig und rein.

Dem alten Herrn war in seinem äußern Ehrbegriff ein Zusammenleben wie Apollonius' und Christianens ohne kirchliche Weihe ein schweres Ärgernis. Apollonius konnte ohne Schande nur unter dem Namen ihres Gatten der jungen schönen Witib und ihrer Kinder Schützer und Erhalter sein. Nach seiner Weise sprach er ein Machtwort. Er bestimmte die Zeit. Das unumgängliche Trauerhalbjahr war um, und in acht

Tagen sollte die Verlobung, drei Wochen später die Hochzeit sein.

Das Leben in dem Hause mit den grünen Laden begann wieder schwül und schwüler zu werden; die neuen Wolken, die unsichtbar darum heraufzogen, drohten einen herbern Schlag, als in dem die alten sich entladen. Die junge Witib durfte nun eine Braut scheinen. Sie tat, wonach man sie nekkend gefragt hatte: sie vervollständigte ihre Einrichtung. Halbe Nächte saß sie schneidend und nähend über weißes Linnen und buntes Bettzeug gebückt. Es fielen Tränen darauf, aber die Freude behielt immer weniger Anteil an diesen Tränen. Sie sah des geliebten Mannes Zustand stündlich sich verschlimmern und konnte darüber nicht im Irrtum sein, daß die Heirat die Schuld davon trug. Je blasser und hinfälliger er wurde, desto milder und achtungsvoller wurde sein Benehmen gegen sie. Ja, es war etwas darin, was wie schmerzliches Mitleid und unausgesprochene Abbitte eines Unrechts oder einer Beleidigung aussah, deren er sich gegen sie schuldig wisse. Sie wußte nicht, was sie davon denken sollte; nur, daß sie nichts denken durfte, was des Bildes, das sie von ihm in ihrer Seele trug, unwürdig gewesen wäre. In seiner Gegenwart war sie still wie er. Sie sah sein stummes schmerzliches Brüten; aber erst, wenn sie allein war und ihre Kinder neben ihr schliefen, hatte sie den Mut, ihn zu bitten. Stundenlang bat sie dann wie ein Kind, er soll' ihr doch sagen, was ihm fehlt. Sie will es mit ihm tragen; sie muß ja; ist sie nicht sein?

Und Apollonius selbst? Bis jetzt hatte er den Druck dunkeln Schuldgefühls, der sich an den Gedanken der Heirat knüpfte, zu schwächen vermocht, wenn er unentschieden den Entschluß in unbestimmte Ferne hinauswies. Dabei hatte ihm die Hoffnung geholfen, jenes Gefühl sei eine krankhafte Anwandelung, die vorübergehen werde. Nun der alte Herr sein Machtwort gesprochen, war ihm jenes Mittel genommen. Das Ziel war bestimmt; mit jedem Tage, mit jeder Stunde trat es ihm näher. Er mußte sich entscheiden. Er konnte nicht. Die Entzweiung seines Innern klaffte immer weiter auf. Wollte er dem Glücke entsagen, dann wich das

Gespenst der Schuld, aber das Glück streckte immer verlokkendere Arme nach ihm aus. Es nahm seine Ehre zum Bündner. Der Vater entfernte ihn dann; wie sollte er sein Wort halten? Wo war ein Vorwurf, wenn er das Glück in seine Arme nahm? Der Vater wollte es; sie liebt ihn und hat ihn immer geliebt, nur ihn; alle Menschen billigen, ja sie fordern es von ihm. Dann sah er sie, eh' sie ihm geraubt wurde, wie sie das Glöckchen hinlegte für ihn, rosig unter der braunen krausen Locke, die sich immer frei macht; dann bleich unter der Locke von den Mißhandlungen des Bruders, der sie ihm geraubt, bleich um ihn; dann zitternd vor des Bruders Drohungen, zitternd um ihn; dann lachend, weinend, voll Angst und voll Glück in seinen Armen. Und so soll er sie halten dürfen, vorwurfslos, die ihm gehört! Aber durch ihr schwellendes Umfangen, durch alle Bilder stillen sanften Glücks hindurch fröstelt ihn der alte Schauder wieder an. So war's schon in seinem Traume, als er mit dem Bruder kämpfte um sie und ihn hinabstieß von der fliegenden Rüstung in den Tod. Er sagt sich: das war nur im Traum; was man im Traume tat, hat man nicht getan. Aber wachend hallten die wilden Gefühle des Traumes nach. Die bösen Gedanken machten ihn unfähig, den Bruder zu retten. Der Sturz des Bruders machte dessen Weib frei. Er wußte das, als er den Bruder stürzen ließ. Deshalb ja hatte er ihn im Traume gestürzt. Nun war es ja wie in dem schlimmen Traum: der Bruder war tot, und er hatte sein Weib. Nimmt er des Bruders Weib, die frei wurde durch den Sturz, so hat er ihn hinabgestürzt. Hat er den Lohn der Tat, so hat er auch die Tat. Nimmt er sie, wird das Gefühl ihn nicht lassen; er wird unglücklich sein und sie mit unglücklich machen. Um ihret- und seinetwillen muß er sie lassen. Und will er das, dann erkennt er, wie haltlos diese Schlüsse sind vor den klaren Augen des Geistes, und will er wiederum das Glück ergreifen, so schwebt das dunkle Schuldgefühl von neuem wie ein eisiger Reif über seiner Blume, und der Geist vermag nichts gegen seine vernichtende Gewalt. Daneben mahnten immer lauter die Glockenschläge von Sankt Georg. Immer fieberischer wurde die Unruhe, daß der Fehler noch nicht gebessert war. Äußere Anlässe schärften noch den Drang. Es hatte anhaltend geregnet, die Lücke schluckte, die Verschalung sog das Wassser gierig ein; das Holz mußte verfaulen. Trat die Winterkälte stärker ein, fror die Nässe im Holz, so warf sich die Verschalung und verletzte die Schiefer. Die Stadt, die seiner Pflichttreue vertraute, litt Schaden durch ihn. Jede Nacht weckte ihn der Stundenschlag Zwei. In der Glut des Fiebers vermischten sich die Schatten. Die Vorwürfe des inneren und äußeren Sauberkeitsbedürfnisses flossen ineinander. Immer unwiderstehlicher forderte die offene Wunde das Gericht, das gähnende Grab den, der es schloß. Und er war es, den der Stundenschlag zum Gerichte rief; er, der das Grab schließen mußte, eh' das gehämmerte Unheil auf ein unschuldig Haupt fiel. Sich selbst hatte er das kommende Unheil fertig gehämmert. Er mußte hinauf, den Fehler zu bessern. Und wenn er oben war, dann schlug es zwei, dann packte ihn der Schwindel und riß ihn hinab dem Bruder nach.

Der alte wackere Bauherr drang in den Leidenden; er hatte sich das Recht erworben, sein Vertrauen zu fordern. Apollonius lächelte trüb; er schlug ihm sein Verlangen nicht ab, aber er schob die Erfüllung von Tag zu Tag weiter hinaus. Von Tag zu Tag, von Stunde zu Stunde sah die schöne junge Braut ihn bleicher werden und blich ihm nach. Nur der alte Herr in seiner Blindheit sah die Wolke nicht, die mit dem Schlimmsten droht. Es war wieder schwül geworden und wurde noch immer schwüler, das Leben in dem Hause mit den grünen Laden. Kein Mensch sieht's dem rosigen Hause an, wie schwül es einmal darin war.

*

Es war in der Nacht vor dem angesetzten Verlobungstag. Plötzlich war Schnee, dann große Kälte eingetreten. Einige Nächte schon hatte man das sogenannte Sankt-Elmsfeuer von den Turmspitzen nach den blitzenden Sternen am Himmel züngeln sehn. Trotz der trockenen Kälte empfanden die

Bewohner der Gegend eine eigene Schwere in den Gliedern. Es regte sich keine Luft. Die Menschen sahen sich an, als fragte einer den andern, ob auch er die seltsame Beängstigung fühle. Wunderliche Prophezeiungen von Krieg, Krankheit und Teuerung gingen von Mund zu Munde. Die Verständigern lächelten darüber, konnten sich aber selbst des Dranges nicht erwehren, ihre innerliche Beklemmung in entsprechende Bilder von etwas äußerlich drohend Bevorstehendem zu kleiden. Den ganzen Tag hatten sich dunkle Wolken übereinander gebaut von entschiedenerer Zeichnung und Farbe, als sie der Winterhimmel sonst zu zeigen pflegt. Ihre Schwärze hätte unerträglich grell von dem Schnee abstechen müssen, der Berge und Tal bedeckte und wie ein Zuckerschaum in den blätterlosen Zweigen hing, dämpfte nicht ihr Widerschein den weißen Glanz. Hier und da dehnte sich der feste Umriß der dunkeln Wolkenburg in schlappen Busen herab. Diese trugen das Ansehen gewöhnlicher Schneewolken, und ihr trübes Rötlichgrau vermittelte die Bleischwärze der höhern Schicht mit dem schmutzigen Weiß der Erde und seinen schwärzlichen Scheinen. Die ganze Masse stand regungslos über der Stadt. Die Schwärze wuchs. Schon zwei Stunden nach Mittag war es Nacht in den Straßen. Die Bewohner der Untergeschosse schlossen die Laden; in den Fenstern der höhern Stockwerke blitzte Licht um Licht auf. Auf den Plätzen der Stadt, wo ein größeres Stück Himmel zu übersehen war, standen Gruppen von Menschen zusammen und sahen bald nach allen Seiten aufwärts, bald sich in die langen bedenklichen Gesichter. Sie erzählten sich von den Raben, die in großen Zügen bis in die Vorstädte hereingekommen waren, zeigten auf das tiefe, unruhige, stoßende Geflatter der Dohlen um Sankt Georg und Sankt Nikolaus, sprachen von Erdbeben, Bergstürzen, wohl auch vom Jüngsten Tage. Die Mutigeren meinten, es sei nur ein starkes Gewitter. Aber auch das erschien bedenklich genug. Der Fluß und der sogenannte Feuerteich, dessen Wasser auf unterirdischen Wegen augenblicklich jedem Teile der Stadt zugeleitet werden konnte, waren beide gefroren. Manche hofften, die Gefahr werde vorübergehen. Aber sooft sie hinaufsahen, die dunkle Masse rückte nicht von der Stelle. Zwei Stunden nach Mittage hatte sie schon so gestanden; gegen Mitternacht stand sie noch unverändert so. Nur schwerer, schien es, war sie geworden und hatte sich tiefer herabgesenkt. Wie sollte sie auch rücken, da nicht ein leiser Lufthauch auf den Flügeln war? Und solche Masse zu zerstreuen und fortzuschieben, hätte es einer Windsbraut bedurft.

Es schlug zwölf vom Sankt-Georgenturm. Der letzte Schlag schien nicht verhallen zu können. Aber das tiefe dröhnende Summen, das so lang anhielt, war nicht mehr der verhallende Glockenton. Denn nun begann es zu wachsen; wie auf tausend Flügeln kam es gerauscht und geschwollen und stieß zornig gegen die Häuser, die es aufhalten wollten, und fuhr pfeifend und schrillend durch jede Öffnung, die es traf; polterte im Hause umher, bis es eine andere Öffnung zum Wiederherausfahren fand; riß Laden los und warf sie grimmig zu; quetschte sich stöhnend zwischen nahstehenden Mauern hindurch; pfiff wütend um die Straßenecken; zerlief in tausend Bäche; suchte sich und schlug klatschend wieder zusammen in *einen* reißenden Strom; fuhr vor grimmiger Lust herab und hinauf; rüttelte an allem Festen; trillte mit wild spielendem Finger die verrosteten Wetterhähne und -fahnen und lachte schrillend in ihr Geächze; blies den Schnee von einem Dach aufs andere, fegte ihn von der Straße, jagte ihn an steilen Mauern hinauf, daß er vor Angst in alle Fensterritzen kroch, und wirbelte ganze tanzende Riesentannen aus Schnee geformt vor sich her.

Da man ein Gewitter voraussah, war alles in den Kleidern geblieben. Die Rats- und Bezirks-Gewitternachtwachen sowie die Spritzenmannschaften waren schon seit Stunden beisammen. Herr Nettenmair hatte den Sohn nach der Hauptwachtstube im Rathause gesandt, um da seine, des Ratsschieferdeckermeisters, Stelle zu vertreten. Die zwei Gesellen saßen bei den Turmwächtern, der eine zu Sankt Georg, der andere zu Sankt Nikolaus. Die übrigen Ratswerkleute unterhielten sich in der Wachtstube, so gut sie konnten. Der Ratsbauherr sah bekümmert auf den brütenden Apollonius. Der fühlte des Freundes Auge auf sich gerichtet und erhob sich, seinen Zustand zu verbergen. In dem Augenblick brauste der Sturmwind von neuem in den Lüften daher. Auf dem Rathausturme schlug es eins. Der Glockenton wimmerte in den Fäusten des Sturms, der ihn mit sich fortriß in seine wilde Jagd. Apollonius trat an ein Fenster, wie um zu sehen, was es draußen gebe. Da leckte eine riesige schwefelblaue Zunge herein, bäumte sich zitternd zweimal an Ofen, Wand und Menschen auf und verschlang sich spurlos in sich selber. Der Sturm brauste fort; aber wie er aus dem letzten Glockenton von Sankt Georg geboren schien, so erhob sich jetzt aus seinem Brausen etwas, das an Gewalt sich so riesig über ihn emporreckte wie sein Brausen über den Glockenton. Eine unsichtbare Welt schien in den Lüften zu zertrümmern. Der Sturm brauste und pfiff wie mit der Wut des Tigers, daß er nicht vernichten konnte, was er packte; das tiefe majestätische Rollen, das ihn überdröhnte, war das Gebrüll des Löwen, der den Fuß auf dem Feinde hat, der triumphierende Ausdruck der in der Tat gesättigten Kraft.

»Das hat eingeschlagen!« sagte einer. Apollonius dachte: »Wenn es in den Turm schlüge von Sankt Georg, dort in die Lücke, und ich müßte hinauf, und es schlüge zwei und –« Er konnte nicht ausdenken. Ein Hülfegeschrei, ein Feuerruf erscholl durch Sturm und Donner. »Es hat eingeschlagen!« schrie es draußen auf der Straße. »Es hat in den Turm von Sankt Georg geschlagen! Fort nach Sankt Georg! Jo! Hülfe! Feuerjo! Auf Sankt Georg! Jo! Feuerjo! Auf dem Turm von Sankt Georg!« Hörner bliesen, Trommeln wirbelten darein. Und immer der Sturm und Donner auf Donner. Dann rief es: »Wo ist der Nettenmair? Kann einer helfen, ist's der Nettenmair! Jo! Feuerjo! Auf Sankt Georg! Der Nettenmair! Wo ist der Nettenmair? Jo! Feuerjo! Auf dem Turm zu Sankt Georg!«

Der Bauherr sah Apollonius erbleichen, seine Gestalt noch tiefer in sich zusammensinken als seither. »Wo ist der Nettenmair?« rief es wieder draußen. Da schlug eine dunkle Röte über seine bleichen Wangen, und seine schlanke Gestalt richtete sich hoch auf. Er knöpfte sich rasch ein, zog den Riemen seiner Mütze fest unter dem Kinn. »Bleib' ich«, sagte er zu dem Bauherrn, indem er sich zum Gehen wandte, »so denkt an meinen Vater, an meines Bruders Weib und seine Kinder.« Der Bauherr war betroffen. Das »Bleib' ich« des jungen Mannes klang wie: »Ich werde bleiben.« Eine Ahnung kam dem Freunde, hier sei etwas, was mit dem Seelenleiden Apollonius' zusammenhänge. Aber der Ausdruck seines Gesichtes hatte nichts mehr von dem Leiden; er war weder ängstlich noch wild. Durch Sorge und Schrecken hindurch fühlte der wackere Mann etwas wie freudige Hoffnung. Es war der alte Apollonius wieder, der vor ihm stand. Das war ganz die ruhige bescheidene Entschlossenheit wieder, die ihn beim ersten Anblick dem jungen Manne gewonnen hatte. »Wenn er so bliebe!« dachte der Bauherr. Er hatte nicht Zeit, etwas zu erwidern. Er drückte ihm die Hand. Apollonius empfand alles, was der Händedruck sagen wollte. Wie ein Mitleid zog es über sein Gesicht hin mit dem wackern Alten, wie Mißbilligung, daß er dem braven Alten Schmerz gemacht und ihm noch mehr Schmerz machen wollen. Er sagte mit seinem alten Lächeln: »Auf solche Fälle bin ich immer bereit. Aber es gilt Eile. Auf frohes Wiedersehen!« Der schnellere Apollonius war dem Bauherrn bald aus den Augen. Auf dem ganzen Wege nach Sankt Georg, unter dem Geschrei, den Hörnern und Trommeln, Sturm und Donner, sagte der Bauherr immer vor sich hin: »Entweder sehe ich den braven Jungen nie wieder oder er ist gesund, wenn ich ihn wiedersehe.« Er legte sich nicht Rechenschaft ab, wie er zu dieser Überzeugung kam. Hätt' er's auch sonst gekonnt, es war nicht Zeit dazu. Seine Pflicht als Ratsbauherr verlangte den ganzen Mann.

Der Ruf: »Nettenmair! Wo ist der Nettenmair?« tönte dem Gerufenen auf seinem Wege nach Sankt Georg entgegen und klang hinter ihm her. Das Vertrauen seiner Mitbürger weckte das Gefühl seines Wertes wieder in ihm auf. Als er, aus der Fremde zurückkehrend, die Heimatstadt vor sich liegen sah, hatte er sich ihr und ihrem Dienste gelobt. Nun durfte er sich zeigen, wie ernst gemeint sein Gelübde war. Er übersann in

Gedanken die möglichen Gestalten der Gefahr, und wie er ihnen begegnen könnte. Eine Spritze stand bereit im Dachgebälk, Tücher lagen dabei, um damit, in Wasser getaucht, die gefährdeten Stellen zu schützen. Der Geselle war angewiesen, heißes Wasser bereitzuhalten. Das Gebälke hatte er überall durch Leitern verbunden. Zum ersten Male seit seiner Heimkunft von Brambach war er wieder mit ganzer Seele bei einem Werke. Vor der wirklichen Not und ihren Anforderungen traten die Gebilde seines Brütens wie verschwimmende Schatten zurück. Die ganze alte Wirkensfreudigkeit und Spannkraft war wieder heraufgerufen, das Gefühl der Erleichterung erhöhte sie noch. Mit Gedanken kann man Gedanken widerlegen, gegen Gefühle sind sie eine schwache Waffe. Vergebens sah sein Geist den rettenden Weg; er war in der allgemeinen Erschlaffung mit erkrankt. Jetzt war ein stärkeres gesundes Gefühl gegen die starken kranken Gefühle aufgeglüht und hatte sie in seiner Flamme verzehrt. Er wußte, ohne besonders daran zu denken, er hatte den rettenden Entschluß gefunden, und dieser war die Quelle seines erneuten Daseins. Er wußte, er wird nicht schwindeln, und blieb er doch, so fiel er seiner Pflicht zum Opfer und keiner Schuld, und Gott und die Dankbarkeit der Stadt traten statt seiner in das Gelübde für die Seinen ein.

Der Platz um Sankt Georg war mit Menschen angefüllt, die alle voll Angst nach dem Turmdache hinaufsahen. Der ungeheure alte Bau stand wie ein Fels in dem Kampf, den Blitzeshelle mit der alten Nacht unermüdlich um ihn kämpfte. Jetzt umschlangen ihn tausend hastige glühende Arme mit solcher Macht, daß er selber aufzuglühen schien unter ihrer Glut; wie eine Brandung lief's an ihm hinauf und stürzte gebrochen zurück, dann schlug die dunkle Flut der Nacht wieder über ihm zusammen. Ebenso oft tauchte die Menge aneinandergedrängter bleicher Gesichter auf um seinen Fuß und sank wieder ins Dunkel zurück. Der Sturm riß die Stehenden an Hüten und Mänteln und schlug mit eigenen und fremden Haaren und Kleiderzipfeln nach ihnen und warf sie mit seinem Schneegeriesel, das in dem Schein der Blitze wie glühender Funkenregen an ihnen herniederstäubte, als wollte er sie's büßen lassen, daß er vergeblich an den steinernen Rippen sich wund stieß. Und wie die Menschen bald erschienen, bald verschwanden, so wurde ihr verwirrtes Durcheinanderreden immer wieder vom Sturm und vom Donner überbraust und überrollt.

Da rief einer, sich selbst tröstend: »Es ist ein kalter Schlag gewesen. Man sieht ja nichts!« Ein anderer meinte, die Flamme von dem Schlag könne noch ausbrechen. Ein dritter wurde zornig; er nahm den Einwand wie einen Wunsch, der Schlag möge nicht ein kalter gewesen sein und die Flamme noch ausbrechen. Er hatte sich schon getröstet und rächte sich für die Unruhe, die der Einwand wieder neu in ihm erregte. Viele sahen, vor Angst und Kälte zitternd, mit den geblendeten Augen stumpf in die Höhe und wußten nicht mehr warum. Hundert Stimmen setzten dagegen auseinander, welches Unglück die Stadt betreffen könne, ja betreffen müsse, wenn der Schlag kein kalter war. Einer sprach von der Natur der Schiefer, wie sie im Brande schmelzen und, als brennende Schlacken straßenweit durch die Luft fliegend, schon oft einen beginnenden Brand im Augenblick über eine ganze Stadt verbreitet hatten. Andere klagten, wie der Sturm einen möglichen Brand begünstige und daß kein Wasser zum Löschen vorhanden sei. Noch andere: und wäre welches vorhanden, so würde es vor der Kälte in den Spritzen und Schläuchen gefrieren. Die meisten stellten in angstvoller Beredsamkeit den Gang dar, den der Brand nehmen würde. Stürzte das brennende Dachgebälk, so trieb es der Sturm dahin, wo eine dichte Häusermasse fast an den Turm stieß. Hier war die feuergefährlichste Stelle der ganzen Stadt. Zahllose hölzerne Emporlauben in engen Höfen, bretterne Dachgiebel, schindelngedeckte Schuppen, alles so zusammengepreßt, daß nirgends eine Spritze hineinzubringen, nirgends eine Löschmannschaft mit Erfolg anzustellen war. Stürzte das brennende Dachgebälk, wie nicht anders möglich war, nach dieser Seite, so war das ganze Stadtviertel, das vor dem Winde lag, bei dem Sturm und Wassermangel unrettbar verloren.

Diese Auseinandersetzungen brachten Ängstlichere so aus der Fassung, daß jeder neue Blitz ihnen als die ausbrechende Flamme erschien. Daß jeder nur eine Seite der Turmdachfläche übersehen konnte, begünstigte die Fortpflanzung des Irrtums. Es war wunderlich, aber man hörte nun von allen Seiten zugleich das Geschrei: »Wo? Wo?« Sturm und Donner verhinderten die Verständigung. Jeder wollte selbst sehen; so entstand ein wildes Gedränge.

»Wo hat es eingeschlagen?« fragte Apollonius, der eben daherkam. »In die Seite nach Brambach zu«, antworteten viele Stimmen. Apollonius machte sich Bahn durch die Menge. Mit großen Schritten eilte er die Turmtreppe hinauf. Er war den langsamern Begleitern um eine gute Strecke voraus. Oben fragte er vergebens. Die Türmersleute meinten, es müsse ein kalter Schlag gewesen sein, und waren doch im Begriff, ihre besten Sachen zusammenzuraffen, um vom Turme zu fliehen. Nur der Gesell, den er am Ofen beschäftigt fand, besaß noch Fassung. Apollonius eilte mit Laternen nach dem Dachgebälk, um sie da aufzuhängen. Die Leitertreppe zitterte nicht mehr unter seinen Füßen; er war zu eilig, das zu bemerken. Innen am Dachgebälke wurde Apollonius keine Spur von einem beginnenden Brande gewahr. Weder der Schwefelgeruch, der einen Einschlag bezeichnet, noch gewöhnlicher Rauch war zu bemerken. Apollonius hörte seine Begleiter auf der Treppe. Er rief ihnen zu, er sei hier. In dem Augenblick zuckte es blau zu allen Turmlucken herein, und unmittelbar darauf rüttelte ein prasselnder Donner an dem Turm. Apollonius stand erst wie betäubt. Hätte er nicht unwillkürlich nach einem Balken gegriffen, er wäre umgefallen von der Erschütterung. Ein dicker Schwefelqualm benahm ihm den Atem. Er sprang nach der nächsten Dachlucke, um frische Luft zu schöpfen. Die Werkleute, dem Schlage ferner, waren nicht betäubt worden, aber vor Schrekken auf den obersten Treppenstufen stehen geblieben. »Herauf!« rief ihnen Apollonius zu. »Schnell das Wasser! die Spritze! In diese Seite muß es geschlagen haben, von da kam Luftdruck und Schwefelgeruch. Schnell mit Wasser und

Spritze an die Ausfahrtür!« Der Zimmermeister rief, schon auf der Leitertreppe, hustend: »Aber der Dampf!« »Nur schnell!« entgegnete Apollonius, »die Ausfahrtür wird mehr Luft geben, als uns lieb ist.« Der Maurer und der Schornsteinfeger folgten dem Zimmermann, der die Schläuche trug, so schnell als möglich mit der Spritze die Leitertreppe hinauf. Die andern brachten Eimer kalten, der Gesell einen Topf heißen Wassers, um durch Zugießen das Gefrieren zu verhindern.

In solchen Augenblicken hat, wer Ruhe zeigt, das Vertrauen, und dem gefaßten Tätigen unterordnen sich die andern ohne Frage. Der Bretterweg nach der Ausfahrtüre war schmal; durch die verständige Anordnung Apollonius' fand dennoch alles im Augenblicke seinen Platz. Zunächst Apollonius nach der Türe stand der Zimmermann, dann die Spritze, dann der Maurer. Die Spritze war so gewendet, daß die beiden Männer die Druckstangen vor sich hatten. Zwei starke Männer konnten das Druckwerk bedienen. Hinter dem Maurer stand der Schieferdeckergeselle, um über dessen Schulter, sooft es nötig, von dem heißen Wasser zuzugießen. Andere betrieben des Gesellen vorheriges Geschäft, sie schmolzen Schnee und Eis und behielten das gewonnene Wasser in der geheizten Türmerstube, damit es nicht wieder zu Eise fror. Andere waren bereit, als Zuträger zwischen Dachstuhl und Türmerstube zu dienen, und bildeten eine Art Spalier. Während Apollonius mit raschen Worten und Winken den Plan dieser Geschäftsordnung dem Zimmermann und Maurer mitteilte, die ihn dann in Ausführung brachten, hatte er die Dachleiter schon in der Rechten und griff mit der Linken nach dem Riegel der Ausfahrtür. Die Leute hatten die beste Hoffnung; aber als durch die geöffnete Tür der Sturm hereinpfiff, dem Zimmermann die Mütze vom Kopfe riß und Massen feinen Schneestaubs gegen das Gebälke warf und heulend und rüttelnd den Dachstuhl auf und ab polterte und Blitz auf Blitz blendend durch die dunkle Öffnung brach, da wollte der Mutigste die Hand von dem vergeblichen Werke abziehen. Apollonius mußte sich mit dem Rücken gegen die Türe kehren, um atmen zu können. Dann, beide Handflächen gegen die Verschalung oberhalb der Türe gestemmt, bog er den Kopf zurück, um an der äußern Dachfläche hinaufzusehen. »Noch ist zu retten!« rief er angestrengt, damit die Leute vor dem Sturm und dem ununterbrochenen Rollen des Donners ihn verstehen konnten. Er ergriff das Rohr des kürzesten Schlauches, dessen unteres Ende der Zimmermann einschraubend an der Spritze befestigte, und wand sich den obern Teil um den Leib. »Wenn ich zweimal hintereinander den Schlauch anziehe, drückt los! Meister, wir retten die Kirche, vielleicht die Stadt!« Die rechte Hand gegen die Verschalung gestemmt, bog er sich aus der Ausfahrtür; in der linken hielt er die leichte Dachleiter frei hinaus, um sie an dem nächsten Dachhaken über der Türe anzuhängen. Den Werkleuten schien das unmöglich. Der Sturm mußte die Leiter in die Lüfte reißen, und – nur zu möglich war's, – er riß den Mann mit. Es kam Apollonius zustatten, daß der Wind die Leiter gegen die Dachfläche drückte. An Licht fehlte es nicht, den Haken zu finden; aber der Schneestaub, der dazwischen wirbelte und, vom Dache herabrollend, in seine Augen schlug, war hinderlich. Dennoch fühlte er, die Leiter hing fest. Zeit war nicht zu verlieren; er schwang sich hinaus. Er mußte sich mehr der Kraft und Sicherheit seiner Hände und Arme vertrauen als dem sichern Tritt seiner Füße, als er hinaufklomm; denn der Sturm schaukelte die Leiter samt dem Mann wie eine Glocke hin und her. Oben, seitwärts über der ersten Sprosse der Leiter, hüpften bläuliche Flammen mit gelben Spitzen unter der Lücke und leckten unter den Rändern der Schiefer hervor. Zwei Fuß tief unter der Lücke hatte der Blitz hineingeschlagen. Vor einer Stunde noch war er vor dem Gedanken der bloßen Möglichkeit erschrocken, hierher könnte der Blitz schlagen und er müsse herauf – eine Reihe dunkler tödlicher Fiebergebilde hatten sich daran geschlossen, jetzt war alles geschehen, wie er sich's vorhin nur gedacht; aber die Lücke war ihm wie jede andere Stelle des Turmdachs, schwindellos stand er auf der Leiter, und nur ein frisches tapferes Gefühl erfüllte ihn, der Drang, von Kirche und Stadt die drohende

Gefahr zu wenden. Ja, etwas, was ihm die dunkle Furcht durch Sorge erhöht hatte, erwies sich nun sogar als heilvoll und glücklich. Er erkannte, nur das Wasser, welches die Lücke wochenlang geschluckt und das nun im Holze gefroren, ließ die Flamme nicht so schnell überhandnehmen, als ohne dies Hindernis geschehen wäre. Der Raum, den der Brand bis jetzt einnahm, war ein kleiner. Der Frost in der Verschalung warf die hartnäckig immer wiederkehrenden hüpfenden Flämmchen lange zurück, ehe sie bleibend einwurzeln und von dem Wurzelpunkte aus weiterfressen konnten. Hatten sie sich einmal zu einer großen Flamme vereinigt und diese den durch Frost gefeiten Raum unter der Lücke überschritten, dann mußte der Brand bald riesig über die Turmspitze hinauswachsen, und die Kirche und vielleicht die Stadt erlag der vereinten Gewalt von Feuer und Sturm. Er sah, noch war zu retten, und er brauchte die Kraft, die ihm dieser Gedanke gab. Die Leiter schaukelte nicht mehr bloß herüber und hinüber, sie wuchtete zugleich auf und ab. Was war das? Wenn der Dachbalken locker war – Aber er wußte, das konnte nicht sein – diese Bewegung war unmöglich. Aber die Leiter hing ja gar nicht an dem Haken; er hatte sie an ein hervorspringendes Eichenblatt der Blechverzierung angehängt, nah an einem der Befestigungspunkte; aber das andere Ende des Girlandenstücks, an dem die Leiter hing, war das, welches er zu befestigen vergessen hatte. Sein Gewicht wuchtete an dem Stücke und zog es mit der Leiter immer mehr herab und bog die Seite nach vorn, an die er die Leiter gehängt. Noch einen Zoll tiefer, und das Blatt lag wagrecht, und die Leiter glitt von dem Blatte herab und mit ihm hinunter in die ungeheure Tiefe. Jetzt mußte sich sein neugewonnener Lebensmut bewähren, und er tat's. Sechs Zoll weit neben dem Blatte war der Haken. Noch drei leichte Schritte die schwankende Leiter hinauf, und er faßte mit der linken Hand den Haken, hielt sich fest daran und hob die Leiter mit der rechten von dem Blatte herüber an den Haken. Sie hing. Die Linke ließ den Haken und faßte neben der Rechten die Leitersprosse; die Füße folgten; er stand wieder auf der Leiter. Und jetzt begannen schon die Schiefer unter der Lücke zu glühen; nicht lang, und sie rollten sich schmelzend, und die brennenden Schlacken trugen das Verderben fliegend weiter. Apollonius zog die Klaue aus dem Gürtel; wenig Stöße mit dem Werkzeug, und die Schiefer fielen abgestreift in die Tiefe. Nun übersah er deutlich den geringen Umfang der brennenden Fläche; seine Zuversicht wuchs. Zwei Züge an dem Schlauch, und die Spritze begann zu wirken. Er hielt das Rohr erst gegen die Lücke, um die Verschalung oberhalb des Brandes noch geschickter zum Widerstande zu machen. Die Spritze bewies sich kräftig; wo ihr Strahl unter den Rand der Schiefer sich einzwängte, splitterten diese krachend von den Nägeln. Die Flammen des Brandes knisterten und hüpften zornig unter dem herabfließenden Wasser; erst dem unmittelbar gegen sie gerichteten Strahl gelang es, und auch diesem mehr durch seine erstickende Gewalt als durch die Natur seines Stoffes, die hartnäckigen zu bezwingen.

Die Brandfläche lag schwarz vor ihm, dem Strahl der Spritze antwortete kein Zischen mehr. Da rasselte das Getriebe der Uhr tief unter ihm. Es schlug zwei. Zwei Schläge! zwei! Und er stand, und er stürzte nicht! Wie anders war es nun in der Wirklichkeit gekommen, als die fieberischen Ahnungen gedroht! Wenn er oben war, da schlug es zwei, da packte ihn der Schwindel und riß ihn hinab, eine dunkle Schuld zu büßen. Das hatten ihm seine schweren wachen Träume gezeigt. Und er stand doch wirklich oben, und die Leiter schwankte im Sturme, Schneestaub umwirbelte ihn, Blitze umzuckten ihn; mit jedem flammte die Schneedecke der Dächer, der Berge, des Tals, die ganze Gegend in *einer* ungeheuern Flamme auf, und nun schlug's zwei unter ihm, die Glockentöne heulten, vom Sturm gezerrt, hinaus in den Aufruhr: und er stand, er stand schwindellos, er stürzte nicht. Er wußte, keine Schuld lag auf ihm; er hatte seine Pflicht getan, wo Tausende sie nicht getan hätten; er hatte die Stadt, an der er mit ganzer Seele hing, er allein, von der furchtbarsten Gefahr befreit. Aber aller Stolz dieses Gedankens war in dieser Seele nur ein Dankgebet. Er dachte nicht an die Menschen, die ihn preisen würden, nur an die Menschen, die nun wieder aufatmen durften, an das Elend, das verhütet, an das Glück, welches erhalten war. Und er fühlte selbst nach Monden wieder, was frei aufatmen heißt. Diese Nacht hatte ja auch ihm die Lust wiedergebracht. Mit Freudigkeit erinnerte er sich jetzt wieder an das Wort, das er sich gegeben. Menschen wie Apollonius ist's der höchste Segen einer braven Tat, daß sie sich gestärkt fühlen zu neuem braven Tun.

Die Menge unten schrie noch immer: »Wo? Wo?« und drängte sich durcheinander, als der zweite Einschlag geschah. Alles stand einen Augenblick von Schrecken gelähmt. »Gott sei Dank! Es war wieder kalt!« rief eine Stimme. »Nein! Nein! Dasmal brennt's! Erbarme sich Gott!« entgegneten andere. Scharfe Augen sahen, wenn zuweilen zwischen den Blitzen Dunkel eintrat, die kleinen Flammen wie Lichterchen über die Schiefer hüpfen. Sie suchten sich und lohten, wenn sie sich fanden, zuckend in eine größere Flamme zusammen auf; dann flohen sie sich tanzend und schlugen wieder zusammen. Der Sturm bog und dehnte sie hin und her; zuweilen schienen sie zu verlöschen, dann züngelten sie noch höher auf als vorhin. Sie wuchsen, das sah man; aber rasch war ihr Wachstum nicht. Viel schneller und gewaltiger schwoll das neue Feuerjo durch die ganze Stadt. In angstvoller Spannung bohrten sich alle Blicke auf der kleinen Stelle fest. »Jetzt Hülfe, und es ist noch zu verlöschen!« Und wieder klang angstvoll der Ruf: »Nettenmair! Wo ist Nettenmair?« durch Sturm und Donner. Eine Stimme rief: »Er ist auf dem Turm!« Alle Gemüter fühlten das wie eine Beruhigung. Und die meisten kannten ihn nicht, selbst die meisten unter den Rufern. Und die ihn nicht kannten, schrieen am lautesten. In Augenblicken allgemeiner Hülflosigkeit klammert sich die Menge an einen Namen, an ein bloßes Wort. Ein Teil schiebt damit die Anforderungen des Gewissens zu eigenem Mühen, zu eigenem Wagnis von sich; und diese sind's, die dem Helfer, hat er nicht geholfen, dann unbarmherzig nachrechnen, was er getan und was er nicht getan. Die andern sind froh, täuschen sie sich nur über den nächsten Augenblick hinweg. »Was soll er?« rief einer. »Helfen! Retten!« andere. »Und wenn er Flügel hätte, in dem Sturm wagt's keiner!« »Der Nettenmair gewiß!« Im tiefsten Herzen wußten auch die Vertrauendsten, er wird's nicht wagen. Der Gedanke, daß die Flamme noch gelöscht werden konnte, wenn sie nur zugänglich war, machte die allgemeine Empfindung peinlicher, da er die stumpfe Ergebung hinderte, wozu die unausweichliche Not mit milder Härte zwingt. Als die Ausfahrtür sich öffnete und die herausgehaltene Leiter sichtbar wurde, als es schien, es wagt es dennoch einer, wirkte das so erschreckend als der Einschlag selbst. Und die Leiter hing und schaukelte hoch oben mit dem Manne, der daran hinaufklomm, von Schnee umwirbelt, von Blitzen umzuckt, die Leiter hinauf, die wie aus einem Span geschnitten schien und wie eine Glocke mit ihm schaukelte in der entsetzlichen Höhe. Jeder Atem stockte. Aus Hunderten der verschiedensten Gesichter starrte derselbe Ausdruck nach dem Manne hinauf. Keiner glaubte an das Wagnis, und sie sahen den Wagenden doch. Es war wie etwas, das ein Traum wäre und doch Wirklichkeit zugleich. Keiner glaubte es, und doch stand jeder einzelne selbst auf der Leiter, und unter ihm schaukelte der leichte Span in Sturm und Blitz und Donner hoch zwischen Himmel und Erde. Und sie standen doch auch wieder unten auf der festen Erde und sahen nur hinauf; und doch, wenn der Mann stürzte, dann waren sie's, die stürzten. Die Menschen unten auf der festen Erde hielten sich krampfhaft an ihren eigenen Händen, an ihren Stöcken, ihren Kleidern an, um nicht herabzustürzen von der entsetzlichen Höhe. So standen sie sicher und hingen doch zugleich über dem Abgrunde des Todes, jahrelang, ein Leben lang, denn die Vergangenheit war nicht gewesen; und doch war's nur ein Augenblick, seit sie oben hingen. Sie vergaßen die Gefahr der Stadt, ihre eigene über der Gefahr des Menschen da oben, die ja doch ihre eigene war. Sie sahen, der Brand war getilgt, die Gefahr der Stadt vorüber; sie wußten es wie in einem Traume, wo man weiß, man träumt; es war ein bloßer Gedanke ohne lebendigen Inhalt. Erst, als der Mann die Leiter herabgeklommen, in der

Ausfahrtür verschwunden war und die Leiter sich nachgezogen hatte, erst, als sie nicht mehr oben hingen, als sie sich nicht mehr an den eigenen Händen, Stöcken und Kleidern festhalten mußten, da erst kämpfte die Bewunderung mit der Angst, da erst erstickte der Jubel: »Zu, braver Junge!« in dem Angstruf: »Er ist verloren!« Eine alterszitternde Stimme begann zu singen: »Nun danket alle Gott.« Als der alte Mann an die Zeile kam: »Der uns behütet hat«, da erst stand alles vor ihrer Seele, was sie verlieren konnten und was ihnen gerettet war. Die fremdesten Menschen fielen sich in die Arme, einer umschlang in dem andern die Lieben, die er verlieren konnte, die ihm gerettet waren. Alle stimmten ein in den Gesang; und die Töne des Dankes schwollen durch die ganze Stadt, über Straßen und Plätze, wo Menschen standen, die gefürchtet hatten, und drangen in die Häuser hinein bis in das innerste Gemach und stiegen bis in die höchste Bodenkammer hinauf. Der Kranke in seinem einsamen Bett, das Alter in dem Stuhl, wohin es die Schwäche gebannt hielt, sang von ferne mit; Kinder sangen mit, die das Lied nicht verstanden und die Gefahr, die abgewendet war. Die ganze Stadt war eine einzige große Kirche und Sturm und Donner die riesige Orgel darin. Und wieder erhob sich der Ruf: »Der Nettenmair! Wo ist der Nettenmair? Wo ist der Helfer? Wo ist der Retter? Wo ist der kühne Junge? Wo ist der brave Mann?« Sturm und Gewitter waren vergessen. Alles stürzte durcheinander, den Gerufenen suchend; der Turm von Sankt Georg wurde gestürmt. Den Suchenden kam der Zimmermann entgegen und sagte, der Nettenmair habe sich einen Augenblick im Türmerstübchen zur Ruhe gelegt. Nun drangen sie in den Zimmermann, er sei doch nicht beschädigt? seine Gesundheit habe doch nicht gelitten? Der Zimmermeister konnte nichts sagen, als daß der Nettenmair mehr getan habe, als ein Mensch im gewöhnlichen Verlauf der Dinge zu tun imstande sei. Bei solchen Gelegenheiten wie die Rettung heute sei der Mensch ein anderer; hintennach erstaune er selber über die Kräfte, die er gehabt. Aber es bezahle sich alles. Ihn – den Zimmermeister – solle es nicht wundern, schliefe Nettenmair nach der gehabten Anstrengung drei Tage und drei Nächte »in einem Ritt« hintereinander fort. Die Leute schienen bereit, so lang auf den Treppen zu warten, um den Braven nur gleich nach seinem Erwachen zu sehen. Unterdes hatte ein angesehener Mann auf dem nahen Marktplatz eine Geldsammlung begonnen. Geld lohne freilich solch ein Tun nicht, als der Brave heut bewiesen; aber man könne ihm wenigstens zeigen, man wisse, was man ihm zu danken habe. In der Stimmung des Augenblicks, die in jedem einzelnen widerklang, liefen sogar anerkannte Geizhälse hastig heim, ihren Beitrag zu holen, unbekümmert darum, daß sie es eine Stunde später reuen würde. Wenige von den Wohlhabenderen schlossen sich aus; die Ärmeren steuerten alle bei. Der Sammler erstaunte selbst über den reichen Erfolg seiner Bemühungen.

Wohl eine halbe Stunde hatte Apollonius gelegen. Ehe er sich gelegt, hatte er noch gesorgt, daß die Laternen vorsichtig ausgelöscht wurden. Er hatte die Ausfahrtüre geschlossen und die Spritze leeren, die Schläuche in die Türmerstube bringen lassen, damit der Frost keinen Schaden daran bringen konnte. Er vermochte kaum mehr zu stehen. Der Bauherr, der unterdes heraufgekommen war, hatte ihn dennoch halb mit Gewalt in die Türmerstube hinunterbringen müssen. Dann hatte der Freund die Türe von innen verriegelt, Apollonius genötigt, die gefrorenen Kleider auszuziehen, und dann wie eine Mutter an seines Lieblings Bett gesessen. Apollonius konnte nicht schlafen; der alte Mann litt aber nicht, daß er sprach. Er hatte Rum und Zucker mitgebracht; an heißem Wasser fehlte es nicht; Apollonius aber, der nie hitziges Getränk zu sich nahm, wies den Grog dankend zurück. Der Geselle hatte unterdes frische Kleider geholt. Apollonius versicherte, er finde sich wieder vollkommen kräftig, aber er zögerte, aus dem Bette aufzustehen. Der Alte gab ihm lachend die Kleider. Apollonius hatte sich vorhin unter der Decke ausgezogen, und so zog er sich wieder an. Der Bauherr kehrte sich ab von ihm und lachte durch das Fenster Sturm und Blitzen zu; er wußte nicht, ob über Apollonius' Schamhaftigkeit oder überhaupt aus Freude an seinem Liebling. Er hatte oft bereut, daß er Junggeselle geblieben war; jetzt freute es ihn fast. Er hatte ja doch einen Sohn, und einen so braven, als ein Vater wünschen kann.

Auf dem Wege begann eine große Not für Apollonius. Er wurde von Arm in Arm gerissen; selbst angesehene Frauen umfaßten und küßten ihn. Seine Hände wurden so gedrückt und geschüttelt, daß er sie drei Tage lang nicht mehr fühlte. Er verlor seine natürliche edle Haltung nicht; die verlegene Bescheidenheit dem begeisterten Danke, das Erröten dem bewundernden Lobe gegenüber stand ihm so schön an als sein mutig-entschlossenes Wesen in der Gefahr. Wer ihn nicht schon kannte, verwunderte sich; man hatte sich ihn anders gedacht, braun, keckäugig, verwegen, übersprudelnd von Kraftgefühl, wohl sogar wild. Aber man gestand sich, sein Ansehen widersprach dennoch nicht seiner Tat. Das mädchenhafte Erröten einer so hohen männlichen Gestalt hatte seinen eigenen Reiz, und die verlegene Bescheidenheit des ehrlichen Gesichts, die nicht zu wissen schien, was er getan, gewann; die milde Besonnenheit und einfache Ruhe stellte die Tat nur in ein schöneres Licht; man sah, Eitelkeit und Ehrbegierde hatten keinen Teil daran gehabt.

*

Wir überspringen im Geiste drei Jahrzehnte und kehren zu dem Manne zurück, mit dem wir uns im Anfange unserer Erzählung beschäftigten. Wir ließen ihn in der Laube seines Gärtchens. Die Glockentöne von Sankt Georg riefen die Bewohner der Stadt zum Vormittagsgottesdienste; sie klangen auch in das Gärtchen hinter dem Hause mit den grünen Fensterladen herein. Dort sitzt er jeden Sonntag um diese Zeit. Rufen die Glocken zum Nachmittagsgottesdienst, dann sieht man ihn, das silberbeknopfte Rohr in der Hand, nach der Kirche steigen. Kein Mensch begegnet ihm, der den alten Herrn nicht ehrerbietig grüßte. Nun sind es bald dreißig Jahre her, aber es gibt noch Leute, die die Nacht miterlebt haben, die denkwürdige Nacht, von der wir eben erzählten.

Wer es noch nicht weiß, dem können sie sagen, was der Mann mit dem silberbeknopften Stocke für die Stadt getan in jener Nacht. Und was er den Morgen nachher gestiftet, davon kann man Steine zeugen hören. Vor der Stadt am Brambacher Wege, nicht weit vom Schützenhaus, erhebt sich aus freundlichem Gärtchen ein stattlicher Bau. Es ist das neue Bürgerhospital. Jeder Fremde, der das Haus besucht, erfährt, daß der erste Gedanke dazu von Herrn Nettenmair kam. Er muß die ganze Geschichte jener Nacht hören, die wackere Tat des Herrn Nettenmair, der dazumal noch jung war; dann, wie man Geld für ihn gesammelt und er die bedeutende Summe an den Rat gegeben als Stamm zu dem Kapital, das der Bau erforderte; wie sein Beispiel Frucht getragen und reiche Bürger mehr oder weniger dazu geschenkt und vermacht, bis endlich nach Jahren ein Zuschuß aus der Stadtkasse Beginn und Vollendung des Baues ermöglicht hatte.

War Herr Nettenmair aus der Kirche zurück, dann verbrachte er den Rest des Sonntags auf seinem Stübchen – denn da wohnt er noch immer –, oder er machte einen Gang nach der nahen Schiefergrube, die jetzt ihm gehört oder vielmehr seinem Neffen. Die Erfüllung des Wortes, das er sich gegeben, war der Gedanke seines Lebens geblieben. Was er schaffte, schaffte er für die Angehörigen seines Bruders; er sah sich nur als ihren Verwalter an. Begegnete ihm auf seinem Wege ein zierliches kleines Mädchen, so dachte er an das tote Ännchen. Sein Gedächtnis war so gewissenhaft als er selbst. Dann rief er das Kind zu sich, streichelte ihm das Köpfchen, und es mußte wunderlich zugegangen sein, fand sich in den Taschen des blauen Rockes nicht irgend etwas sorglich in reines Papier Gewickeltes, das er herausnehmen konnte, sich von dem kleinen Munde einen Dank zu verdienen. Aber das Kind konnte sich erst freuen, wenn er vorübergegangen war. Bei aller Freundlichkeit hatte die große Gestalt etwas so Ernstes und Feierliches, daß das Kind vor Respekt nicht zur Freude kommen konnte. Die Woche über saß Herr Nettenmair über seinen Büchern und Briefen oder beaufsichtigte im Schuppen das Ab- und Aufladen, das Behauen und Sortieren der Schiefer. Punkt zwölf aß er zu Mittag, Punkt sechs zu Abend auf seinem Stübchen; dazu brauchte er eine Viertelstunde, dann strich er mit leiser Hand über das alte Sofa und bewegte sich drei andere Viertelstunden, war es Sommerszeit, im Gärtchen. Mit dem ersten Viertelschlage von ein und sieben Uhr klinkte er die Staketentüre wieder hinter sich zu. Am Sonntag ist's anders; da sitzt er eine ganze Stunde lang in der Laube und sieht nach dem Turmdache von Sankt Georg hinauf. Uns bleibt wenig nachzuholen, und der Leser kennt alles, was dann durch Herrn Nettenmairs Seele geht, was er abliest vom Turmdache von Sankt Georg. Auch wem das bejahrte, aber immer noch schöne Frauengesicht gehört, das zuweilen durch das Staket und das Bohnengelände daran zu dem Sitzenden herüberlauscht, das weiß der Leser nun. Die jetzt weiße Locke über der Stirn, die sich noch immer gern frei macht, war noch dunkelbraun und voll und hing auf eine faltenlose Stirn herab, die Wangen darunter schwellte noch Jugendkraft, die Lippen blühten noch, und die blauen Augen glänzten, als sie dem Manne entgegeneilte, der eben die Stadt gerettet. Er küßte sie leise auf die Stirn und nannte sie mit dem Namen »Schwester«. Sie verstand, was er meinte. Schon damals sah sie zu dem Manne hinauf mit der Ergebung, ja Andacht, mit der sie jetzt sein Sinnen belauscht, aber noch ein ander Gefühl trat auf ihr durchsichtiges Antlitz.

Der alte Herr geriet in Zorn, als Apollonius ihm seinen Entschluß, nicht zu heiraten, mitteilte. Er ließ dem Sohne die Wahl, die Ehre der Familie zu bedenken oder nach Köln zurückzugehen. Apollonius' Herzen wurde es schwerer als seinem Verstande, den Vater zu überzeugen, daß nur er die Familienehre aufrecht zu halten vermöge und bleiben müsse. Er wußte, nur seinem Entschlusse treu, blieb er der Mann, sein Wort zu halten. Das konnte er dem Vater nicht sagen. Erfuhr dieser das wahre Verhältnis der beiden jungen Leute, so drang er nur noch stärker auf die Heirat. Dann hätte er ihm auch sagen müssen, wie der Bruder den Tod gefunden. Er hätte ihn nur tiefer beunruhigen müssen. Daß der Vater im Herzen überzeugt war, der Bruder hatte durch Selbstmord geendigt, wußte er nicht. Die beiden so nah verwandten Menschen verstanden sich nicht. Apollonius setzte die innerliche Natur seines eigenen Ehrgefühls bei dem Vater voraus, und der Alte sah in der Weigerung des Sohnes und dessen Beweis, er nur könne der schwierigen Lage des Hauses gerecht werden, nur den alten Trotz auf seine Unentbehrlichkeit, der es nun nicht einmal mehr der Mühe wert hielt, zu verbergen: der Vater war in seinen Augen nichts mehr als ein hülfloser, alter, blinder Mann. Und was diese Mißverständnisse verursachte und begünstigte, das Zurückhalten, war eben der Familienzug, den sie beide gemein hatten. Denselben Morgen hatte eine Deputation des Rats Apollonius den Dank der Stadt gebracht, hatten die angesehensten Leute der Stadt gewetteifert, ihm ihre Achtung und Aufmerksamkeit zu beweisen. Ursache genug, eine ehrgeizige Seele zur Überhebung zu reizen, Grund genug für den alten Herrn, dem Apollonius als eine solche Seele galt, an dessen Überhebung zu glauben. Der alte Herr mußte die Unentbehrlichkeit des Trotzenden anerkennen und durfte weder ein Recht noch eine Macht gegen ihn behaupten. Die Gemütsbewegung und geistige Überanstrengung an dem Tag vor dem Tode seines älteren Sohnes hatten seine letzte Kraft untergraben; nun brach sie vollends zusammen. Von Tag zu Tag wurde er wunderlicher und empfindlicher. Er verlangte von Apollonius keine Unterwerfung mehr; er fand eine selbstquälerische Lust, in seiner diplomatischen Weise dem Sohne dessen Unkindlichkeit vorzuwerfen, indem er beständig sein grimmiges Bedauern aussprach, daß der tüchtige Sohn von einem alten herrschsüchtigen Vater, der nichts mehr sei und nichts mehr könne, sich so viel gefallen lassen müsse. Vergeblich war alles Bemühen des Sohnes, der Alte glaubte nicht an die Aufrichtigkeit desselben. Dabei konnte er sich in seiner Wunderlichkeit gleichwohl der Tüchtigkeit des Sohnes und der wachsenden Ehre und des steigenden Wohlstandes seines Hauses freuen, wenn er sich dies auch nicht merken ließ. Er erlebte noch den Ankauf der Schiefergrube, die Apollonius seither im Pachte gehabt. Der Sohn ertrug die Wunderlichkeiten des Vaters mit der liebendunermüdlichen Geduld, womit er den Bruder ertragen hatte. Er lebte ja nur dem Gedanken, das Wort, das er sich gegeben, so reich zu erfüllen, als er konnte; und in diesem war ja auch der Vater mit eingeschlossen. Das Gedeihen seines Werkes gab ihm Kraft, alle kleinen Kränkungen mit Heiterkeit zu ertragen.

Den Tag nach der Gewitternacht hatte er dem alten Bauherrn seine ganze innere Geschichte mitgeteilt. Der alte Bauherr, der bis zu seinem Tod mit ganzer Seele an ihm hing, blieb sein einziger Umgang, wie er der einzige war, dem sich Apollonius, ohne seiner Natur ungetreu werden zu müssen, enger anschließen konnte.

Einige Tage nach der Nacht mußte sich Apollonius zu Bette legen. Ein heftiges Fieber hatte ihn ergriffen. Der Arzt erklärte die Krankheit erst für eine sehr bedenkliche, aber in ihr kämpfte nur der Körper den Kampf gegen das allgemeine Leiden sieghaft aus, das geistig in dem Entschlusse jener Nacht seinen rettenden Abschluß gefunden. Die Teilnahme der Stadt an dem kranken Apollonius gab sich auf mannigfache Weise rührend kund. Der alte Bauherr und Valentin waren seine Pfleger. Diejenige, welche Natur durch Liebe und Dankespflicht zur sorglichsten Pflegerin des Kranken bestimmt hatte, rief Apollonius nicht an sein Bett, und sie wagte nicht, ungerufen zu kommen. Die ganze Dauer der Krankheit hindurch hatte sie ihr Lager auf der engen Emporlaube aufgeschlagen, um dem Kranken so nah zu sein als möglich. Wenn der Kranke schlief, winkte ihr der alte Bauherr hereinzutreten. Dann stand sie mit gefalteten Händen, jeden Atemzug des Schlafenden mit Sorge und Hoffnung begleitend, an dem Bettschirm. Unwillkürlich nahm ihr leiser Atem den Schritt des seinen an. Sie stand stundenlang und sah durch einen Riß im Bettschirm nach dem Kranken hin. Er wußte nichts von ihrer Anwesenheit, und doch konnte der Bauherr bemerken, wie leichter sein Schlaf, wie lächelnder sein Gesicht dann war. Keine Flasche, aus der der Kranke einnehmen sollte, die er nicht, ohne es zu wissen, aus ihrer Hand bekam; kein Pflaster, kein Überschlag, den nicht sie bereitet; kein Tuch berührte den Kranken, das sie nicht an ihrer Brust, an ihrem küssenden Munde erwärmt. Wenn er dann mit dem Bauherrn von ihr sprach, sah sie, er war mehr um sie besorgt als um sich; wenn er freundlich tröstende Grüße an sie auftrug, zitterte sie hinter dem Bettschirm vor Freude. Wenig Stunden ruhte sie, und wehte der kalte Winternachtwind durch die locker schließenden Laden die kalten Flocken in ihr warmes Gesicht, berührte ihr eigener Hauch, auf der Decke gefroren, ihr eisig Hals, Kinn und Busen, dann war sie glücklich, etwas um ihn zu leiden, der alles um sie litt. In diesen Nächten bezwang die heilige Liebe die irdische in ihr; aus dem Schmerz der getäuschten süßen Wünsche, die ihn besitzen wollten, stieg sein Bild wieder in die unnahbare Glorie hinauf, in der sie ihn sonst gesehen.

*

Apollonius genas rasch. Und nun begann das eigene Zusammenleben der beiden Menschen. Sie sahen sich wenig. Er blieb auf seinem Stübchen wohnen, Valentin brachte ihm das Essen wie sonst dahin. Die Kinder waren oft bei ihm. Begegneten sich die beiden, begrüßte er sie mit freundlicher Zurückhaltung; damit entgegnete sie den Gruß. Hatten sie etwas zu besprechen, so machte es sich jederzeit wie zufällig, daß die Kinder und der alte Valentin oder das Hausmädchen zugegen war. Kein Tag verging deshalb ohne stumme Zeichen achtender Aufmerksamkeit. Kam er am Sonntag vom Gärtchen heim, so hatte er einen Strauß Blumen für sie, den Valentin abgeben mußte. Er konnte gute Partien machen; es meldeten sich stattliche Bewerber um sie. Er wies die Anträge, sie die Freier zurück. So vergingen Tage, Wochen, Monde, Jahre, Jahrzehnte. Der alte Herr starb und wurde hinausgetragen. Der brave Bauherr folgte ihm, dem Bauherrn der alte Valentin. Dafür wuchsen die Kinder zu Jünglingen auf. Die wilde Locke über der Stirn der Witwe, die Schraube über Apollonius' Stirne bleichten; die Kinder waren Männer geworden, stark und mild wie ihr Erzieher und Lehrherr;

Locke und Schraube waren weiß; das Leben der beiden Menschen blieb dasselbe.

Nun weiß der Leser die ganze Vergangenheit, die der alte Herr, wenn die Glocken sonntags zum Vormittagsgottesdienste rufen, in seiner Laube sitzend, vom Turmdach von Sankt Georg abliest. Heute sieht er mehr vorwärts in die Zukunft als in die Vergangenheit zurück. Denn der ältere Neffe wird bald Anna Wohligs Tochter zum Altare von Sankt Georg und dann heimführen; aber nicht in das Haus mit den grünen Fensterladen, sondern in das große Haus daneben. Das rosige ist für das gewachsene Geschäft zu klein geworden, auch hat der neue Haushalt nicht Platz darin; Herr Nettenmair hat das große Haus über dem Gäßchen drüben gekauft. Der jüngere Neffe geht nach Köln. Der alte Vetter dort, dem Apollonius soviel dankt, ist lange tot, auch der Sohn des Vetters ist gestorben. Dieser hat das große Geschäft seinem einzigen Kinde hinterlassen, der Braut des jüngsten Sohnes von Fritz Nettenmair. Beide Paare werden zusammen in Sankt Georg getraut. Dann wohnen die beiden Alten allein in dem Hause mit den grünen Fensterladen. Der alte Herr hat schon lang das Geschäft übergeben wollen; die Jungen haben es bis jetzt abzulehnen gewußt. Der ältere Neffe besteht darauf, der alte Herr soll an der Spitze bleiben. Der alte Herr will nicht. Er hat einen Teil der Verlassenschaft des alten Bauherrn, den er beerbt, für den Rest seines Lebens zurückbehalten; alles andere – und es ist nicht wenig, Herr Nettenmair gilt für einen reichen Mann – übergibt er den Neffen, das Zurückbehaltene fällt nach seinem Tode an das neue Bürgerhospital. Er hat sein Wort wahr gemacht; der Deckhammer über seinem Sarge wird ehrenblank sein wie über wenigen.

Die junge Braut wehrt sich, alles anzunehmen, was die künftige Schwiegermutter ihr geben will. Wenn diese alles gibt, eins wird sie behalten; das eine ist eine Blechkapsel mit einer dürren Blume; sie liegt bei Bibel und Gesangbuch und ist ihrer Besitzerin so heilig als diese.

Die Glocken rufen noch immer. Die Rosen an den hochstämmigen Bäumchen duften, ein Grasmückchen sitzt auf dem Busche unter dem alten Birnbaum und singt; ein heimliches Regen zieht durch das ganze Gärtchen, und selbst der starkstielige Buchsbaum um die gezirkelten Beete bewegt seine dunkeln Blätter. Der alte Herr sieht sinnend nach dem Turmdach von Sankt Georg; das schöne Matronengesicht lauscht durch das Bohnengelände nach ihm hin. Die Glocken rufen es, das Grasmückchen singt es, die Rosen duften es, das leise Regen durch das Gärtchen flüstert es, die schönen greisen Gesichter sagen es, auf dem Turmdach von Sankt Georg kannst du es lesen: Von Glück und Unglück reden die Menschen, das der Himmel ihnen bringe! Was die Menschen Glück und Unglück nennen, ist nur der rohe Stoff dazu; am Menschen liegt's, wozu er ihn formt. Nicht der Himmel bringt das Glück; der Mensch bereitet sich sein Glück und spannt seinen Himmel selber in der eigenen Brust. Der Mensch soll nicht sorgen, daß er in den Himmel, sondern daß der Himmel in ihn komme. Wer ihn nicht in sich selber trägt, der sucht ihn vergebens im ganzen All. Laß dich vom Verstande leiten, aber verletze nicht die heilige Schranke des Gefühls. Kehre dich nicht tadelnd von der Welt, wie sie ist; suche ihr gerecht zu werden, dann wirst du dir gerecht. Und in diesem Sinne sei dein Wandel:

Zwischen Himmel und Erde!

Zu dieser Ausgabe

Der Text der vorliegenden Ausgabe folgt der kritischen Edition:

> Otto Ludwig: Sämtliche Werke. Unter Mitw. des Goethe- und Schiller-Archivs in Verb. mit [. . .] hrsg. von Paul Merker. Bd. 3: Zwischen Himmel und Erde. Novellenfragmente. Hrsg. von Paul Merker und Hans Heinrich Borcherdt. München/Leipzig: Georg Müller, 1914.

Dieser Edition liegt der 1856 bei Meidinger in Frankfurt am Main erschienene Erstdruck zugrunde. Orthographie und Interpunktion der Druckvorlage sind behutsam modernisiert, bei Wahrung des Lautstandes und sprachlicher Eigenheiten. Die Modernisierung wurde noch einmal durchgesehen, einige wenige Stellen wurden korrigiert: Die schwankende Schreibung »Bretter« neben »Breter« wurde zu »Bretter« normalisiert, S. 80, Z. 9, die Form »heischer« an »heisern« (104, 24) angeglichen, S. 116, Z. 14 »Das Kind tot« nach der 3. Auflage (1862) zu »Das Kind ist tot« ergänzt. Offensichtliche Druckversehen der Vorlage wurden stillschweigend verbessert. Hervorhebungen durch Sperrung wurden kursiv wiedergegeben.

br

Nachwort

Das künstlerische und biographische Schicksal Otto Ludwigs (1813–65) hat paradoxen Charakter. Sein bewußtes dichterisches Streben, das auf das große Drama in der Nachfolge des von ihm abgöttisch verehrten Shakespeare ging, ist gescheitert. Von seinen ungezählten dramatischen Plänen und Entwürfen sind nur wenige zur Ausführung gelangt. Unter diesen wenigen haben nur zwei: der im thüringischen Milieu spielende *Erbförster* (1853) und das große biblisch-historische Drama *Die Makkabäer* (1854) jahrzehntelang größeren Erfolg gehabt, aber auch diese sind immer mehr verblaßt und erscheinen heute kaum noch auf den Bühnen. Zwar zeigen sie große Konzeption, echt gesehene, plastische Gestalten und (besonders der *Erbförster*) eine atmosphärisch dichte Stimmungsmalerei und Umweltzeichnung, in der Otto Ludwig zum Vorläufer des frühen Gerhart Hauptmann wird; aber es fehlt diesen Stücken im ganzen das Lebensblut, die zwingende Kraft der Aussage und jene letzte Notwendigkeit, die das große dichterische Werk kennzeichnet und selbst über Mängel der Technik und des Aufbaus hinwegtragen kann. Mit Shakespeare, aber auch mit den Dramen Schillers, Kleists oder Hebbels können sie den Vergleich nicht aushalten.

Otto Ludwig war kein begnadeter Dramatiker in diesem höchsten Sinne. Nach seiner eigenen Aussage überfiel ihn die Vision von Gestalten, die sich, umglüht von einer intensiven Beleuchtung, in charakteristischer Gebärde und Stellung darboten. Aber zwischen diesem intuitiven Bild und der Bannung und dramatischen Entfaltung im Werk lag ein langer, mühseliger Schaffensprozeß. Phantasie und gestaltende Kraft standen nicht im Gleichgewicht, und vergebens suchte Ludwig durch theoretische Besinnung und durch das Studium Shakespeares sich das technische Rüstzeug zu schaffen, um dieser Schwierigkeit Herr zu werden. Das theoretische Bemühen gewann so sehr die Überhand, daß es die produktive dichterische Fähigkeit, die nie ohne ein Element des

Unbewußten sich auszuwirken vermag, zuletzt fast völlig erstickte. Das nervöse Leiden, das Ludwig unter schweren körperlichen Qualen in seinen letzten Jahren auf dem Krankenlager hielt, ist der äußere Ausdruck für den unlösbar gewordenen Widerstreit in seinem Innern: zwischen dem intuitiv schauenden Dichter und einem unaufhörlich reflektierenden, bohrenden, sich selbst stets in Frage stellenden Psychologen und Theoretiker.

Ludwigs Scheitern im Kampf um das Drama hat uns aber kostbares Strandgut auf anderen Gebieten gebracht. Auf der einen Seite die über Jahrzehnte hingehenden Niederschriften, die 1871 aus seinem Nachlaß unter dem Titel *Shakespeare-Studien* veröffentlicht worden sind. Mitten aus dem Ringen um seine eigenen dramatischen Werke geboren, geben sie in skizzenhafter, unsystematischer Form dennoch eine umfassende Dramaturgie, die scharfsichtige Erkenntnisse enthält über Wesen und Technik des Shakespeare-Dramas, des dramatischen Schaffens überhaupt, über die Unterschiede zwischen dramatischer und epischer Kunst, über die Wurzel der Tragödie im Wesen des Menschen und eine Fülle anderer Einsichten, wie sie sich nur einem schaffenden Künstler erschließen konnten. Die *Shakespeare-Studien* sind bei aller Einseitigkeit der Betrachtungsweise, die das Shakespeare-Drama absolutiert, für uns heute wichtiger als die Dramen Ludwigs.

Auf der anderen Seite haben drei seiner Erzählungen die Zeit überdauert und gehören zu den Meisterwerken des Realismus im 19. Jahrhundert: der Dorfroman *Die Heiterethei*, die Novelle *Aus dem Regen in die Traufe* – beide 1857 erschienen – und sein genialstes Werk, *Zwischen Himmel und Erde*, 1856 erstmals gedruckt. In ihnen ist der Kampf zwischen Dichter und Psychologen zu einem glücklichen Austrag gekommen, die immerwährende Reflexion hat ihnen nicht das Lebensmark ausgesaugt, sie fließt als ein konstituierendes Element bereichernd in den künstlerischen Organismus. Es ist bezeichnend, daß Ludwig diese Erzählungen, wie er sagt, »hinter seinem Rücken« schrieb, um für sich und seine Familie in drückend werdender Not Geld zu schaffen.

Während er um seine Dramen mit Verbissenheit rang, sind die Erzählungen wie aus einem Guß entstanden und in erstaunlich kurzer Zeit niedergeschrieben. Ludwig spricht mit einiger Geringschätzung von ihnen und von dem »Leichtsinn«, mit dem er auf erzählerischem Gebiet arbeite. Gerade dies zeigt, daß er sich hier in seinem eigentlichen Element bewegte, wo er aus dem vollen schöpfen konnte. Aber seine dramatischen Bemühungen wirkten vertiefend auch auf sein episches Schaffen.

Die Erzählungen spielen auf thüringisch-fränkischem Boden, in den Land- und Kleinstädten, mit deren Lebenswelt Ludwig eng verwachsen war. Der zu Eisfeld a. d. Werra geborene Dichter brachte hier – außer wenigen Gymnasialjahren in Hildburghausen und Saalfeld – seine Jugend bis zum 27. Jahre zu. Mit der Heimat war er zuinnerst verbunden durch eigene Wesensart, die als Grundzug eher den Hang zur Idylle, zum befriedeten Einssein mit der geliebten Natur aufweist als die Dynamik eines heroisch gespannten Charakters – verbunden auch durch die ungemein scharfe und feine Beobachtungsgabe, die nicht nur das dingliche und soziale Milieu, sondern mehr noch die Menschen, ihr Seelenleben und ihre inneren Schicksale liebevoll und tiefdringend erfaßte. Die realistische Wirklichkeitsschau gab seinen dichterischen Visionen erst Blut und Leben. Die Erzählung aber war die geeignete Form für die glückliche Verbindung solcher Elemente, vor allem für Ludwigs besondere Kunst, seelische Abläufe in ihrer allmählichen Entwicklung mit geradezu wissenschaftlicher Genauigkeit zu schildern.

Es wäre reizvoll zu verfolgen, wie sich in den drei Meistererzählungen die epischen Formelemente mit dramatisch verdichteten Situationen durchdringen. Ihr Realismus wächst weit über die Gattung der ›Heimatkunst‹ hinaus, da im Besonderen stets auch ein Typisches, im Engumgrenzten die Weite des Ewig-Menschlichen durchscheint. Ist in der *Heiterethei* der vitale Machtkampf der Geschlechter in den kraftvollen Gestalten einer bäuerlichen ›Brünhilde‹ und ihres ›Siegfried‹ mit allen Phasen dieses Spiels von Abstoßung und

Anziehung, das sich in der Liebe löst, mit schöner Lebensfrische verkörpert, wird an ihrem »Widerspiel«, dem kleinen, verwachsenen Schneider, das Thema der Lebenslüge humorvoll und zugleich mit grausamer psychologischer Schärfe dargestellt, so ist *Zwischen Himmel und Erde* eine einzige, konsequent durchgeführte, bis in die Tiefen lotende Analyse des Gewissens in zwei extrem entgegengesetzten Brüdern.

Es ist das Thema von Kain und Abel, das in dieser Schieferdecker-Geschichte aus Menschheitstiefen aufklingt. In einer der großen Szenen auf dem Turmdach wird in wörtlichen Übereinstimmungen mit dem 4. Kapitel der Genesis dieser mythische Urgrund des Geschehens blitzgleich erhellt. Ludwig wollte in seinem Apollonius den Typus eines Menschen schildern, der »zu viel Gewissen hat«, einen »sittlichen Hypochondristen«, in seinem Bruder Fritz aber den Menschen »mit zu wenig Gewissen«. Diese nachträgliche Deutung trifft nicht ganz zu: in beiden Brüdern ist das Gewissen in besonderer Schärfe entwickelt. Während aber Fritz seine höllische Folter bis zum unseligen Ende erleiden muß, nachdem der in Leidenschaft begangene erste Betrug ihn immer rettungsloser auf die Bahn des Verbrechens gebracht hat, ist Apollonius der Mensch in der Ordnung. Um so tiefer muß es ihn, den Gerechten, treffen, daß er durch den Bruder in schwerste Gewissenskonflikte gestürzt wird, die ihn aus seinem inneren und äußeren Gleichgewicht bringen. Der Schwindel, der den sich schuldig Fühlenden anfällt, ist in seinem Doppelsinn, körperlich und seelisch, zu verstehen. Es ist ein Trauma, das ihn bis in die Wurzel seiner Existenz verletzt. Mit großer Meisterschaft hat Ludwig Entstehung und Wachstum dieses inneren Krankheitsprozesses deutlich gemacht, der nur durch eine außerordentliche Tat der Bewährung und des Opfers seine Heilung findet. Die Schilderung dieser inneren Geschehnisse geht über eine rein deskriptive Psychologie hinaus: es sind die ethischen und religiösen Mächte, die beherrschend durchbrechen, auch wenn der christliche Glaube kaum noch bewußt erlebte Wirklichkeit ist. Doch ist es nicht nur ein äußerlicher, durch das Handwerk der Brüder bedingter Umstand, sondern zugleich ein dunkles Symbol, daß diese Familientragödie so eng mit der Kirche von St. Georg verbunden ist. Die metaphysische Wirklichkeit, deren Zeuge der alte Dom ist, blickt und spricht herein in das irdische Tun und Treiben, sie lenkt den Blick nach oben und waltet unerbittlich in den Gewissen der Menschen. In Apollonius sind die Stadien einer religiös bestimmten Existenz deutlich ausgeprägt: Gerechtigkeitsstreben, Anfechtung, Schuld, Verzweiflung, Opfer und Buße. Sein endgültiger Verzicht auf die geliebte Frau ist in diesem Aspekt notwendig zur Wiederherstellung der gestörten Ordnung. An Fritz aber ist mit beklemmender Wahrheit das ›Phänomen der Angst‹ entwickelt; gerade mit seinen krampfhaften Versuchen, sich zu retten vor den Folgen seines Betrugs am Bruder, führt Fritz das Verhängnis erst tatsächlich herbei, wird die angstvoll vorgestellte Möglichkeit zur Wirklichkeit.

Die Erzählung ist von einer zwingenden Konsequenz der Handlungsführung. Die sie ständig durchziehende psychologische Reflexion ist ihr nicht äußerlich angeheftet, sondern bildet ihren Kern. Äußeres und Inneres sind unlöslich verbunden, alle Geschehnisse sind Frucht und notwendiges Ergebnis der Gedanken, Leidenschaften und Ängste, die wir von ihrem unbewußten Aufkeimen bis zur dramatischen Auswirkung in allen ihren Phasen verfolgen. Hiermit wird Ludwig – innerhalb seiner Grenzen – zum deutschen Vorläufer der die Seelentiefen religiös durchdringenden Kunst eines Dostojewskij und des modernen psychoanalytischen Romans.

Als Werk eines Dichters aber erweist sich die Erzählung vor allem in den großen Szenen auf dem Turmdach. Sie tragen deutlich visionären Charakter. Hier hat die Sprache Ludwigs den großen Atem, den ehernen Klang, die elementare Wucht, die ihr sonst meist versagt bleiben. Hier wird auch der Titel des Werkes über die reale Situation des Schieferdeckers hinaus zum großen, gültigen Symbol für die des Menschen überhaupt: »Zwischen Himmel und Erde.«

Konrad Nußbächer

Prosa des Bürgerlichen Realismus

IN RECLAMS UNIVERSAL-BIBLIOTHEK

Anzengruber, Ludwig, *Der Meineidbauer.* 88 S. UB 133

Ebner-Eschenbach, Marie von, *Aphorismen.* 69 S. UB 8455 – *Das Gemeindekind.* 222 S. UB 8056 – *Krambambuli* und andere Erzählungen. 64 S. UB 7887 – *Lotti, die Uhrmacherin.* 168 S. UB 7463

Fontane, Theodor, *L'Adultera.* 184 S. UB 7921 – *Cécile.* 275 S. UB 7791 – *Effi Briest.* 347 S. UB 6961 – dazu *Erläuterungen und Dokumente.* 171 S. UB 8119 – *Frau Jenny Treibel.* 239 S. UB 7635 – dazu *Erläuterungen und Dokumente.* 120 S. UB 8132 – *Graf Petöfy.* 247 S. UB 8606 – *Grete Minde.* 133 S. UB 7603 – *Irrungen, Wirrungen.* 200 S. UB 8971 – dazu *Erläuterungen und Dokumente.* 148 S. UB 8146 – *Mathilde Möhring.* 142 S. UB 9847 – *Meine Kinderjahre.* 272 S. UB 8290 – *Die Poggenpuhls.* 126 S. UB 8327 – *Schach von Wuthenow.* 168 S. UB 7688 – dazu *Erläuterungen und Dokumente.* 173 S. UB 8152 – *Der Stechlin.* 518 S. UB 9910 – *Stine.* 124 S. UB 7693 – *Unterm Birnbaum.* 136 S. UB 8577 – *Unwiederbringlich.* 311 S. UB 9320 – *Wanderungen durch die Mark Brandenburg.* Eine Auswahl. 396 S. 17 Abb. 4 Karten. UB 18140

Heyse, Paul, *L'Arrabbiata. Das Mädchen von Treppi.* 104 S. UB 8301

Keller, Gottfried, *Die drei gerechten Kammmacher.* 79 S. UB 6173 – *Das Fähnlein der sieben Aufrechten.*

UB 7726 – *Else von Tanne.* 47 S. UB 7575 – *Höxter und Corvey.* 215 S. UB 7729 – *Holunderblüte.* 61 S. UB 8485 – *Das Odfeld.* 291 S. UB 9845 – *Pfisters Mühle.* 253 S. UB 9988 – *Die schwarze Galeere.* 88 S. UB 8484 – *Stopfkuchen.* 264 S. UB 9393 – *Zum wilden Mann.* 110 S. UB 2000

Rosegger, Peter, *Als ich noch der Waldbauernbub war.* 314 S. UB 8563 – *Aus meiner Waldheimat.* 70 S. UB 7797

Saar, Ferdinand von, *Die Steinklopfer. Tambi.* 94 S. UB 8663

Storm, Theodor, *Aquis submersus.* 79 S. UB 6014 – *Auf dem Staatshof. Bulemanns Haus.* 80 S. UB 6146 – *Carsten Curator.* 85 S. UB 6054 – *Ein Doppelgänger.* 79 S. UB 6082 – *Erzählungen.* 752 S. UB 6144 – *Hans und Heinz Kirch.* 88 S. UB 6035 – dazu *Erläuterungen und Dokumente.* 95 S. UB 8171 – *Immensee* und andere Novellen. 80 S. UB 6007 – *Pole Poppenspäler.* 90 S. UB 6013 – *Die Regentrude* und andere Märchen. 79 S. UB 7668 – *Der Schimmelreiter.* 159 S. UB 6015 – dazu *Erläuterungen und Dokumente.* 135 S. UB 8133 – *Die Söhne des Senators.* 54 S. UB 6022 – *Viola tricolor. Beim Vetter Christian.* 80 S. UB 6021

Volkmann-Leander, Richard von, *Träumereien an französischen Kaminen.* 120 S. UB 6091

Philipp Reclam jun. Stuttgart

Romane der deutschen Literatur

IN RECLAMS UNIVERSAL-BIBLIOTHEK

Ebner-Eschenbach, Das Gemeindekind. 222 S. UB 8056

Eichendorff, Ahnung und Gegenwart. 405 S. UB 8229

Fontane, Cécile. 275 S. UB 7791 – Effi Briest. 347 S. UB 6961 – Frau Jenny Treibel. 237 S. UB 7635 – Graf Petöfy. 247 S. UB 8606 – Irrungen, Wirrungen. 200 S. UB 8971 – Mathilde Möhring. 141 S. UB 9487 – Die Poggenpuhls. 126 S. UB 8327 – Schach von Wuthenow. 168 S. UB 7688 – Der Stechlin. 518 S. UB 9910 – Stine. 124 S. UB 7693 – Unwiederbringlich. 309 S. UB 9320

Gellert, Leben der schwedischen Gräfin G***. 176 S. UB 8536

Goethe, Die Leiden des jungen Werther. 164 S. UB 67 – Die Wahlverwandschaften. 282 S. UB 7835 – Wilhelm Meisters Lehrjahre. 661 S. UB 7826 – Wilhelm Meisters theatralische Sendung. 389 S. UB 8343 – Wilhelm Meisters Wanderjahre. 565 S. UB 7827

Grimmelshausen, Der abenteuerliche Simplicissimus Teutsch. 838 S. UB 761

Gutzkow, Wally, die Zweiflerin. 477 S. UB 9904

Hauff, Lichtenstein. 453 S. UB 85

Heinse, Ardinghello und die glücklichen Inseln. 719 S. 32 Taf. UB 9792

Hölderlin, Hyperion. 199 S. UB 559

Hoffmann, Die Elixiere des Teufels. 376 S. UB 192 – Lebens-Ansichten des Katers Murr. 517 S. UB 153 – Meister Floh. 235 S. UB 365

Jean Paul, Leben des Quintus Fixlein. 328 S. UB 164 – Siebenkäs. 800 S. UB 274

Keller, Der grüne Heinrich. 955 S. UB 18282

La Roche, Geschichte des Fräuleins von Sternheim. 416 S. UB 7934

Meyer, Jürgen Jenatsch. 288 S. UB 6964

Moritz, Andreas Hartknopf. 284 S. UB 18120 – Anton Reiser. 568 S. UB 4813

Novalis, Heinrich von Ofterdingen. 255 S. UB 8939

Raabe, Die Akten des Vogelsangs. 240 S. UB 7580 – Die Chronik der Sperlingsgasse. 223 S. UB 7726 – Das Odfeld. 291 S. UB 9845 – Pfisters Mühle. 253 S. UB 9988 – Stopfkuchen. 247 S. UB 9393

Reuter, Schelmuffsky. 207 S. UB 4343

Rosegger, Als ich noch der Waldbauernbub war. 314 S. UB 8563

Schlegel, D., Florentin. 325 S. UB 8707

Schlegel, F., Lucinde. 224 S. UB 320

Schnabel, Insel Felsenburg. 607 S. UB 8419

Stifter, Die Mappe meines Urgroßvaters. 323 S. UB 7963 – Der Nachsommer. 903 S. UB 18352

Tieck, Franz Sternbalds Wanderungen. 584 S. 16 Taf. UB 8715 – William Lovell. 744 S. UB 8328

Wieland, Die Abenteuer des Don Sylvio von Rosalva. 538 S. UB 18163 – Geschichte der Abderiten. 400 S. UB 331 – Geschichte des Agathon. 687 S. UB 9933

Philipp Reclam jun. Stuttgart